Diogenes Taschenbuch 23511

Gustave Flaubert

Memoiren eines Irren

*November, Erinnerungen,
Aufzeichnungen
und innerste Gedanken*

*Herausgegeben,
aus dem Französischen übersetzt
und mit einem Nachwort von
Traugott König*

Diogenes

Die Übersetzung von
Traugott König erschien erstmals 1982 unter
dem Titel ›November. Erinnerungen,
Aufzeichnungen und innerste Gedanken.
Memoiren eines Irren‹ im Diogenes Verlag
Umschlagillustration: Edouard Manet,
›Le Steam-Boat, marine ou Vue de mer,
temps calme‹, 1864–1865
(Ausschnitt)

Veröffentlicht als Diogenes Taschenbuch, 2005
Alle Rechte an dieser Ausgabe vorbehalten
Copyright © 1982, 2005
Diogenes Verlag AG Zürich
www.diogenes.ch
50/05/36/1
ISBN 3 257 23511 9

Inhalt

Erinnerungen, Aufzeichnungen und innerste
   Gedanken 7
   Souvenirs, notes et pensées intimes 1838–1841

Memoiren eines Irren 52
   Mémoires d'un fou 1838

November 140
   Novembre 1840–1842

Nachwort des Übersetzers 279

*Erinnerungen, Aufzeichnungen
und innerste Gedanken*

Ideen sind positiver als Dinge.
Wenn ihr mir zugebt, daß der Mensch eine Seele hat – will ich, daß die Tiere eine haben, alle Tiere – angefangen vom Schwein bis zur Ameise, zu den mikroskopischen Lebewesen. Wenn der Mensch frei ist, sind die Tiere frei, sie werden wie er belohnt oder bestraft werden; was für verschiedene Seelen, was für Höllen, was für Worte, hätte Voltaire gesagt – eine solche Überlegung ist demütigend – sie führt zum Materialismus oder zum Nihilismus.

Ich schätze die Improvisation mehr als die Reflexion – das Gefühl mehr als die Vernunft – die Milde mehr als die Gerechtigkeit – die Religion mehr als die Philosophie – das Schöne mehr als das Nützliche – die Poesie vor allem.

Ich erwarte nichts Gutes von den Menschen. Kein Verrat, keine Niedertracht wird mich erstaunen.

Ich bin gerne in Wut – die Wut hat Spaß an sich selbst. Ich fühle, daß ich in der Welt ein gewöhnliches, vernünftiges, anständiges Leben haben werde, daß ich ein guter Schuhputzer, ein guter Stallknecht, ein guter Sätzeflicker, ein guter Anwalt sein werde, wo ich doch ein außerordentliches haben möchte.

Ich liebe zugleich den Luxus, den Überfluß und die Einfachheit, die Frauen und den Wein, die Einsamkeit und die Welt, die Zurückgezogenheit und die Reisen, den Winter und den Sommer, den Schnee und die Rosen, die Ruhe und den Sturm; ich liebe es, zu lieben, ich liebe es, zu hassen. Ich habe in mir alle Widersprüche, alle Absurditäten, alle Torheiten.

Ich zähle nicht einmal auf mich – ich werde vielleicht ein gemeines, schändliches, böses und feiges Wesen sein, was weiß ich? Ich glaube jedoch, daß ich mehr Tugend haben werde als die anderen, weil ich mehr Stolz habe. Lobt mich also.

Ich gerate aus der Hoffnung in die Angst, aus einem wilden Hoffen in eine traurige Verneinung, es ist Regen und Sonne, aber eine Sonne aus vergoldeter Pappe und ein schmutziger Regen ohne Gewitter.

O wenn ich mit meinen Grübeleien, meinen Gedanken zu Ende käme – wenn ich ein Monument baute – aus dem Gerüst aller meiner Träume, kurz, wäre ich ein König oder ein Schwein?

Niemals wird der Mensch den *Grund* kennen, denn der *Grund* ist Gott – er kennt nur Reihen phantomhafter *Formen,* selbst ein *Phantom,* rennt er mitten unter ihnen umher, er will sie greifen, sie fliehen ihn, er rennt hinterher, geht, kommt, hört erst auf, wenn er ins absolute Nichts fällt, dann ruht er sich aus.

Das Wunder in der Religion ist Absurdität, die nur im Hirn der Philosophen Wert hat.

Ich höre die Leute sagen: keine Religion, aber eine Moral, das heißt, es gibt weder Lohn noch Strafe, weder Gut noch Böse, es gibt nichts nach dem Menschenaas und dem Eichensarg – seid tugendhaft, leidet – erniedrigt euch, bringt Opfer – seid lasterhaft, tötet, plündert – ihr werdet deshalb in der Ewigkeit weder mehr noch weniger glücklich sein.

Wenn die Zeit in der Ewigkeit weniger ist als der Sprung eines Flohs in der Zeit – wenn ihr an den Ruhm und an das Glück denkt, zuerst auf der Erde zu leben, dann im Gedächtnis der Menschen...

Die Kunst ist nützlicher als das Gewerbe, das Schöne ist nützlicher als das Gute, wenn es anders wäre, warum trieben dann die ersten Völker, die ersten Regierungen nicht Handel und Gewerbe. Sie sind Künstler, Dichter, sie bauen unnütze Dinge wie Pyramiden, Kathedralen; sie machen Gedichte, bevor sie Stoffe machen – der Geist ist schlemmerischer als der Magen.

Woher kommt, daß ich will, daß Jesus Christus existiert hat, und daß ich dessen gewiß bin, weil ich das Mysterium der Passion für das Schönste halte, was es auf der Welt gibt.

Die Philosophie, eine neue Wissenschaft, die weder

zum Herzen noch zum Verstand spricht, denn es gibt nur zwei Dinge, die Poesie, die Schönheit und das Nützliche, das Einträgliche, wenn ihr ein *Gott* sein wollt, seid Dichter, wenn ihr ...

Es gibt zwei Arten von Eitelkeit: die öffentliche Eitelkeit und die private Eitelkeit, die man gutes Gewissen, menschlichen Respekt, Selbstachtung nennt, so wahr es ist, daß es in jedem Menschen zwei Menschen gibt, den, der handelt, und den, der kritisiert. Das innerste Leben ist das ständige Beschwatzen dessen, der kritisiert, durch den, der handelt. Wenn ihr irgendeine Niedertracht nicht begeht, zeigtet ihr irgendein übertriebenes Zartgefühl, wißt ihr, warum? Um euch beim Blick in euren Spiegel sagen zu können, das ist der Mensch, der famose Mensch, der das gemacht hat – wie viele Frauen erröten bei den Komplimenten, die man ihnen macht, und machen sich insgeheim noch viel stärkere. Wie viele Dichter, die sich mit Demut vor den anderen verneigen und, wenn sie allein sind, sich hoch aufrecken, Genie in ihren Augen, auf ihrer Stirn finden. Wie viele Leute, die sich kleiden, um sich zu bewundern, die lächeln, um sich lächeln zu sehen – die sich beim Sprechen bespiegeln –, die tugendhaft sind, um sich selbst hochschätzen zu können – seid ihr niemals so kindisch gewesen, nach Posen zu suchen, die euch standen, so in euch verliebt, um euch selbst die Hand zu küssen, nur um zu sehen, wie das wäre.

Ich kann vom Hochmut als Großmeister sprechen, und ich werde darüber eines Tages ein schönes Kapitel verfassen.

Es kommen mir manchmal historische Erleuchtungen, so klar tauchen bestimmte Dinge vor mir auf – die Seelenwanderung ist vielleicht wahr – ich glaube manchmal, in verschiedenen Epochen gelebt zu haben; wirklich, ich habe Erinnerungen daran.

Ich habe nur einen Menschen als Freund geliebt und nur einen anderen, es ist mein Vater.

Nach einem Ball, nach einem Konzert, irgendeiner großen Menschenansammlung, wenn man in die Einsamkeit zurückgekehrt ist, empfindet man ein unermeßliches Unbehagen und eine undefinierbare Melancholie.

Das 18. Jahrhundert hat nichts von der Poesie verstanden, nichts vom Menschenherzen verstanden, es hat alles begriffen, was den Verstand betrifft.

Zwischen Künstler und Dichter ein unermeßlicher Unterschied; der eine fühlt, und der andere spricht, der eine ist das Herz und der andere der Kopf.

Die politische Zukunft ist eine Maschine, oder vielleicht, im Gegenteil, stehen wir am Vorabend einer Barbarei, es würde mir nicht übel gefallen, die ganze Zivilisation einstürzen zu sehen wie ein Maurergerüst, bevor das Gebäude errichtet ist – wie schade! Die Philosophie der Geschichte wäre neu zu beginnen.

Ich möchte vor den Toren von Paris stehen mit fünfhunderttausend Barbaren und die ganze Stadt niederbrennen, was für Flammen! Was für eine Ruine der Ruinen!

Ich habe keinerlei Liebe zum Proletarier, und ich fühle nicht mit seinem Elend mit, aber ich begreife und teile seinen Haß auf den Reichen.

Reichtümer haben nur den Vorteil, daß man lebt, ohne sich um Geld kümmern zu müssen.

Das Geheimnis, glücklich zu sein, besteht darin, am Tisch, im Bett genießen zu können, zu stehen, zu sitzen, den nächsten Sonnenstrahl, die winzigste

Landschaft zu genießen, das heißt alles zu lieben: so daß, um glücklich zu sein, man es bereits sein muß – kein Brot ohne Hefe.

Der Stoizismus, die erhabenste aller Stupiditäten.

Die Bescheidenheit, die hochmütigste aller Niederträchtigkeiten.

Es gibt etwas Höheres als das Räsonnement: die Improvisation, etwas, das besser urteilt als das Urteilsvermögen; den Takt, der nichts anderes ist als die gegebene Inspiration für physische Dinge, für das aktive Leben.

Es gibt etwas Feineres als den Geschmack. Es genügt nicht, Geschmack zu haben. Man muß den Gaumen dafür haben. Boileau hatte mit Sicherheit Geschmack, und zwar einen delikaten, attischen guten Geschmack, ein feines Schnäbelchen in Poesie, die Leckerhaftigkeit einer hübschen Frau. Aber Racine hatte den Gaumen dafür; er erfaßte die Würze, die Blume, das Ambra des Parfums, die reinste Essenz von etwas Gewissem, das einen bezaubert, kitzelt, lächeln macht.

Jener Sinn ist für die, die ihn haben, unfehlbarer als das Einmaleins.

Freitag, 28. Februar 1840

Ich habe gerade dieses Heft wieder gelesen, und ich habe Mitleid mit mir selbst gehabt.

Was habe ich denn heute? Ist es Übersättigung, ist es Verlangen, Desillusion, Sehnen nach der Zukunft? Ich habe einen kranken Kopf, ein leeres Herz, ich habe gewöhnlich, was man ein heiteres Gemüt nennt, aber es gibt Leeren darin, abscheuliche Leeren, in die ich falle, zerbrochen, gerädert, vernichtet!

Ich schreibe nicht mehr – früher schrieb ich, ich begeisterte mich für meine Ideen, ich wußte, was es hieß, Dichter zu sein, ich war es zumindest im Innern, in meiner Seele, wie alle großen Herzen es sind. Was bedeutete mir die immer mangelhafte Form, sie gab mein Denken schlecht wieder – als erhabener Musiker spielte ich mit einem Rebec, ich fühlte schöne Prächtigkeiten, süße Dinge wie lautlose Küsse, die still dahinplätscherten. Wenn ich eine schöne Stimme gehabt hätte, wie hätte ich gesungen. Man würde sich über mich mokieren, wenn man wüßte, wie ich mich bewunderte, man hätte recht; mein ganzes Werk war in mir, und niemals habe ich eine Zeile des schönen Gedichts geschrieben, das mich ergötzte. – Ich erinnere mich, daß ich, bevor ich zehn Jahre alt war, schon gedichtet hatte – ich träumte vom Glanz des Genies, von einem erleuchteten Saal, von Applaus, von Kränzen –, und jetzt, obwohl ich noch die Überzeugung von meiner Berufung habe oder die Fülle von einem unermeßlichen Hochmut, zweifle ich mehr und mehr. Wenn ihr wüßtet, was diese Angst ist! Wenn ihr wüßtet, was meine Eitelkeit ist – was für ein wilder Geier, wie er an meinem Herzen nagt – wie allein ich bin, einsam, mißtrauisch, niederträchtig, eifersüchtig, egoistisch, grausam! O die Zukunft, die ich erträumt habe, wie war sie schön! O das Leben, das ich mir aufbaute wie einen Roman; was für ein Leben! Und wie schwer es mir fällt, darauf zu verzichten – und die Liebe auch, die Liebe! – ich sagte mir, wenn ich zwanzig sein werde, wird man mich sicher lieben, ich werde jemanden getroffen haben, gleichviel wen, eine Frau einfach, und ich werde wissen, was jener schöne Name ist, der im voraus alle Fasern meines Herzens, alle Muskeln meines Fleisches erbeben ließ.

Ich bin jedoch verliebt gewesen, ganz wie ein anderer, und keine hat etwas davon gewußt! Wie schade, wie wäre ich glücklich gewesen. Ich beschäftige mich oft damit, daran zu denken, und die Szenen spielen sich verliebt ab wie in einem Traum. Ich stelle mir lange Umarmungen vor – zärtliche Worte, die ich mir vorsage, mit denen ich mich liebkose – Blicke, die berauschen. Ach, wenn ihr in eurem Leben etwas anderes als Liebkosungen von Freudenmädchen gekannt habt, etwas anderes als verkaufte Blicke, so beklagt mich.

Liebe, Genie, das ist der Himmel, den ich gefühlt habe, den ich geahnt habe, von dem ich Emanationen, Visionen gehabt habe zum Irrewerden und der sich für immer wieder geschlossen hat, wer wird mich denn haben wollen? Das müßte schon gekommen sein, denn ich hätte so sehr eine Geliebte, einen Engel gebraucht.

Ich bin dünkelhaft, sagt man – und warum dann dieser Zweifel, den ich über jede meiner Handlungen hege, diese Leere, die mir angst macht, alle diese entschwundenen Illusionen.

O eine Frau, was für ein schönes Ding! Bringt zwei Flügel daran an, und ihr werdet einen Engel daraus machen! Ich träume gerne von ihren Umrissen. Ich träume gerne von aller Anmut ihres Lächelns, von der Weichheit ihrer weißen Arme, von der Rundung ihrer Schenkel, von der Haltung ihres geneigten Kopfes.

Oft bin ich in Indien, im Schatten der Bananenbäume, auf Matten sitzend, Bajaderen tanzen, Schwäne plustern sich in blauen Seen, die Natur erbebt vor Liebe.

Vor acht Tagen habe ich zwei Stunden lang an zwei grüne Schnürstiefel gedacht... und an ein schwarzes Kleid: ohne etwas an Albernheiten hinzuzufügen, die mein Herz lange gefangenhalten, trödele ich in meinem Kopf, kitzle ich mich, um mich lachen zu machen, mache ich mir Gemälde, deren Beschauer ich bin, Gemälde mit rosa Horizonten, einer schönen Sonne – alles ist da Glück, Strahlen.

Oh! Es ist derselbe Mensch, der dies schreibt, der Genie haben, in der Zukunft einen Namen tragen könnte. Ach! Ich bin erbärmlich.

Ich möchte wohl Mystiker sein; es muß schöne Wonnen schaffen, ans Paradies zu glauben, in Wolken von Weihrauch zu ertrinken, am Fuß des Kreuzes sich aufzugeben, auf den Flügeln der Taube Zuflucht zu finden, die erste Kommunion ist etwas Naives: – mokieren wir uns nicht über jene, die dabei weinen – es ist etwas Schönes, der mit duftenden Blumen bedeckte Altar – es ist ein schönes Leben, das der Heiligen, ich hätte als Märtyrer sterben wollen, und wenn es einen Gott gibt, einen guten Gott, einen Gott, der Vater Jesu, so schicke er mir seine Gnade, seinen Geist, ich werde ihn empfangen, und ich werde mich niederwerfen – ich verstehe gut, daß Leute, die fasten, sich an ihrem Hunger erfreuen und die Entbehrungen genießen, das ist ein viel feinerer Sensualismus als der andere, es sind die Wonnen, die Schauer, die Seligkeiten des Herzens.

Was man Freude an einer guten Tat nennt, ist eine Lüge – und ist nicht anders als die des Menschen, der verdaut – Heroismus ist etwas anderes. Aber ich sage, daß, wenn ihr einem Armen einen Sou gegeben habt und dann sagt, daß ihr glücklich seid, ihr ein Betrüger seid; ihr täuscht euch selbst. Es steckt mehr als drei Viertel Hochmut in jeder guten Tat, bleibt ein Viertel für den Eigennutz, für die zwangsläufige animalische Regung, für das zu stillende Bedürfnis, für die wirkliche Lust.

Ein unverständliches Ding ist das Unendliche. Aber wer zweifelt daran! Es gibt also Dinge außerhalb der Reichweite unseres Verstandes und an deren Sein wir glauben, gäbe es etwas anderes, das dächte, als eben dieser Verstand, etwas anderes, das überzeugt wäre, als unsere Vernunft.*

Warum fühlen wir uns, wenn wir nicht in denselben Gefühlen sind wie jene, die wir anreden, linkisch, uns selbst ungelegen? Ich habe kürzlich einen Mann getroffen, der mir die Agonie seines Bruders ankündigte; er drückte mir ergriffen die Hand, und ich, ich ließ sie mir drücken, ich habe mich von ihm getrennt und dabei mit einer albernen Miene gelacht, wie ich in einem Salon gelächelt hätte.

Das hat mir sofort mißfallen; dieser Mann demütigte mich. Denn er war voll von einem Gefühl, und ich war leer davon – ich habe ihn gestern wiedergesehen –, er ist zwar zum Erbarmen dumm, aber ich

---

* Dieser Absatz ist rot durchgestrichen, und das Wort »dumm« ist quer darüber geschrieben.

erinnere mich, wie sehr ich mich gehaßt und widerlich gefunden habe in jenem Augenblick.

Die Wollust hat Gefallen an sich selbst – sie kostet sich aus wie die Melancholie, einsame Genüsse, die um so größer sind, als ihr Subjekt dasselbe ist und ihr Objekt sie selbst; die Liebe dagegen will Teilung; die Wollust ist egoistisch und überlegt und ernst im höchsten Grad, sie genießen, sie mißbrauchen sich selbst, sie betrachten sich und gefallen sich, das ist wie eine Onanie des Herzens.

Es gibt große Männer, die man hätte sehen und bewundern mögen, es gibt andere, mit denen ... gemeine Männer in der Geschichte, das macht mir Spaß, und ich würde ein Buch schreiben, es wäre über die Schandtaten der großen Männer – ich bin froh, daß die großen Männer welche begangen haben.

Mir von der Würde des Menschengeschlechts sprechen ist Hohn, ich liebe Montaigne und Pascal deswegen.

Das einzige, was den Menschen von den Tieren unterscheidet, ist, ohne Hunger zu essen, ohne Durst zu trinken – freier Wille.

Ich fliehe die Disziplin, ein Mathematikergeist, ein enger Geist, ein Krämerherz, trocken wie das Holz ihres Ladentisches.

Schamhaftigkeit in der Kunst ist eine Idee, die nur einem Schwachkopf hat kommen können – die Kunst ist in den schamlosesten Abweichungen schamhaft, wenn sie schön ist, wenn sie groß ist. Eine nackte Frau ist nicht schamlos – eine Hand, die verbirgt, ein Schleier, der bedeckt, eine Falte, die man macht, sind schamlos.

Schamhaftigkeit ist eine Sache des Herzens und nicht des Körpers, es ist ein Firnis, der ein bißchen samtig glänzt.

Es gibt Leute, bei denen eine bloße Geste, ein unbedeutendes Wort, ein Stimmenklang uns anekelt und uns anwidert.

Die Schönheit ist göttlich. Wir lieben gegen unseren Willen, was schön ist, wir hassen, was häßlich ist; alle Hunde kläffen Bettler an, weil sie zerlumpt sind. Kinder sind ebenso, ihr könnt ihnen nicht einreden, daß jemand, der ihnen mißfällt, der häßlich ist, gut sei, das ist für sie unmöglich.

Als man Engel hat darstellen wollen, hat man ein nacktes Frauenmodell genommen.

Ich habe schon viel geschrieben, und vielleicht hätte ich gut geschrieben, wenn ich, anstatt meine Gefühle hochzuheben, um sie zum Ideal zu tragen, und meine Gedanken auf Gerüste zu stellen, sie hätte über die Felder laufen lassen, wie sie sind, frisch, rosa.

Wenn man schreibt, fühlt man, was sein muß, versteht man, daß an dieser Stelle dies, an jener Stelle jenes nötig ist, komponiert man sich Bilder, die man sieht, hat man in gewisser Weise die Empfindung, die man aufblühen lassen wird – man fühlt es im Herzen wie das ferne Echo aller Leidenschaften, die man an den Tag bringen wird – und diese Ohnmacht, all das wiederzugeben, ist die ewige Verzweiflung derer, die schreiben, das Elend der Sprachen, die kaum ein Wort für hundert Gedanken haben, die Schwäche des Menschen, der den Vergleich nicht finden kann, und bei mir insbesondere meine ewige Angst.

O mein Gott, mein Gott, warum habt Ihr mich denn mit soviel Ehrgeiz geboren werden lassen? Denn es ist einfach Ehrgeiz, was ich habe. Als ich zehn Jahre war, träumte ich schon von Ruhm – und ich habe gedichtet, sobald ich habe schreiben können, ich habe mir ausdrücklich für mich entzückende Bilder gemalt – ich dachte an einen Saal voll Licht und Gold, an Hände, die klatschten, an Schreie, an Kränze. Man ruft den Autor – der Autor bin natürlich ich, es ist mein Name, ich-ich-ich – man sucht mich in den Gängen, in den Logen, man reckt sich, um mich zu sehen – der Vorhang geht auf, ich trete vor – was für ein Rausch! Man schaut dich an, man bewundert dich, man beneidet dich, man ist nahe daran, dich zu lieben!

Ach! Was für ein Jammer, was für ein Jammer, daran zu denken, was für ein größerer Jammer, es sich selbst zu schreiben, es sich zu sagen. – Ja, ich bin ein verhinderter großer Mann, die Spezies ist verbreitet heute. Wenn ich alles bedenke, was ich gemacht habe und was ich machen könnte, sage ich mir, daß das wenig ist – und doch, wie ich Kraft in mir habe, wenn ihr alle Blitze wüßtet, die mich erleuchten. Wehe! Wehe! Ich sage mir, daß mit 20 Jahren ich schon Meisterwerke hätte gemacht haben können – ich habe mich ausgepfiffen, gedemütigt, erniedrigt, und ich weiß nicht einmal, was ich erhoffe, was ich will noch was ich habe – ich werde niemals etwas anderes sein als ein geschmähter Schreiberling, ein erbärmlicher eitler Fratz.

O wenn ich liebte, wenn ich geliebt würde. Wie wäre ich glücklich; die schönen Nächte, die schönen Stunden – es gibt doch welche, die ein solches Leben leben! Warum nicht ich? O mein Gott, ich will keine anderen Wonnen – mein Herz ist voll von klingenden Tönen und Melodien, lieblicher als die des Himmels, der Finger einer Frau würde sie ertönen lassen, würde sie schwingen lassen – verschmelzen – in einem Kuß, in einem Blick – was denn, werde ich niemals etwas von alldem haben? Ich fühle hingegen, daß mein Herz viel größer ist als mein Kopf. O wie ich lieben würde! Kommt doch, kommt doch, geheimnisvolle Seele, Schwester der meinen, ich werde die Spur Eurer Schritte küssen, Du wirst über mich laufen, und ich werde weinend Deine Füße umarmen.

Ich bin eifersüchtig auf das Leben der großen Künstler, Freude am Geld, Freude an der Kunst, Freude an der Üppigkeit, alles für sie. Ich hätte nur eine schöne Tänzerin sein mögen – oder ein Violinspieler, wie hätte ich geweint, geseufzt, geliebt, geschluchzt.

Es gibt traurige Freuden und heitere Traurigkeiten.

Es gibt ein undefinierbares Lächeln, es ist das, was wir vor einem Kunstgegenstand empfinden, die Töne einer Violine machen uns lächeln, die Muse, die in uns ist, öffnet ihre Nasenlöcher und saugt die ätherische Atmosphäre ein.

Der Geist Montaignes ist ein Quadrat; der Voltaires ein Dreieck.

Montaigne ist der ergötzlichste aller Schriftsteller. Seine Sätze haben Saft und Fleisch.

Wenn man den Marquis de Sade gelesen und die Faszination überwunden hat, fängt man an sich zu fragen, ob alles nicht wahr wäre, ob die Wahrheit nicht alles wäre, was er lehrt – und das, weil ihr dieser Hypothese nicht widerstehen könnt, von der er uns träumen läßt mit einer grenzenlosen Macht und mit herrlichen Potenzen.

Wir sind nicht entrüstet über zwei junge Hunde, die sich balgen, über zwei Kinder, die sich schlagen, über eine Spinne, die eine Fliege frißt – wir töten ein Insekt, ohne darüber nachzudenken. Steigt auf einen Turm, der hoch genug ist, daß sich der Lärm verliert, daß die Menschen klein sind; wenn ihr von dort einen Menschen einen andren töten seht, so wäret ihr kaum darüber erregt, weniger erregt jedenfalls, als wenn das Blut auf euch spritzte. Stellt euch einen höheren Turm und eine größere Gleichgültigkeit vor – einen Riesen, der Winzlinge betrachtet, ein Sandkorn am Fuß einer Pyramide, und stellt euch vor, daß die Winzlinge sich umbringen und das Staubkorn aufgewirbelt wird, was kann das alles dem Riesen und der Pyramide ausmachen – jetzt könnt ihr die Natur, Gott, den unendlichen Verstand in einem Wort, schließlich mit jenem Menschen vergleichen, der hundert Fuß groß ist, mit jener Pyramide, die hunderttausend Fuß groß ist – denkt danach an die Erbärmlichkeit unserer Verbrechen und unserer Tugenden, unserer Größe und unserer Niedertracht.

Ein Witz ist das Mächtigste, das Schrecklichste, was es gibt, er ist unwiderstehlich – es gibt keine Berufungsinstanz, weder die Vernunft noch das Gefühl –

eine verhöhnte Sache ist eine tote Sache, ein Mensch, der lacht, ist stärker als einer, der Kummer hat. Voltaire war der König seines Zeitalters, weil er zu lachen verstand – sein ganzes Genie war nur das; das war alles.

Die Heiterkeit ist das Wesen des Geistes – ein geistvoller Mensch ist ein heiterer Mensch, ein ironischer, skeptischer Mensch, der das Leben kennt, die Philosophie und die Mathematik, das ist die Vernunft, das heißt die Stärke, die Fatalität der Ideen – der Dichter, das ist Fleisch und Tränen. Ein spaßiger Mensch ist ein Feuer, das verbrennt.

Das unmoralischste Stück des Theaters ist der *Misanthrop*, es ist das schönste.

Das Fleisch, das Fleisch, ein Dämon, der ständig wiederkommt, reißt euch das Buch aus den Händen und die Heiterkeit aus dem Herzen, macht euch trübsinnig, grausam, egoistisch; man stößt ihn zurück, er kommt wieder, man gibt ihm berauscht nach, man stürzt sich darauf, man streckt sich darin aus, die Nasenlöcher weiten sich, der Muskel spannt sich, das Herz pocht, man fällt feuchten Auges, gelangweilt, zerbrochen zurück. Das ist das Leben: eine Hoffnung und eine Enttäuschung. (Jämmerlich)

Der Marquis de Sade hat zwei Dinge vergessen: die Anthropophagie und die wilden Tiere, was beweist, daß die größten Männer noch klein sind, und vor allem hätte er sich auch über das Laster mokieren müssen, was er nicht getan hat, und das ist sein Fehler.

Pastiche

Es war in der Dämmerung, Assur lag auf einem Purpurbett; der Duft der blühenden Orangenbäume, der Wind des Meeres, tausend Stimmen, die erlöschen, drangen zu ihm, er hörte auch am Ende des Hofs der Sklaven die Löwen und die Tiger, die in ihren Käfigen brüllten, als sie die Sonne über den Bergen untergehen sahen, und sie spritzten ihren Geifer auf ihre Gitterstäbe und schnaubten, denn dort war es, wo ihre Weibchen sie in der Tiefe der Lichtungen unter den Aloen erwarteten! Assur schnaubte auch, und seine Nasenlöcher weiteten sich und sogen schon die Marter ein, die ihm das Herz vor Hoffnung schwellen ließ – er steht auf; er geht auf den Balkon seines höchsten Belvedere mit der Goldrampe, er stützt sich auf und blickt hinab – sein Blick geht bis zum Ende und schweift umher wie ein Pfeil, den man am Bogen entlang kreisen läßt, bevor er abfliegt – die Luft ist schwül, er erstickt, er hat Durst, er will Blut, sein Balkon ist mit fleischlosen Köpfen geschmückt; nachts stürzen sich die Adler und die Geier darauf und hacken an den Schädeln herum; er hört das Geräusch ihrer Flügel unter seinem Dach, wenn der Rücken seiner Konkubine unter ihm knackt und sich wie eine Weidenrute biegt, wenn er aus einer ganz weißen Satinhand das dampfende Blut trinkt. Was wird er tun, jetzt, da er aufwacht, noch ganz satt von der nächtlichen Orgie; wird er sich seinen Knaben hingeben oder sich von den Magiern beweihräuchern lassen? Assur steigt langsam wieder herab, und es kommt ihm vor, als ob eine Fee ihm die Hand reicht, es ist die Fee der Freuden der dreifachen Hölle, die den Dampf der Schlachtfelder atmet, die einen Duft von Rosen und Menschenfleisch ausströmt, sie hat ein weißes Kleid, übersät mit schönen Stahlzähnen, Arme, die ersticken, eine Hand, die streichelt, die Lichter brennen noch in den Kristallen... auf seine Befehle wird alles fortgetragen, ausgekehrt, wollüstige Sklaven lassen Aromata fließen, die Essenzen, die entzücken, man spannt die rosa Gazevorhänge, man zieht die Sofas aus, wo das Herz des Menschen erschlafft und vergeht unter den Küssen, wo die Busen schwellen und so schön beben. Da werden die Frauen gebracht, weinend, schwarz gekleidet mit Rosen im Haar; eine Geheimtür hat die nackten Knaben hinaustreten lassen – Assur lacht mit seinen Augen, umarmt sie, läßt sich in ihren Armen tragen – man hört die drei Schwestern, die schluchzen – man hört das Kratzen von Klauen an den Türen – ein Gebräu extrahiert...

*Nacht vom 2. Januar 1841,
geschrieben nach der Rückkehr vom Ball*

Wie lange ist es her, daß dies geschrieben ist, mein Gott! Es war an einem Sonntagnachmittag, in einer Stunde von Überdruß und Wut; von Heilmitteln ebenso ermattet wie von der Krankheit, habe ich die Feder hingelegt und bin hinausgegangen. Ich bin zu Fuß in Déville essen gewesen. Ich bin mit Mama auf dem Boulevard gewesen, und wir haben Ballay getroffen – ich war zynisch und wütend!

Wie habe ich gelebt seitdem, und wie vieles liegt in dem Abstand zwischen der Zeile, die dort endet und die hier beginnt! Die Arbeiten meiner Prüfung, schließlich habe ich sie bestanden. Ich will versuchen, dieses Leben von fünf Monaten zusammenzufassen, das abschließt, was man die Kindheit nennt, und jenes Etwas eröffnet, das keinen Namen hat, das Leben eines Mannes von 20 Jahren, und es ist (vor allem in meiner Natur) weder die Jugend noch das reife Alter, noch die Hinfälligkeit; es ist all das zugleich, das hält durch alle Buckel und Wulste zusammen; selbst in meinem Ruhezustand ist mein physisches und moralisches Temperament ein Eklektizismus, der auf Teufelkommraus von der Laune und von der der Dinge geleitet wird.

Wenn ich mich in Gedanken zu meiner geliebten Reise zurückversetze und wenn ich mich hier vorfinde, frage ich mich einfach, ob ich derselbe Mensch bin – ist es derselbe Mensch, der am Golf von Sagone umherging und der hier an diesem Tisch schreibt in einer milden und regnerischen, feuchten und nebligen Winternacht?

O Italien, Spanien, Türkei. Heute Samstag – es war auch ein Samstag, an einem gewissen Tag... in einem Zimmer wie meinem, niedrig und mit roten Fliesen ausgelegt, zur gleichen Stunde, denn ich habe gerade halb 3 schlagen hören, man hat gesagt, die Zeit fliehe wie ein Schatten.

Sie ist bald ein Phantom, das uns durch die Hände gleitet, oder ein Gespenst, das euch auf der Brust lastet.

Ich bin auf dem Ball gewesen, was soll man da? Wie ist das traurig, die Freuden der Welt, und es ist noch dümmer, als es traurig ist. Ich habe da Mädchen in blauen Kleidern oder in weißen Kleidern gesehen, Schultern mit Pickeln, vorstehende Schulterblätter, Mienen von Kaninchen, Wieseln, Mardern, Hunden, Katzen, von Schwachköpfen jedenfalls – und all das plapperte, schwatzte, tanzte und schwitzte – ein Haufen Leute, die hohler waren als der Klang eines Stiefels auf dem Pflaster, umringte mich, und ich war gezwungen, ihresgleichen zu sein, mit den gleichen Wörtern im Mund, dem gleichen Kostüm; sie umringten mich mit albernen Fragen, auf die ich entsprechende Antworten gab. Man hat mich zum Tanzen bringen wollen! Die armen guten Kinder! Die liebenswerten Persönchen! Was möchte ich mich amüsieren wie sie!

Ich habe die Schwäche, von Zeit zu Zeit an den Schrank zu gehen, der am Kopf meines Bettes ist, und meinen Leinenrock anzusehen und in seinen Taschen zu kramen, wir foppen uns selbst, sagt Montaigne.

Was tue ich, was werde ich je tun – was ist meine Zukunft? Übrigens gleichviel – ich hätte dieses Jahr gern arbeiten wollen, aber ich habe nicht den Mut dazu, und das ärgert mich sehr: ich hätte Latein, Griechisch, Englisch lernen können, tausend Dinge reißen mir das Buch aus den Händen, und ich verliere mich in Träumereien, die länger sind als die längsten Dämmerabende.

Ich möchte gern wissen, welches Gefühl mich dazu bringt, diese Seiten zu schreiben, jene vor allem, die von heute nacht, die ich dazu bestimme, von niemandem gelesen zu werden.

Da ich den alten Moutna beiseite geworfen habe, werde ich in einem Programm alles zusammenfassen, was ich nicht verlieren will.

Ich habe an einem Montagmorgen mein Abitur bestanden, ich erinnere mich nicht mehr an das Datum – Café Duprat. Ankunft zu Hause, N. aß dort zu Mittag. Ich werfe mich auf ein Bett, und ich schlafe, abends ein Bad, mehrere Tage Ruhe. Ich soll mit Herrn Cloquet nach Spanien fahren. Ich studiere Spanien, so sehr ich kann; Änderung, es ist Korsika – ich reise mit dem Dampfer von Rouen ab – Maxime, Ernest, Huet, Eisenbahn – in Paris; ich treffe am Eingang des Palais-Royal ein Mädchen der Rue de la Cigogne, Lise. Besuch bei Gourgaud, wir gehen um den Étang des Suisses herum, ich teile ihm meine Zweifel an meiner literarischen Berufung mit, er ermutigt mich – schönes Wetter – am selben Tag Essen bei Vassé.

Abfahrt nach Bordeaux – Unfall der Postkutsche, unsere Begleiter sind ein junger Mann mit Brille, in schwarzer Mütze – Diskussion über einen geschichtsphilosophischen Punkt; nach Angoulême der blaue Paletot, und ein kleiner Mann, der aus seinem Dorf zurückkehrt, er ist in den Häfen gewesen; er ist in Neuseeland gewesen.

Bordeaux – Theater, eine Probe, unsere Wirtin – Essen beim General Carbonel.

Abfahrt nach Bayonne, eine magere Frau und eine fette Frau, Kutscher, Handelsreisender, ich kaufe ein Päckchen Zigarren.

In Bayonne – sein Kamerad der große Teufel im grauen Gehrock mit schwarzen Ärmelaufschlägen, ein Arzt M., der wie der ehrenw. moralische Landw. aussieht. »Ich betreibe Medizin aus Philanthropie.«

Wir kommen durch Fontarabie – ein Junge, der uns dorthin führt; gelbe Miene des Kommissars, der am Eingang der Bidassoa-Brücke ist – in der Herberge, wo wir in Behollic essen, spanisches Mädchen auffallend durch einen großen Ausdruck von Güte; Übelkeit – abends Gewitter.

Von Bayonne nach Pau, Basken in der Plane zusammengepfercht, die die ganze Nacht gesungen haben; Offiziere, von denen einer, an meinen Rücken gelehnt, sich umdreht, mir von Literatur spricht, Chateaubriand. Mein linker Nebenmann, gelbe Sandalen, sein Hut stört ihn, er bindet sein rotes Taschentuch um seinen Kopf, Samtrock, spitze und am Ende hochgestülpte Nase.

In Pau friere ich – lese Herrn Cloquet und Fräulein Lise meine Aufzeichnungen vor, wenig Billigung und Verständnis ihrerseits; ich bin pikiert, abends schreibe ich an Mama, ich bin traurig; bei Tisch fällt es mir schwer, meine Tränen zurückzuhalten.

Diese Nacht, die ich so verbringe, ohne genau zu wissen, warum, erinnert mich an eine andere ähnliche; es war beim Marquis de Pommelle am Michaelstag, es waren die Ferien meiner Quarta oder meiner Tertia, ich habe die ganze Nacht beim Tanzen zugesehen, und als man sich zurückgezogen hat, habe ich mich auf mein Bett geworfen, die Kerze brannte, und wie jetzt hatte ich Kopfschmerzen – los, starker Mann, ein bißchen Mut – kannst du nicht eine Nacht verbringen ohne zu schlafen? Als es Morgen wurde, bin ich Boot gefahren.

In einigen Minuten wird es 4 Uhr sein, wenn der Hahn schon wie bei Hamlet *cock crows* gekräht hat – mir scheint, daß es schon acht Tage her ist, und doch ist es kaum 3 Stunden her, daß ich die Welt dahingehen, diese Runde vorüberziehen sah.

Fels, Grotte, gutes Wasser, Tournay, am Abend Spaziergang, Bäder, die Frau der Schenke – Lebwohl, ein andermal, Arglose, der Schlaf würde kommen, was für eine gut genutzte Nacht, o Pläne!

25. Januar, halb fünf Uhr abends, die Sonne scheint noch, mein eisernes Zifferblatt wirft seine Silhouette auf den Vorhang meines Fensters.

Heute haben mich meine großen Reisepläne wieder mehr denn je gepackt. Es ist immer der Orient. Ich war geboren, dort zu leben. Beim zufälligen Aufschlagen des *Itinéraire A.B.C.* habe ich gesehen:

»Ein dritter (ein französischer Soldat, der in Ägypten geblieben und Mamelucke geworden ist) magerer und bleicher großer junger Mann hatte lange in der Wüste mit den Beduinen gelebt, und er sehnte sich besonders nach diesem Leben; er erzählte mir, wenn er sich allein im Sand auf einem Kamel befände, hätte er Freudenanfälle, deren er nicht Herr wäre.«

Das hat mich lange nachsinnen lassen. Wenn ich daran denke, möchte ich jeden Tag mehr in die Ekstase der Alexandriner fallen können – dieses Schweigen der Wüste, das für ihre Söhne so schöne Geräusche hat, erschreckt die Menschen der regenreichen Landstriche, die Steinkohle atmen und die mit den Füßen im Dreck der Städte leben; Davot hat es mir zugegeben. Mehrmals hat er sich ganz alleine auf den Weg gemacht, und er hat nicht gewagt, weiterzugehen. Botta, den ich in Rouen gesehen habe und der lange dort gelebt hat, rühmte dem Abbé Stéphane, einem Landsmann seines Vaters, die Freiheit Arabiens, sagte: »Da ist die Freiheit, die wahre, ihr anderen, ihr wißt gar nicht, was das ist – und bei dem, was folgte, bin ich vor Neid gehüpft – sie trugen lange Seidengewänder, breite weiße Turbane, prächtige Waffen, sie hatten einen Harem, Sklaven, Rassepferde.«

Ich habe in diesem Monat Januar nicht gearbeitet; ich weiß nicht, warum – eine unfaßbare Trägheit – ich habe gar keine Knochen (im moralischen Sinn), es gibt Tage, wo ich die Wolken stürmen möchte, andere, wo ich nicht die Kraft habe, ein Buch zu bewegen.

Leute, die die 40 überschritten haben, mit leicht grauen Haaren, ohne jegliches Begeisterungsvermögen, pflegen einem unter allen abscheulichen Gemeinplätzen, mit denen sie einen überschütten, zu sagen: »Ihr werdet Euch ändern, junger Mann, Ihr werdet Euch ändern«, so daß es keinen Satz über das Leben, die Kunst, die Politik, die Geschichte gibt, der nicht von diesem Refrain begleitet wäre. Ich erinnere mich, daß Herr Cloquet, der, obwohl ein Mann von Geist, viele Platitüden sagt, mich eines Tages aufforderte, alle meine Ideen schriftlich und in Form von Aphorismen festzuhalten, das Papier zu versiegeln und es in fünfzehn Jahren zu öffnen.

»Ihr werdet einen anderen Menschen finden«, sagt er mir, da das ein sehr guter Rat sein kann, werde ich ihn befolgen.

I

Was die Moral im allgemeinen angeht, so glaube ich überhaupt nicht daran; das ist ein Gefühl und nicht eine notwendige Idee.

II

Ich begreife die Idee einer Pflicht nicht; jene, die sie proklamieren, wären, glaube ich, sehr in Verlegenheit, sie mit der der Freiheit zu vereinbaren.

III

Die Politik der Geschichte in ihren menschlichen Beziehungen; alles, was geschieht, muß geschehen; man muß es verstehen und nicht tadeln; nichts ist so dumm wie die historischen Haßausbrüche.

IV

Ich begreife alle Laster, alle Verbrechen; ich begreife die Grausamkeit, den Diebstahl usw. Nur die Niedertracht empört mich. Vielleicht wäre es, wenn ich die anderen sähe, ebenso.

V

Was die Tugend der Frauen angeht, so glaube ich mehr daran als gewisse sehr· moralische Leute, weil ich an die Gleichgültigkeit, an die Kälte und an die Eitelkeit glaube, die jene Herren nicht in Betracht ziehen.

VI

Ich empfinde mich vollkommen als anständiger Mensch, das heißt ergeben, fähig zu großen Opfern, fähig, zu lieben und niederträchtige Hinterlist, Betrügerei zu hassen.
    Alles, was klein, eng ist, tut mir weh. Ich liebe Nero, ich bin wütend auf die Zensur.

VII

Ich erwarte alles erdenkliche Übel von den Menschen.

VIII

Ich glaube, daß die Menschheit nur ein Ziel hat: leiden.

IX

Die Geschichte der Welt ist eine Farce.

X

Ein großes Mitleid für die Leute, die an den Ernst des Lebens glauben.

XI

Ich habe die Schamhaftigkeit nie verstanden.

XII

Eine große Verachtung für die Menschen, während

ich gleichzeitig in mir viele Fähigkeiten spüre, mich von ihnen lieben lassen zu können.

XIII

Ich strebe überhaupt nicht nach politischen Erfolgen. Ich würde lieber auf dem Vaudeville als auf der Tribüne beklatscht werden.

XIV

Es ist schade, daß die Konservativen so erbärmlich sind und daß die Republikaner so dumm sind.

XV

Was allem überlegen ist, ist die Kunst. Ein Gedichtband ist mehr wert als eine Eisenbahn.

XVI

Wenn die Gesellschaft so weitermacht, wird es in zweitausend Jahren weder einen Grashalm noch einen Baum mehr geben; sie werden die Natur aufgefressen haben. Seht, die gegenwärtige Welt scheint mir ein entsetzliches Schauspiel. Wir haben nicht einmal mehr einen Glauben ans Laster. Der Marquis de Sade, den man als ein Ungeheuer ansieht, ist für immer in Frieden entschlafen, wie ein Engel – er hatte einen Glauben, er ist glücklich gestorben – und wie werden die Weisen von heute sterben?

XVII

Das Christentum liegt auf seinem Totenbett, der Aufschub, den es gehabt hat, war, glaube ich, nur sein letztes Aufleuchten – wir verteidigen es zwar aus Opposition, alle philanthropischen und philosophischen Dummheiten, mit denen man uns anödet, aber wenn man uns vom Dogma selbst spricht, von reiner Religion, fühlen wir uns alle als Söhne Voltaires.

XVIII

Man hat mir vieles vorausgesagt: 1. daß ich tanzen lernen werde, 2. daß ich heiraten werde. Wir werden sehen – ich glaube es nicht.

XIX

Ich sehe nicht, daß die Emanzipation der Neger und der Frauen etwas sehr Schönes ist.

XX

Ich bin weder Materialist noch Spiritualist. Wenn ich etwas wäre, so wäre es eher Materialist – spettatore – Beobachter.

XXI

Ich schätze das Zölibat der Priester – obwohl ich nicht schlechter bin als ein andrer, erscheint mir die Familie als etwas ziemlich Enges und ziemlich Erbärmliches – die Poesie der Ofenecke ist die des Krämers; offen gestanden, trotz den Dichtern, die uns damit prellen, steckt darin nichts sehr Großes.

XXII

Ich fühle mehr Zuneigung für meinen Hund als für einen Menschen.

XXIII

Es gibt Tage, wo ich von Rührung erfaßt werde, Tiere zu sehen.

XXIV

Das Beste, was man mir jetzt anbieten könnte, wäre eine Postkutsche und die Möglichkeit, mich aus dem Staube zu machen.

XXV

In der Verfassung, in der ich mich befinde, wäre ich nicht entrüstet, wenn ich entdeckte, daß mein Diener mich bestiehlt, ich könnte nicht umhin, es in mir selbst zu billigen, denn ich sehe nichts so Schlimmes darin.

XXVI

Nichts erscheint mir schlecht.

XXVII

Es gibt weder wahre noch falsche Ideen. Man macht sich zunächst die Dinge ganz lebhaft zu eigen, dann überlegt man, dann zweifelt man, und dabei bleibt man.

XXVIII

Niemand mag Lobreden so wie ich, und Lobreden langweilen mich.

XXIX

Ich sehe gerne den Graukopf seine Menschenwürde erniedrigt, herabgesetzt, geschmäht nennen, nicht aus Haß auf die Menschen, sondern aus Antipathie für die Idee der Würde.

XXX

Zukunft der Menschheit, Rechte des Volkes, so viel absurde Kindereien.

XXXI

Ich glaube nichts und bin geneigt, an alles zu glauben, außer an Moralpredigten.

XXXII

Folgendes sind ganz dumme Sachen: 1. die Literaturkritik, wie sie auch sei, ob gut oder schlecht, 2. der Mäßigkeitsverein, 3. der Montyon-Preis, 4. ein

Mensch, der die menschliche Spezies preist, ein Esel, der eine Lobrede auf lange Ohren hält.

XXXIII

Folgende Idee sollte man vorschlagen: alle Statuen nehmen, um daraus Münzen zu machen, sich mit der Leinwand der Gemälde kleiden, sich mit den Rahmen wärmen.

XXXIV

Folgesatz des Vorhergehenden
Die Dummheit und die moderne Größe werden durch eine Eisenbahn symbolisiert.

XXXV

Die Zivilisation ist eine Geschichte gegen die Poesie.

XXXVI

Oft möchte ich den Leuten, die vorbeigehen und deren Miene mir mißfällt, eine Kugel durch den

Kopf jagen können (ein andermal werde ich diese Formeln beenden).

Am 8. Februar wiederaufgenommen

Ich habe eine intermittierende moralische Krankheit, gestern hatte ich großartige Arbeitspläne. Heute kann ich nicht weitermachen. Ich habe 5 Seiten Englisch gelesen, ohne sie zu verstehen; das ist ungefähr alles, was ich gemacht habe, und ich habe einen Liebesbrief geschrieben, nur um zu schreiben, und nicht, weil ich liebe. Ich möchte es mir jedoch wohl selbst weismachen; ich liebe, so glaube ich beim Schreiben. Einige Tage war ich fest entschlossen, alles zu tun, daß ich nach sechs Monaten, etwa im Juli, Englisch, Latein kann, und um am Ende dieser Woche Griechisch lesen zu können. Ich sollte den IV. Gesang der *Äneis* auswendig können. Ich lese nicht viel. Ich müßte mich noch gründlicher, als ich es tue, an alles hängen, was mich umgibt, an die Familie, an das Studium der Welt, alles, wovon ich mich entferne und das ich, ich weiß nicht warum, mich zwingen möchte, nicht zu lieben (die Welt ist überflüssig in dem Satz). Ich nehme sie und verlasse sie in meinem Herzen lediglich. Es gibt Tage, wo ich in den Salons brillieren, meinen Namen mit Aufsehen ausgesprochen hören möchte, und andere Male, wo ich mich entwürdigen und erniedrigen, in der tiefsten Bretagne Notar sein möchte. Chevreuil hat meinen seltsamen Geisteszustand bemerkt, aber es steckt auch ein bißchen Affektiertheit in meinem Fall; ich spiele immer Komödie oder Tragödie, es ist so schwierig, mich zu kennen, daß ich mich nicht einmal selbst kenne.

Wozu dies schreiben, das wüßte ich nicht zu sagen. Adieu Gustave, auf einen anderen Tag, was er auch sei, er möge nur kommen, es wird noch andre davon geben, verbracht im...

Wenn ihr euer Buch beginnt und euch dabei sagt: es muß dies oder das beweisen, man muß religiös oder gottlos oder erotisch aus ihm hervorgehen – werdet ihr ein schlechtes Buch machen, weil ihr bei seiner Abfassung die Wahrheit behindert, die Tatsachen verfälscht habt, die Ideen gehen aus sich selbst hervor durch eine zwangsläufige und natürliche Neigung. Wenn ihr sie, in irgendeiner Absicht, eine Wendung nehmen lassen wollt, die nicht ihre eigene ist, ist alles schlecht, man muß die Charaktere sich in ihrer Folgerichtigkeit abzeichnen, die Tatsachen sich aus sich selbst erzeugen lassen; all das muß von selbst wachsen, und man darf sich nicht am Kopf nach rechts oder links ziehen lassen; ich nehme Beispiele. *Les Martyrs, Gil Blas, Béranger.*

Heute, 21. Mai, kalter Tag ohne Regen, man könnte meinen, es wird schneien, und die Blätter an den

Bäumen – Tag der Ermattung und der Beklommenheit – es ist ein Bedürfnis, zu schreiben, sich mitzuteilen, und ich weiß nicht, was ich schreiben noch denken soll. Es ist jedoch immer so mit den verworrenen Trieben, ich bin ein Stummer, der sprechen will. Ach! Mein Hochmut mein Hochmut, niemand kennt dich, weder meine Familie noch meine Freunde, noch ich selbst. – Indessen beziehe ich alles auf ihn, und vielleicht täusche ich mich. Seit ich diese Seite schreibe, fühle ich, daß ich nicht sage, was ich sagen will. Ich habe nicht den Abhang gefunden, über den sich das, was ich habe, ergießen muß – ich bin jetzt in einer wunderlichen Lage am Vorabend meiner Schulentlassung und meines Eintritts in das, was man die Welt nennt, alle Erinnerungen meines vergangenen Lebens kommen mir wieder, und meine acht Collège-Jahre ziehen wieder vor meinen Augen vorbei – es kommt mir jedoch so vor, als ob es zwanzig Jahre her ist, daß ich eines Abends, um 3 Uhr, in blauer Jacke eingetreten bin – es war eine Zeit von unfaßbarer Langeweile und einer blöden Traurigkeit, vermischt mit Zuckungen von Clownerie; ich werde diese Geschichte eines Tages schreiben, denn ich lechze danach, mich mir selbst zu erzählen – alles, was ich mache, mache ich zu meinem Vergnügen. – Wenn ich schreibe, so geschieht es, um mich zu lesen, wenn ich mich anziehe, so geschieht es, um mir schön zu erscheinen; ich lächle mir im Spiegel zu, um mir angenehm zu sein. Das ist der Kern aller meiner Handlungen; gibt es einen besseren Freund als mich selbst? Wenn ich mich günstig beurteile, so beurteile ich mich auch unbarmherzig, denn es gibt Tage, wo ich den Ruf des winzigsten Vaudevillisten erstreben würde, ich erhöhe mich, und ich erniedrige mich wieder, was bewirkt, daß ich niemals auf meiner wahren Höhe bin – kürzlich habe ich *Werther* wiedergelesen; die Desillusion, in die mich das versetzt hat, ist vollkommen gewesen, alles, was mir warm vorgekommen war, ist kalt, alles, was mir gut schien, ist abscheulich – die Zukunft entzückt mich, die Gegenwart ist wenig, die Vergangenheit stürzt mich in Verzweiflung, und ich gewinne keinerlei Erfahrung. Ich denke gern an die Zukunft, ich habe immer daran gedacht, und niemals hat sich auch nur eine einzige Tatsache, die ich erhofft, erwartet, befürchtet usw. hatte, erfüllt.

Die Kraft ist etwas, in dessen Genuß man kommt, wenn man sie verliert. Als ich dies begonnen habe, wollte ich eine getreue Kopie von dem machen, was ich dachte, fühlte, und das ist nicht ein einziges Mal geschehen, so sehr belügt der Mensch sich selbst; man betrachtet sich im Spiegel, aber euer Gesicht ist umgekehrt, kurz, es ist unmöglich, wahr zu sprechen, wenn man es schreibt. Man berührt sich, man lacht sich an, man ziert sich, es kommen manchmal entgegengesetzte Gedanken, während man denselben Satz schreibt. Beeilt euch, und ihr verstümmelt, haltet euch zurück, und ihr künstelt und schwächt ab.

Die Melancholie ist eine Wollust, die man anstachelt. Wie viele Leute schließen sich ein, um sich noch trauriger zu machen, gehen am Ufer des Bachs weinen, greifen absichtlich zu einem sentimentalen Buch; ständig bauen wir uns auf und bauen wir uns ab.

Es gibt Tage, wo man Athlet sein möchte, und andere, wo man Frau sein möchte. Im ersten Fall ist es der Muskel, der zuckt, im zweiten Fall ist es das Fleisch, das schmachtet und das sich entflammt.

Was mir vor allem fehlt, ist der Geschmack; ich will alles sagen. Ich erfasse und ich fühle en bloc, in Synthesen, ohne das Detail wahrzunehmen; die tulli liegen mir, alles, was herausragt oder sich hervorwölbt, liegt mir, abgesehen davon, nichts. Das Gewebe, das Gefüge entgehen mir; ich habe rauhe Hände, und ich fühle nicht gut die Weichheit des Stoffs, aber ich bin beeindruckt von seinem Glanz – die Halbschatten liegen mir nicht – auch liebe ich das Scharfe, das Gepfefferte oder das Gezuckerte, das

Saftige auch, aber das Delikate überhaupt nicht – die Farbe, das Bild vor allem, es fehlt mir an... und mehr noch an Präzision – keinerlei Einheit, Bewegung, aber keinerlei...
, Erfindungsgabe, aber nicht das geringste Gefühl für Rhythmus, genau das fehlt mir am meisten – und vor allem ein langer, von Prätention durchsetzter Stil.

Die Dramenkunst ist eine Geometrie, die sich als Musik abspielt – das Erhabene bei Corneille und bei Shakespeare wirkt auf mich wie ein Rechteck – das Denken endet in rechten Winkeln.

Man hätte leben wollen wie Cäsar, Montaigne, Molière, Rousseau. Die Wissenschaften verfahren per Analyse – sie glauben, daß das ihren Ruhm ausmacht, und es ist ihre Jämmerlichkeit. Die Natur ist eine Synthese, und um sie zu studieren, zerschneidet ihr, zertrennt ihr, seziert ihr, und wenn ihr aus allen diesen Teilen ein Ganzes machen wollt – das Ganze ist künstlich –, macht ihr die Synthese, nachdem ihr sie defloriert habt – die Verbindungen existieren nicht mehr – die euren sind imaginär und, ich wage zu sagen, hypothetisch – und die Wissenschaft, die Wissenschaft von den Beziehungen der Dinge, die Wissenschaft des Übergangs von der Ursache zur Wirkung, die Wissenschaft der Bewegung, der Embryologie, der Artikulation...

Wenn ich süße Liebesbegierden habe, habe ich auch glühende, habe ich blutige, habe ich entsetzliche.

Der tugendhafteste Mensch hat im Herzen Funken der grauenhaftesten Dinge.

Es gibt Gedanken oder Handlungen, die man niemandem eingesteht, selbst nicht seinem Komplizen, nicht einmal seinem Freund, die man sich nicht ganz laut vorsagt.

Seid ihr manchmal über schändliche geheime Regungen errötet, die in euch aufstiegen und sich dann wieder senkten und euch ganz erstaunt, ganz überrascht darüber zurückließen, daß ihr sie gehabt hattet?

Ich schreibe diese Seiten, um sie danach in einem Jahr, in dreißig Jahren wieder zu lesen – das wird mich in meine Jugend zurückversetzen, wie eine Landschaft, die man wiedersehen will, und man kehrt dahin zurück – man glaubte, sie sei schön, lieblich, mit grünen Blättern; überhaupt nicht, sie ist vertrocknet, sie hat kein Gras mehr, schon keinen Saft mehr in den Bäumen. – O ich glaubte, sie sei schöner, sagt man – ich schreibe, weil mir das Spaß macht.

Das Denken ist die größte der Wollüste – die Wollust selbst ist nur Imagination – habt ihr je so genossen wie in Träumen?

Ein nützlicher Mensch, seid Chemiker, Mechaniker, Schuhputzer – das sind Resultate, die Mehrzahl will sie – die Philosophie ergibt keine – sie ist ganz Denken – die Poesie dagegen ist ganz Handeln, Bilder von Handlungen und von Gefühlen – sie ist eine Welt – sie hat ihre Meere, ihre Bäche, die unseren Durst löschen – der Philosophie ist die Kehle ausgetrocknet vom Staub des Nichts aller ihrer Systeme.

Mir zu sagen, daß ein Priester nicht nützlich ist, daß ein Dichter nicht nützlich ist und daß ein Astronom es eher ist, heißt nicht...

Es wird vielleicht ein schöner Tag kommen, wo die ganze moderne Wissenschaft zusammenbrechen und man sich über uns mokieren wird, ich wünschte es.

Ich sehe die Menschen gerne entwürdigt, dieses Schauspiel macht mir Freude, wenn ich müde bin.

Es gibt ein ziemlich dummes Axiom, das besagt, daß die Sprache das Denken wiedergibt – es wäre wahrer zu sagen, daß sie es entstellt. Bringt ihr je einen Satz so hervor, wie ihr ihn denkt? Werdet ihr einen Roman schreiben, wie ihr ihn konzipiert habt?

Wenn die Sätze die Gedanken produzierten, was bedeuteten euch Gemälde, die ihr sähet, als wenn sie mit dem Pinsel gemacht wären! Ich würde euch vage und lustvolle Weisen singen, die ich im Kopf habe – ihr würdet die Inbrünste fühlen, an die ich denke – ich würde euch alle meine Träumereien sagen, und ihr wißt nichts von alldem, weil es keine Wörter gibt, es zu sagen – Kunst ist nichts anderes als jene merkwürdige Übersetzung des Denkens durch die Form.

Memoiren eines Irren

Dir, mein lieber Alfred, sind diese Seiten gewidmet und zugeeignet.

Sie schließen eine ganze Seele ein. Ist es meine eigene? Ist es die eines anderen? Ich hatte zuerst einen intimen Roman schreiben wollen, wo der Skeptizismus bis zu den äußersten Grenzen der Verzweiflung getrieben wäre; aber nach und nach, beim Schreiben, drang die persönliche Empfindung durch die Fabel durch, die Seele führte die Feder und zerbrach sie.

Ich will das also lieber im Geheimnis der Mutmaßungen lassen; *du* wirst sicher keine anstellen.

Allein, du wirst vielleicht an vielen Stellen den Ausdruck für überspannt und das Bild für mutwillig verdüstert halten; erinnere dich daran, daß ein Irrer diese Seiten geschrieben hat, und wenn das Wort oft das Gefühl, das es ausdrückt, zu übersteigen scheint, so deshalb, weil es woanders unter der Last des Herzens nachgegeben hat.

Adieu, denk an mich und für mich.

I

Warum diese Seiten schreiben? Wozu sind sie gut? – Was weiß ich selbst davon? Es ist, meiner Ansicht nach, ziemlich töricht, die Menschen nach dem Grund ihrer Handlungen und ihrer Schriften zu fragen. – Wißt ihr denn selbst, warum ihr die erbärmlichen Blätter aufgeschlagen habt, die die Hand eines Irren vollzeichnen will?

Ein Irrer! Das erregt Entsetzen. Was seid ihr denn, ihr, Leser? In welche Kategorie reihst du dich ein? In die der Blöden oder in die der Irren? – Wenn du zu wählen hättest, so würde deine Eitelkeit die letztere Situation noch vorziehen. Ja, noch einmal, wozu ist es gut, ich frage es allen Ernstes, ein Buch, das weder lehrreich noch unterhaltsam, noch chemikalisch, noch philosophisch, noch landwirtschaftlich, noch elegisch ist, ein Buch, das keinerlei Rezept weder für Schafe noch für Flöhe gibt, das weder von der Eisenbahn noch von der Börse spricht, noch von den innersten Falten des Menschenherzens, noch von der mittelalterlichen Kleidung, noch von Gott, noch vom Teufel, sondern das von einem Irren spricht, das heißt die Welt, diese große Idiotin, die sich seit so vielen Jahrhunderten im Raum dreht, ohne einen Schritt zu tun, und die heult und die geifert und die sich selbst zerquält?

Ich weiß ebensowenig wie ihr, was ihr sagen werdet, denn es ist keineswegs ein Roman noch ein Drama mit einem festen Plan oder eine einzige vorbedachte Idee mit Richtpunkten, damit sich das Denken in schnurgeraden Alleen hindurchschlängeln kann.

Ich will einfach alles aufs Papier bringen, was mir in den Sinn kommt, meine Ideen mit meinen Erinnerungen, meine Empfindungen, meine Träume, meine Launen, alles, was durchs Denken und durch die Seele zieht; Lachen und Weinen, Weißes und Schwarzes, Seufzer, die zunächst vom Herzen ausgehen und in klingenden Perioden ausgewalzt werden wie Teig, und Tränen, die in romantischen Metaphern verwässert werden. Mich bedrückt jedoch der Gedanke, daß ich einem Paket Federn die Spitze abbrechen werde, daß ich eine Flasche Tinte verbrauchen werde, daß ich den Leser langweilen und mich selbst langweilen werde; ich habe derart die Gewohnheit des Lachens und des Skeptizismus angenommen, daß man da, von Anfang bis zu Ende, eine ständige Witzelei finden wird, und die Leute, die gerne lachen, werden am Ende über den Autor und über sich selbst lachen können.

Man wird da sehen, wie man da an den Plan des Universums, an die moralischen Pflichten des Menschen, an die Tugend und an die Philanthropie glauben muß – ein Wort, das ich auf meine Stiefel schreiben lassen möchte, wenn ich welche haben werde, damit jeder es liest und es auswendig lernt, selbst die niedrigsten Augen, die kleinsten, die kriechendsten Körper, die der Gosse am nächsten sind.

Zu Unrecht sähe man in folgendem etwas anderes als die Erholungen eines armen Irren! Ein Irrer!

Und ihr, Leser, ihr habt euch vielleicht gerade verheiratet oder eure Schulden bezahlt?

II

Ich will also die Geschichte meines Lebens schreiben. – Was für ein Leben! Aber habe ich gelebt? Ich bin jung, ich habe ein Gesicht ohne Falten und ein Herz ohne Leidenschaften. – Ach! Wie ruhig es war, wie sanft und glücklich es erscheint, unbewegt und rein! Ach ja, friedlich und still wie ein Grab, dessen Leichnam die Seele wäre.

Kaum habe ich gelebt: ich habe die Welt gar nicht kennengelernt, das heißt, ich habe gar keine Mätressen, Flatteure, Domestiken, Equipagen; ich bin nicht (wie man so sagt) in die Gesellschaft eingetreten, denn sie ist mir immer falsch und hohltönend und mit Talmi bedeckt, langweilig und gekünstelt vorgekommen.

Doch mein Leben, das sind nicht Tatsachen; mein Leben, das ist mein Denken.

Was ist also dieses Denken, das mich jetzt dazu bringt, in dem Alter, wo jeder lächelt, sich glücklich findet, wo man sich verheiratet, wo man liebt, in dem Alter, wo so viele andere sich an aller Liebe und an allem Ruhm berauschen, während so viele Lichter glänzen und die Gläser beim Festmahl gefüllt sind, mich einsam und nackt vorzufinden, kalt gegenüber jeder Inspiration, jeder Poesie, mich sterben fühlend und grausam lachend über meine langsame Agonie – wie jener Epikureer, der sich die Adern öffnen ließ, sich in einem parfümierten Bad badete und lachend starb, wie jemand, der betrunken von einer Orgie kommt, die ihn ermüdet hat?

Ach! Wie lang es war, dieses Denken! Wie eine Hydra verschlang es mich unter allen seinen Gesichtern. Denken einer Trauer und einer Bitterkeit, Denken eines Clowns, der weint, Denken eines Philosophen, der meditiert...

Ach! Ja! Wie viele Stunden sind in meinem Leben damit vergangen, lange und monotone, zu denken, zu zweifeln! Wie viele Wintertage, mit gesenktem Kopf vor meinen beim blassen Widerschein der untergehenden Sonne gebleichten Holzscheiten, wie viele Sommerabende, auf den Feldern, in der Dämmerung, zuzuschauen, wie die Wolken entschwanden und zerflossen, wie das Korn sich unter der Brise wellte, zu hören, wie die Wälder rauschten, und auf die Natur zu horchen, die in den Nächten seufzt!

Ach! Was war meine Kindheit verträumt! Was war ich ein armer Irrer ohne feste Ideen, ohne positive Meinungen! Ich schaute zu, wie das Wasser zwischen den Baumgruppen dahinströmte, die ihre Laubmähnen herabbeugen und Blüten fallen lassen, ich betrachtete von meiner Wiege aus den Mond auf seinem. Azurgrund, der mein Zimmer erleuchtete und merkwürdige Formen auf die Wände zeichnete; ich hatte Ekstasen vor einer schönen Sonne oder einem Frühlingsmorgen mit seinem weißen Nebel, seinen blühenden Bäumen, seinen Margeritenblüten.

Ich schaute auch gerne – und das ist eine meiner zartesten und köstlichsten Erinnerungen – das Meer an, wie die Wellen übereinander schäumen, die Woge sich als Gischt bricht, sich über den Strand ausbreitet und sich zischend über die Kiesel und Muscheln zurückzieht.

Ich lief auf die Felsen, ich nahm den Sand des Ozeans und ließ ihn im Wind durch meine Finger rieseln, ich tauchte Seegras ins Wasser und sog mit vollen Zügen jene salzige frische Luft des Ozeans ein, die einem die Seele mit so viel Energie, so viel poetischen und weiten Gedanken erfüllt; ich betrachtete die Unermeßlichkeit, den Raum, das Unendliche, und meine Seele verging vor diesem grenzenlosen Horizont.

Ach! Aber nicht da ist der grenzenlose Horizont, der unermeßliche Schlund. O nein, ein breiterer und tieferer Abgrund öffnete sich vor mir. Jener Schlund hat keinen Sturm; wenn er einen Sturm hätte, wäre er voll – und er ist leer!

Ich war froh und heiter, liebte das Leben und meine Mutter. Arme Mutter!

Ich erinnere mich noch meiner kleinen Freuden, die Pferde auf der Straße laufen zu sehen, den Hauch ihres Atems zu sehen und den Schweiß ihr Zaumzeug benetzen; ich liebte den monotonen und gleichmäßigen Trab, der die Hängeriemen in Schwingungen versetzt; und dann, wenn man anhielt, war alles still auf den Feldern. Man sah den Hauch aus ihren Nüstern kommen, der bebende Wagen kam wieder zur Ruhe auf seinen Federn, der Wind pfiff an den Scheiben; und das war alles...

Ach! Wie weit öffnete ich auch meine Augen auf die Menge in Festkleidern, fröhlich, ungestüm, mit Schreien, ein stürmisches Menschenmeer, wütender noch als der Sturm und törichter als seine Raserei.

Ich liebte Wagen, Pferde, Armeen, Kriegskostüme, Trommelwirbel, Lärm, Pulver und Kanonen, die über das Pflaster der Städte rollen.

Als Kind liebte ich, was man sieht; als Jüngling, was man fühlt; als Mann liebe ich nichts mehr.

Und dennoch, wie viele Dinge habe ich in der Seele, wie viele innerste Kräfte und wie viele Ozeane von Wut und Liebe stoßen aufeinander, brechen sich in diesem so schwachen, so debilen, so gefallenen, so ermatteten, so erschöpften Herzen!

Man sagt mir, ich solle dem Leben wieder etwas abgewinnen, mich unter die Menge begeben!... Aber wie kann der zerbrochene Zweig Früchte tragen? Wie kann das vom Wind abgerissene und im Staub herumgeschleifte Blatt wieder grün werden? Und warum, so jung, so viel Bitterkeit? Was weiß ich? Es lag vielleicht in meinem Schicksal, so zu leben, ermattet, bevor ich die Last getragen hatte, außer Atem, bevor ich gerannt war...

Ich habe gelesen, ich habe gearbeitet mit der Inbrunst der Begeisterung, ich habe geschrieben. Ach! Wie war ich glücklich da! Wie flog mein Denken in seinem Rausch hoch hinauf zu jenen den Menschen unbekannten Regionen, wo es weder Welten noch Planeten, noch Sonnen gibt! Ich hatte eine womöglich noch unermeßlichere Unendlichkeit als die Unendlichkeit Gottes, wo die Poesie schwebte und ihre Flügel ausbreitete in einer Atmosphäre von Liebe und Ekstase; und dann mußte man von diesen erhabenen Regionen wieder zu den Wörtern hinabsteigen – und wie soll man durch das Wort jene Harmonie wiedergeben, die sich im Herzen des Dichters erhebt, und die Gedanken eines Riesen, die die Sätze dehnen, so wie eine starke angespannte Hand den Handschuh platzen läßt, der sie bedeckt?

Da auch nur Enttäuschung; denn wir berühren die Erde, diese Erde aus Eis, wo alles Feuer erstirbt, wo alle Energie schwindet! Auf welchen Sprossen vom

Unendlichen zum Positiven hinabsteigen? Auf welcher Stufenleiter kommt die Poesie herunter, ohne zu zerbrechen? Wie diesen Riesen schrumpfen lassen, der das Unendliche umfängt?

Dann hatte ich Momente von Traurigkeit und Verzweiflung, ich fühlte meine Kraft, die mich zerbrach, und diese Schwäche, deren ich mich schämte, denn das Wort ist nur ein fernes und gedämpftes Echo des Denkens; ich verfluchte meine teuersten Träume und meine stillen Stunden, die ich an der Grenze der Schöpfung verbracht hatte; ich fühlte etwas Leeres und Unersättliches, das mich verschlang.

Der Poesie überdrüssig, stürzte ich mich auf das Feld der Meditation.

Ich war zunächst hingerissen von diesem imponierenden Studium, das sich den Menschen zum Ziel setzt und das ihn sich erklären will, das so weit geht, die Hypothesen zu sezieren und über die abstraktesten Annahmen zu diskutieren und die leersten Wörter geometrisch abzuwiegen.

Der Mensch, ein Sandkorn, von unbekannter Hand ins Unendliche geworfen, ein armseliges Insekt mit schwachen Beinen, das sich, am Rand des Schlunds, an allen Zweigen festhalten will, das sich an die Tugend, an die Liebe, an den Egoismus, an den Ehrgeiz hängt und aus alldem Tugenden macht, um sich besser daran halten zu können, das sich an Gott klammert und das immer schwach wird, die Hände losläßt und fällt...

Mensch, der verstehen will, was nicht ist, und aus dem Nichts eine Wissenschaft machen; Mensch, Seele nach dem Bilde Gottes, und dessen erhabenes Genie bei einem Grashalm stehenbleibt und über das Problem eines Staubkorns nicht hinausgelangen kann!

Und Überdruß ergriff mich: ich begann an allem zu zweifeln. Obwohl jung, war ich doch alt; mein Herz hatte Runzeln, und beim Anblick von Greisen, die noch lebhaft, voller Begeisterung und Glauben waren, lachte ich bitter über mich selbst, so jung, so ernüchtert vom Leben, von der Liebe, vom Ruhm, von Gott, von allem, was ist, von allem, was sein kann.

Ich hatte jedoch ein natürliches Entsetzen, bevor ich diesen Glauben ans Nichts annahm; am Rande des Schlunds schloß ich die Augen; – ich fiel hinein.

Ich war froh, ich hatte keinen Sturz mehr vor mir. Ich war kalt und ruhig wie der Stein eines Grabes. Ich glaubte im Zweifel das Glück zu finden; wahnsinnig, wie ich war! Man dreht sich da in einer unauslotbaren Leere. Diese Leere ist unermeßlich und läßt einem vor Entsetzen die Haare zu Berge stehen, wenn man sich dem Rand nähert.

Vom Zweifel an Gott gelangte ich zum Zweifel an der Tugend, eine brüchige Idee, die jedes Jahrhundert, so gut es ging, auf dem noch schwankenderen Gerüst der Gesetze aufgerichtet hat.

Ich werde euch später alle Phasen dieses trübseligen und meditativen Lebens erzählen, das in der Ofenecke verbracht wurde, die Arme gekreuzt mit einem ewigen Gähnen vor Langeweile, allein während eines ganzen Tages und von Zeit zu Zeit meine Blicke auf den Schnee der benachbarten Dächer richtend, auf die untergehende Sonne mit ihren blassen Lichtstrahlen, auf den Boden meines Zimmers oder auf einen gelben Totenkopf, zahnlos und ständig auf meinem Kamin grinsend – ein Symbol des Lebens und wie dieses kalt und spöttisch.

Später werdet ihr vielleicht alle Ängste dieses von Bitterkeit so geschlagenen, so zerrissenen Herzens lesen. Ihr werdet die Abenteuer dieses so friedlichen und so banalen Lebens erfahren, das so voll an Gefühlen, so leer an Tatsachen ist.

Und ihr werdet mir dann sagen, ob nicht alles Hohn und Spott ist, ob alles, was man in den Schulen singt, alles, was man in den Büchern breittritt, alles, was gesehen wird, gefühlt wird, gesprochen wird, alles, was existiert...

Ich halte inne, so groß ist meine Bitterkeit, es zu sagen. Also, ob all das letztlich nicht Jammer, Rauch, Nichts ist!

III

Ich kam mit zehn Jahren ins Collège, und ich faßte da sehr früh eine tiefe Abneigung gegen die Menschen. Diese Kindergesellschaft ist ebenso grausam gegen ihre Opfer wie die andere kleine Gesellschaft, die der Erwachsenen.

Die gleiche Ungerechtigkeit der Menge, die gleiche Tyrannei der Vorurteile und der Stärke, der gleiche Egoismus, was man auch immer gesagt hat über die Uneigennützigkeit und die Treue der Jugend. Jugend! Alter der Torheit und der Träume, der Poesie und der Dummheit, Synonyme im Munde der Leute, die die Welt *gesund* beurteilen. Ich wurde in allen meinen Vorlieben gekränkt: in der Klasse wegen meiner Ideen; in den Pausen wegen meiner Neigungen zu menschenscheuer Einzelgängerei. Seitdem war ich ein Irrer.

Ich lebte da also einsam und verdrossen, von meinen Lehrern schikaniert und von meinen Kameraden gehänselt. Ich hatte einen spöttischen und unabhängigen Charakter, und meine beißende und zynische Ironie verschonte die Laune eines einzelnen ebensowenig wie den Despotismus aller.

Ich sehe mich noch auf der Schulbank in meine Zukunftsträume versunken, in Gedanken an das Erhabenste, was die Phantasie eines Kindes träumen kann, während der Pädagoge sich über meine lateinischen Verse mokierte, meine Kameraden mich feixend anschauten. Diese Idioten! Sie, und über mich lachen! Sie, so schwach, so gewöhnlich, so engstirnig; ich, dessen Geist an den Grenzen der Schöpfung ertrank, der in allen Welten der Poesie verging, der ich mich größer fühlte als sie alle, der unendliche Wonnen empfing und der himmlische Ekstasen hatte vor all den inneren Erleuchtungen meiner Seele!

Ich, der ich mich groß fühlte wie die Welt und den ein einziger meiner Gedanken, wäre er aus Feuer gewesen wie der Blitz, hätte in Staub verwandeln können, armer Irrer!

Ich sah mich jung, mit zwanzig Jahren, umgeben von Ruhm; ich träumte von fernen Reisen in die Gefilde des Südens; ich sah den Orient und seinen unermeßlichen Sand, seine Paläste, über die Kamele trampeln mit ihren ehernen Glöckchen; ich sah die Stuten dem von der Sonne geröteten Horizont entgegenstürmen, ich sah blaue Wellen, einen reinen Himmel, einen silbernen Sand; ich roch den Duft jener lauen Ozeane des Midi; und dann, nahe bei mir, unter einem Zelt, im Schatten einer Aloe mit breiten Blättern, irgendeine Frau mit brauner Haut, mit glühendem Blick, die mich mit ihren beiden Armen umschlang und in der Sprache der Huris zu mir redete.

Die Sonne versank im Sand, die Kamel- und die Pferdestuten schliefen, das Insekt summte um ihre Zitzen, der Abendwind strich an uns vorbei.

Und wenn die Nacht gekommen war, wenn jener Silbermond seine fahlen Blicke auf die Wüste warf, wenn die Sterne am Azurhimmel schienen, dann, in der Stille dieser warmen und duftigen Nacht, träumte ich von den unendlichen Freuden, von den Wollüsten, die vom Himmel sind.

Und es war wieder der Ruhm mit seinem Händeklatschen, mit seinen Fanfaren zum Himmel empor, seinen Lorbeeren, seinem in die Winde geworfenen Goldstaub; es war ein strahlendes Theater mit geschmückten Frauen, funkelnden Diamanten, einer schwülen Luft, wogenden Busen; dann eine religiöse Sammlung, Worte, verzehrend wie die Feuersbrunst, Weinen, Lachen, Seufzen, der Taumel des Ruhms, Begeisterungsschreie, das Trampeln der Menge, was! – Eitelkeit, Lärm, Nichts.

Als Kind habe ich von der Liebe geträumt; als junger Mann vom Ruhm; als Mann vom Grab – jener letzten Liebe derer, die keine mehr haben.

Ich erblickte auch die antike Epoche der Jahrhunderte, die nicht mehr sind, und der unter dem Grase liegenden Rassen; ich sah die Schar von Pilgern und Kriegern gen Golgatha ziehen, in der Wüste anhalten, vor Hunger sterbend, jenen Gott anflehend, den sie suchen wollten, und, ermattet von seinen Schmähungen, immer weiter jenem grenzenlosen Horizont entgegenziehen; dann, matt, außer Atem, endlich am Ziel ihrer Reise ankommen, verzweifelt und alt, um einige trockene Steine zu küssen, Huldigung der ganzen Welt.

Ich sah die Ritter auf den Pferden dahinstürmen, die mit Eisen bedeckt waren wie sie; und die Lanzenstiche in den Turnieren; und die Zugbrücke sich senken zum Empfang des Lehnsherrn, der mit seinem geröteten Schwert und Gefangenen auf der Kruppe seiner Pferde heimkehrt; noch in der Nacht, in der düsteren Kathedrale, das ganze Schiff mit einer Girlande von Volk geschmückt, das bis zum Gewölbe reicht, auf den Galerien, mit Gesängen; Lichter, die auf den Glasfenstern glitzern, und in der Weihnachtsnacht die ganze Altstadt mit ihren verschneiten, spitzen Dächern sich erleuchten und singen.

Aber es war Rom, das ich liebte, das kaiserliche Rom, jene schöne Königin, die sich in der Orgie wälzt, ihre edlen Gewänder mit dem Wein der Ausschweifung besudelt, stolzer auf ihre Laster als auf ihre Tugenden. Nero! Nero, der mit seinen Diamantwagen in die Arena prescht, seinen tausend Wagen, seinen Tigergelüsten und Gigantenfesten.

Fern von den klassischen Lektionen versetzte ich mich in deine unermeßlichen Wollüste, deine blutigen Illuminationen, deine Vergnügungen, die brennen, Rom.

Und mich wiegend in jenen vagen Träumereien, jenen Hirngespinsten über die Zukunft, mitgerissen von jenem abenteuerlichen Denken, das durchgegangen ist wie eine zügellose Stute, die über die Wildbäche springt, die Berge emporstürmt und in den Raum fliegt, verharrte ich ganze Stunden, meinen Kopf in die Hände gestützt, den Fußboden meines Arbeitsraums anstarrend oder eine Spinne, die ihr Netz über das Katheder unseres Aufsehers zog. Und wenn ich erwachte, mit weit aufgerissenem Auge, lachte man über mich, den Faulsten von allen, der niemals einen positiven Einfall haben, der keinerlei Neigung zu irgendeinem Beruf zeigen, der nutzlos sein würde in dieser Welt, wo jeder sich seinen Anteil vom Kuchen nehmen muß, und der schließlich niemals zu etwas gut wäre – höchstens einen Clown, einen Tierschausteller oder einen Büchermacher abzugeben.

(Obwohl von ausgezeichneter Gesundheit, hatte meine Geistesart, durch die Existenz, die ich führte, und durch die Berührung mit den anderen ständig gekränkt, eine nervöse Reizbarkeit in mir verursacht, die mich hitzig und jähzornig machte wie den Stier, der krank ist vom Insektenstich. Ich hatte entsetzliche Träume, Alpträume.)

Ach! . . . Die traurige und verdrießliche Epoche. Ich sehe mich noch allein durch die langen geweißten Flure meines Collège irren, die Uhus und Krähen beobachten, wie sie vom Gebälk der Kapelle aufflogen, oder in jenen trübseligen Schlafsälen liegen, die von der Lampe erleuchtet waren, deren Öl gefror. In den Nächten horchte ich lange auf den Wind, der schauerlich durch die langen leeren Räume blies, durch die Schlüssellöcher pfiff und die Fensterscheiben in ihren Fassungen erzittern ließ; ich hörte die Schritte des Nachtwächters, der langsam mit seiner Laterne die

Runde machte, und wenn er in meine Nähe kam, stellte ich mich schlafend und schlief tatsächlich ein, halb in Träumen, halb in Tränen.

IV

Es waren grausige Gesichte, bei denen man vor Schrecken irre werden konnte.

Ich lag im Hause meines Vaters im Bett; alle Möbel waren erhalten, aber alles, was mich umgab, hatte jedoch eine schwarze Färbung. Es war eine Winternacht, und der Schnee verbreitete eine weiße Helle in meinem Zimmer. Plötzlich schmolz der Schnee, und das Gras und die Bäume bekamen eine rötliche und verbrannte Färbung, als wenn eine Feuersbrunst meine Fenster erleuchtet hätte; ich hörte die Geräusche von Schritten; man kam die Treppe herauf; eine heiße Luft, ein stinkender Dampf drang zu mir empor. Meine Tür ging von selbst auf, man trat ein. Es waren viele, vielleicht sieben bis acht, ich hatte keine Zeit, sie zu zählen. Sie waren klein oder groß, mit schwarzen und rauhen Bärten bedeckt, ohne Waffen, aber alle hatten eine Stahlklinge zwischen den Zähnen, und wie sie sich im Kreis um mein Kinderbett näherten, fingen ihre Zähne zu klappern an, und das war entsetzlich.

Sie schoben meine weißen Vorhänge zurück, und

jeder Finger hinterließ eine Blutspur; sie schauten mich an mit großen starren Augen ohne Lider; ich schaute sie auch an, ich konnte keine Bewegung machen, ich wollte schreien.

Da kam es mir vor, als ob sich das Haus aus seinen Fundamenten hob, als wenn ein Hebel es hochgehoben hätte.

So schauten sie mich lange an, dann entfernten sie sich, und ich sah, daß alle auf einer Gesichtshälfte, die langsam blutete, keine Haut hatten. Sie hoben alle meine Kleider hoch, und alle waren blutig. Sie fingen an zu essen, und aus dem Brot, das sie brachen, quoll Blut, das Tropfen für Tropfen herabfiel; und sie fingen an zu lachen wie das Röcheln eines Sterbenden.

Dann, als sie nicht mehr da waren, war alles, was sie berührt hatten, die Wände, die Treppe, der Boden, all das war von ihnen gerötet.

Ich hatte einen bitteren Geschmack im Herzen, es kam mir vor, als ob ich Fleisch gegessen hätte, und ich hörte einen anhaltenden, heiseren, schrillen Schrei, und die Fenster und die Türen gingen langsam auf, und der Wind ließ sie schlagen und knarren wie ein wunderliches Lied, von dem jedes Pfeifen mir die Brust mit einem Stilett zerschnitt.

Woanders war es in einer grünen und mit Blumen durchwirkten Landschaft, an einem Fluß entlang; – ich war mit meiner Mutter, die auf der Uferseite ging; sie fiel. Ich sah das Wasser schäumen, Kreise bildeten sich und verschwanden plötzlich. – Das Wasser kehrte in seinen Lauf zurück, und dann hörte ich nur noch das Geräusch des Wassers, das zwischen dem Schilf hindurchfloß und das Rohr sich biegen ließ.

Plötzlich rief mich meine Mutter: »Hilfe! . . . Hilfe! O mein armes Kind, Hilfe! Hierher!«

Ich legte mich bäuchlings auf das Gras, um nachzuschauen, ich sah nichts, die Schreie gingen weiter.

Eine unüberwindliche Kraft fesselte mich an die Erde, und ich hörte die Schreie: »Ich ertrinke! Ich ertrinke! Zu Hilfe!«

Das Wasser floß, floß durchsichtig, und diese Stimme, die ich vom Grund des Flusses hörte, vernichtete mich vor Verzweiflung und Wut . . .

V

So war ich also, verträumt, sorglos, von unabhängigem und spöttischem Charakter, mir ein Schicksal aufbauend und von der ganzen Poesie einer Existenz voller Liebe träumend, auch in meinen Erinnerungen lebend, soviel man mit sechzehn Jahren davon haben kann.

Das Collège war mir unsympathisch. Es wäre eine interessante Untersuchung, dieser tiefe Abscheu der edlen und erhabenen Seelen, der sich sofort bei der Berührung und Reibung mit den Menschen äußert.

Ich habe niemals ein geregeltes Leben gemocht, festgesetzte Stunden, eine Existenz nach der Uhr, wo das Denken mit dem Glockenschlag stillstehen muß, wo alles im voraus aufgezogen ist für Jahrhunderte und Generationen. Diese Regelmäßigkeit mag zwar der größeren Zahl entsprechen, aber für das arme Kind, das sich von Poesie, von Träumen und von Schimären nährt, das an die Liebe und an alle Narrheiten denkt, heißt das, es ständig aus seiner erhabenen Träumerei aufwecken, ihm keinen Moment Ruhe lassen, es ersticken, indem man es in unsere Atmosphäre aus Materialismus und gesundem Menschenverstand zurückführt, vor der es Entsetzen und Abscheu empfindet.

Ich sonderte mich ab, mit einem Gedichtband, einem Roman, Poesie, etwas, das dieses Jünglingsherz höher schlagen ließ, unberührt von Empfindungen und so gierig danach.

Ich erinnere mich, mit welcher Wollust ich damals die Seiten Byrons oder *Werthers* verschlang; mit welcher Hingerissenheit ich *Hamlet*, *Romeo* und die brennendsten Werke unserer Epoche las, alle jene Werke kurz, die die Seele in Wonnen dahinschmelzen oder sie vor Enthusiasmus brennen lassen.

Ich nährte mich also von jener herben Poesie des Nordens, die wie die Wogen des Meeres in den Werken Byrons so gut widerklingt. Oft behielt ich schon bei der ersten Lektüre ganze Teile davon, und ich wiederholte sie mir selbst wie ein Lied, das einen bezaubert hat und dessen Melodie einen immer verfolgt.

Wie oft habe ich nicht den Anfang des »Giaour« gesagt: *Kein Hauch der Lüfte!*, oder in »Child Herold«: *Es lebt' ein Jüngling einst in Albions Land,* und: *Sei mir gegrüßt, du blaue See!*. Die Flachheit der französischen Übersetzung verschwand vor den bloßen Gedanken, als wenn sie einen Stil für sich ohne die Worte selbst gehabt hätten.

Dieser Ausdruck brennender Leidenschaft, verbunden mit einer so tiefen Ironie, mußte sehr stark wirken auf eine inbrünstige und unberührte Natur. All jene unbekannten Echos auf die festliche Würde der klassischen Literaturen hatten für mich einen Duft von Neuheit, einen Reiz, der mich ständig hinzog zu jener gewaltigen Poesie, die einen schwindeln und in den bodenlosen Schlund des Unendlichen fallen läßt.

Ich hatte mir also den Geschmack und das Herz verbildet, wie meine Lehrer sagten, und unter so vielen Wesen mit so schändlichen Neigungen hatte meine geistige Unabhängigkeit mich als das verkommenste von allen ansehen lassen; ich war auf den niedrigsten Rang herabgedrückt gerade durch meine Überlegenheit. Allenfalls billigte man mir Phantasie zu, das heißt, nach ihnen, eine Überspanntheit des Gehirns, die dem Irresein nahe kam.

Das war mein Eintritt in die Gesellschaft und das Ansehen, das ich mir da zuzog.

VI

Wenn man meinen Geist und meine Grundsätze verleugnete, griff man doch mein Herz nicht an, denn ich war damals gut, und das Elend anderer entlockte mir Tränen.

Ich erinnere mich, daß ich als kleines Kind gern meine Taschen in die eines Armen leerte. Mit welchem Lächeln begrüßten sie mein Vorbeikommen, und was für eine Freude hatte auch ich, ihnen Gutes zu tun!

Das ist eine Wollust, die mir seit langem unbekannt ist, denn jetzt ist mein Herz trocken, die Tränen sind vertrocknet. Aber wehe den Menschen, die mich verdorben und böse gemacht haben, so gut und rein wie ich war! Wehe der Dürre der Zivilisation, die alles vertrocknen und verkümmern läßt, was sich zur Sonne der Poesie und des Herzens erhebt! Diese verdorbene alte Gesellschaft, die alles verführt und alle abgenutzt hat, dieser habsüchtige alte Jude wird an Altersschwäche und Erschöpfung auf jenen Misthaufen sterben, die er seine Schätze nennt, ohne einen Dichter, der seinen Tod besingt, ohne einen Priester, der ihm die Augen schließt, ohne Gold für sein Mausoleum, denn er wird alles für seine Laster abgenutzt haben.

VII

Wann wird denn diese Gesellschaft enden, die durch

alle Ausschweifungen entartet ist, Ausschweifungen des Geistes, des Körpers und der Seele?

Dann wird sicher große Freude auf der Erde herrschen, wenn dieser verlogene und heuchlerische Vampir, den man Zivilisation nennt, sterben wird; man wird den königlichen Mantel, das Szepter, die Diamanten ablegen, den Palast, der einstürzt, die Stadt, die zusammenfällt, verlassen und sich der Stute und der Wölfin anschließen.

Nachdem der Mensch sein Leben in den Palästen verbracht und seine Füße auf dem Pflaster der großen Städte abgenutzt hat, wird er in die Wälder sterben gehen.

Die Erde wird ausgetrocknet sein durch Feuersbrünste, die sie verbrannt haben, und ganz voll vom Staub der Kämpfe; der Hauch der Verwüstung, der über die Menschen hingegangen ist, wird über sie hingegangen sein, und sie wird nur noch bittere Früchte und dornige Rosen tragen, und die Rassen werden in der Wiege erlöschen wie die von den Winden gepeitschten Pflanzen, die sterben, bevor sie geblüht haben.

Denn alles wird einmal enden und die Erde sich abnutzen müssen, weil sie zertrampelt worden ist; denn die Unermeßlichkeit muß schließlich jenes Staubkorns überdrüssig sein, das so viel Lärm macht und die Majestät des Nichts stört. Das Gold wird sich erschöpfen müssen, weil es durch die Hände gegangen und verdorben ist; dieser Blutrausch wird sich legen müssen, der Palast unter dem Gewicht der Reichtümer, die er birgt, einstürzen, die Orgie enden, und man wird aufwachen müssen.

Dann wird es ein unermeßliches Gelächter der Verzweiflung geben, wenn die Menschen diese Leere sehen werden, wenn man das Leben für den Tod wird aufgeben müssen, für den Tod, der frißt, der immer Hunger hat. Und alles wird zusammenkrachen und im Nichts einstürzen, und der tugendhafte Mensch wird seine Tugend verfluchen, und das Laster wird in die Hände klatschen.

Einige Menschen, die noch auf einer ausgedörrten Erde herumirren, werden sich gegenseitig anrufen; sie werden aufeinander zugehen, und sie werden vor Entsetzen zurückweichen, erschrocken über sich selbst, und sie werden sterben. Was wird der Mensch dann sein, er, der schon viel grausamer als die wilden Tiere ist und viel niederträchtiger als die Reptilien? Adieu für immer, blitzende Siegeswagen, Fanfaren und Ruhmeszüge, adieu der Welt, diesen Palästen, diesen Mausoleen, den Wollüsten des Verbrechens und den Freuden der Verdorbenheit! Der Stein wird plötzlich fallen, von sich selbst erdrückt, und das Gras wird darüber wachsen. Und die Paläste, die Tempel, die Pyramiden, die Säulen, das Mausoleum des Königs, der Sarg des Armen, das Aas des Hundes, all das wird auf derselben Höhe sein, unter dem Rasen der Erde.

Dann wird das Meer ohne Deiche in Ruhe gegen die Ufer schlagen und mit seinen Wellen die noch rauchende Asche der Städte bespülen; die Bäume werden wachsen, grünen, ohne daß eine Hand da wäre, die sie fällen und zerbrechen könnte; die Flüsse werden durch bunte Wiesen fließen, die Natur wird frei sein, ohne Menschen, die sie behindern könnten, und diese Rasse wird erloschen sein, denn sie war von Kindheit an verflucht.

Traurige und wunderliche Epoche, die unsere! Welchem Ozean strömt dieser Sturzbach von Ungerechtigkeiten entgegen? Wohin gehen wir in einer so tiefen Nacht? Wer diese kranke Welt abtasten will, zieht sich schnell zurück, erschrocken über die Fäulnis, die sich in ihren Eingeweiden regt.

Als Rom seine Agonie spürte, hatte es zumindest eine Hoffnung, es ahnte hinter dem Leichentuch das strahlende, leuchtende Kreuz über der Ewigkeit. Diese Religion hat zweitausend Jahre gedauert, und jetzt erschöpft sie sich, sie genügt nicht mehr, und man mokiert sich über sie; so fallen ihre Kirchen zusammen, ihre mit Toten angehäuften Friedhöfe, die davon überquellen.

Und wir, welche Religion werden wir haben? So alt sein, wie wir es sind, und immer noch in der Wüste wandern wie die Hebräer, die aus Ägypten flohen.

Wo wird das Gelobte Land sein?

Wir haben alles versucht, und wir verneinen alles ohne Hoffnung; und dann hat uns und die Menschheit eine merkwürdige Habsucht in der Seele gepackt, eine unermeßliche Unruhe nagt an uns, es gibt eine Leere in unserer Menge; wir fühlen um uns herum eine Grabeskälte.

Die Menschheit ist darangegangen, Maschinen zu drehen, und als sie das Gold sah, das herausrann, hat sie ausgerufen: »Das ist Gott!« Und jenen Gott frißt sie auf. Es gibt – alles ist ja zu Ende, adieu! adieu! – Wein vor dem Sterben! Jeder stürzt sich dahin, wo sein Instinkt ihn hintreibt, die Leute wimmeln wie die Insekten auf einer Leiche, die Dichter gehen vorüber, ohne daß sie die Zeit haben, ihre Gedanken zu meißeln, allenfalls werfen sie sie auf Blätter, und die Blätter fliegen fort; alles glänzt und alles hallt wider in dieser Maskerade, unter ihren Eintagskönigen und ihren Pappszeptern; das Gold rollt, der Wein rinnt, die kalte Ausschweifung lüftet ihr Kleid und regt sich ... Entsetzen! Entsetzen!

Und dann wird über all das ein Schleier gezogen, von dem jeder seinen Teil ergreift und sich, sosehr er kann, versteckt.

Hohn! Entsetzen! Entsetzen!

VIII

Und es gibt Tage, wo ich eine unermeßliche Mattigkeit spüre und ein finsterer Überdruß mich überall, wohin ich gehe, einhüllt wie ein Leichentuch; seine Falten behindern mich und stören mich, das Leben lastet auf mir wie ein Gewissensbiß. So jung und aller Dinge so überdrüssig, wo es doch welche gibt, die alt und noch voller Begeisterung sind! Und ich, ich bin so tief gefallen, so ernüchtert! Was tun? In der Nacht den Mond anschauen, der auf meine Wände seine Lichter wirft, die zittern, wie breites Laub, und am Tage die Sonne, die die Nachbardächer vergoldet? Ist das leben? Nein, das ist der Tod, ohne die Ruhe des Grabes.

Und ich habe kleine Freuden ganz für mich allein, kindliche Reminiszenzen, die mich noch wärmen in meiner Einsamkeit, wie der Widerschein einer untergehenden Sonne durch die Gitter eines Gefängnisses: ein Nichts, der geringste Umstand, ein regnerischer Tag, eine große Sonne, eine Blume, ein altes Möbel rufen mir eine Reihe von Erinnerungen zurück, die verworren, verschwommen wie Schatten vorüberziehen. Kinderspiele auf dem Rasen inmitten der Margeriten auf den Wiesen, hinter der blühenden Hecke, längs des Weinbergs mit den vergoldeten Trauben, auf dem braunen und grünen Moos, unter den breiten Blättern, den frischen Schatten; friedliche und heitere Erinnerungen wie eine Erinnerung an das erste Alter, ihr zieht an mir vorbei wie verwelkte Rosen.

Die Jugend, ihre kochenden Erregungen, ihre verworrenen Instinkte der Welt und des Herzens, ihr Liebespochen, ihre Tränen, ihre Schreie! Liebschaften des jungen Mannes, Ironien des reifen Alters. Ach! Ihr kehrt oft wieder mit euren düsteren oder blassen Farben, fliehend, die einen von den anderen gestoßen, wie die Schatten, die in den Winternächten über die Mauern eilen. Und ich falle oft in Ekstase vor der Erinnerung an irgendeinen seit langem vergangenen schönen Tag, einen irren und fröhlichen Tag mit Ausbrüchen und Gelächtern, die noch in meinen Ohren klingen und noch vor Heiterkeit beben und mich vor Bitterkeit lächeln machen. Es war irgendein Ritt auf einem springenden und schaumbedeckten Pferd, irgendein ganz verträumter Spaziergang unter einer schattenbedeckten breiten Allee, wo man das Wasser über die Kiesel fließen sah; oder die Betrachtung einer strahlenden schönen Sonne mit ihren Feuergarben und ihren roten Aureolen. Und ich höre noch den Galopp des Pferdes, seine dampfenden Nüstern; ich höre das rinnende Wasser, das rauschende Laub, den Wind, der das Korn wellt wie ein Meer.

Andere sind trübselig und kalt wie Regentage; bittere und grausame Erinnerungen, die auch wiederkehren; Leidensstunden, die damit verbracht wurden, ohne Hoffnung zu weinen, und dann krampfhaft aufzulachen, um die Tränen zu vertreiben, die die Augen verdecken, die Schluchzer, die die Stimme ersticken.

Ich habe viele Tage, viele Jahre dagesessen und an nichts gedacht oder an alles, versunken im Undeutlichen, das ich umfangen wollte und das mich verschlang!

Ich hörte den Regen in die Traufen rinnen, die Glocken weinend läuten; ich sah die Sonne langsam sinken und die Nacht kommen, die schläfrige Nacht, die einen beruhigt, und dann erschien wieder der Tag, der immer gleiche, mit seinen Sorgen, seiner gleichen Anzahl zu durchlebender Stunden, die ich mit Freuden sterben sah.

Ich träumte vom Meer, von fernen Reisen, von Liebschaften, von Triumphen, von allen Dingen, die in meiner Existenz verkümmert waren – ein Leichnam, bevor er gelebt hatte.

Wehe! All das war also nicht für mich gemacht? Und ich beneide die anderen nicht, denn jeder beklagt sich über die Last, deren Fatalität ihn niederdrückt; die einen werfen sie ab, bevor die Existenz beendet ist, die anderen tragen sie bis zum Ende. Und ich, werde ich sie tragen?

Kaum habe ich das Leben gesehen, schon ist ein unermeßlicher Abscheu in meiner Seele entstanden; ich habe alle Früchte zum Munde geführt, sie sind mir bitter vorgekommen, ich habe sie zurückgestoßen, und jetzt sterbe ich vor Hunger. So jung sterben, ohne Hoffnung im Grab, ohne sicher zu sein, daß man da schläft, ohne zu wissen, ob der Frieden unverletzlich ist! Sich in die Arme des Nichts werfen und zweifeln, ob es einen aufnehmen wird!

Ja, ich sterbe, denn ist das leben, seine Vergangenheit zu sehen wie das ins Meer geflossene Wasser, die Gegenwart wie einen Käfig, die Zukunft wie ein Leichentuch?

IX

Es gibt unbedeutende Dinge, die mich stark beeindruckt haben und von denen ich immer geprägt bleiben werde wie von einem glühenden Eisen, obwohl sie banal und läppisch sind.

Ich werde mich immer an eine Art Schloß erinnern, nicht weit von meiner Stadt, und das wir oft besuchten. Eine jener alten Frauen des vergangenen Jahrhunderts bewohnte es. Alles bei ihr hatte die pastorale Erinnerung bewahrt; ich sehe noch die gepuderten Porträts, die himmelblauen Gewänder der Männer und die über die Wandverkleidungen geworfenen Rosen und Nelken mit Schäferinnen und Herden. Alles machte einen alten und düsteren Eindruck; die Möbel, fast alle aus bestickter Seide, waren geräumig und weich; das Haus war alt; einstige Gräben, die jetzt mit Apfelbäumen bepflanzt waren, umgaben es, und die Steine, die sich von Zeit zu Zeit von den einstigen Zinnen lösten, rollten bis zum Grund.

Nicht weit war der Park, bepflanzt mit großen Bäumen, mit düsteren Alleen, halbzerbrochenen, moosbedeckten Steinbänken zwischen Geäst und Disteln. Eine Ziege weidete, und wenn man das Eisengitter aufmachte, rettete sie sich ins Laub.

An schönen Tagen drangen Sonnenstrahlen durch die Zweige und vergoldeten das Moos hier und da.

Es war traurig, der Wind verfing sich in diesen breiten Ziegelkaminen und machte mir angst, wenn, abends vor allem, die Uhus in den weiten Speichern ihre Schreie ausstießen.

Wir dehnten oft unsere Besuche bis ziemlich spät abends aus, versammelt um die alte Schloßherrin, in einem mit weißen Fliesen bedeckten großen Saal, vor einem weiten Kamin aus Marmor. Ich sehe noch ihre goldene Tabaksdose voll des besten Tabaks aus Spanien, ihren Mops mit den langen weißen Haaren und ihren kleinen zierlichen Fuß, umhüllt von einem hübschen hochhackigen Schuh, der mit einer schwarzen Rose verziert war.

Wie lange ist das alles her! Die Schloßherrin ist tot, ihre Möpse auch, ihre Tabaksdose hat sich der Notar eingesackt; das Schloß dient als Fabrik, und der arme Schuh ist in den Fluß geworfen worden.

Nach dreiwöchiger Unterbrechung
... Ich habe alles derart satt, daß ich einen tiefen Ab-

scheu fortzufahren habe, nachdem ich wiedergelesen habe, was vorausgeht.

Können die Werke eines gelangweilten Menschen ein Publikum unterhalten?

Ich werde mich jedoch bemühen, den einen und das andere besser zu zerstreuen.

Hier beginnen wirklich die *Memoiren* ...

X

Hier sind meine zugleich zartesten und schmerzlichsten Erinnerungen, und ich nähere mich ihnen mit einer ganz religiösen Erregung. Sie sind meinem Gedächtnis lebendig und fast noch warm für meine Seele, so sehr hat diese Leidenschaft sie bluten lassen. Es ist eine breite Narbe im Herzen, die immer dauern wird, aber in dem Moment, da ich diese Seite meines Lebens aufzeichnen will, schlägt mein Herz, als wenn ich geliebte Ruinen wegräumen wollte.

Sie sind schon alt, diese Ruinen; während ich durchs Leben ging, hat sich der Horizont hinter mir entfernt, und was ist seitdem alles passiert! Denn die Tage scheinen lang, einer nach dem anderen, vom Morgen bis zum Abend. Aber die Vergangenheit kommt einem kurz vor, so sehr zieht das Vergessen den Rahmen, der sie enthalten hat, zusammen.

Für mich scheint alles noch zu leben. Ich höre und

ich sehe das Rauschen der Blätter, ich sehe noch die winzigste Falte ihres Kleides; ich höre den Klang ihrer Stimme, als wenn ein Engel in meiner Nähe sänge – eine süße und reine Stimme, die einen berauscht und die einen vor Liebe sterben läßt, eine Stimme, die einen Körper hat, so schön ist sie, und die betört, als wenn ein Zauber in ihren Wörtern läge.

Euch das genaue Jahr zu nennen, wäre mir unmöglich; aber ich war damals sehr jung, ich war, glaube ich, fünfzehn; wir fuhren in jenem Jahr in das Seebad von..., ein Dorf der Picardie, reizend mit seinen übereinandergeschachtelten schwarzen, grauen, roten, weißen Häusern, die ohne gerade Linie und ohne Symmetrie nach allen Seiten gekehrt sind wie ein Haufen Muscheln oder Kiesel, die die Welle an die Küste geworfen hat.

Vor einigen Jahren kam niemand da hin, trotz seinem Strand von einer halben Meile und seiner reizenden Lage; aber seit kurzem hat sich die Mode gewendet. Als ich das letzte Mal da war, sah ich viele gelbe Handschuhe und Livreen; es wurde sogar vorgeschlagen, einen Theatersaal zu bauen.

Damals war alles einfach und wild; man traf höchstens Künstler und Leute aus der Gegend. Das Ufer war verlassen, und bei Ebbe sah man einen unermeßlichen Strand mit einem silbrig-grauen Sand, der, noch ganz feucht von den Wellen, in der Sonne glitzerte. Zur Linken Felsen, wo das Meer an seinen Schlummertagen träge heranschlug, vom Seegras geschwärzte Wände; dann, in der Ferne, der blaue Ozean unter einer glühenden Sonne und dumpf heulend wie ein Riese, der weint.

Und wenn man ins Dorf zurückkehrte, war das das malerischste und heißeste Schauspiel. Schwarze und vom Wasser zerfressene Netze vor den Türen ausgelegt, überall die halbnackten Kinder, die über einen grauen Kies liefen, dem einzigen Pflaster des Ortes, Seeleute mit ihrer rot-blauen Kleidung; und all das einfach in seiner Armut, naiv und robust, all das geprägt von einem Ausdruck von Kraft und Energie.

Ich ging oft alleine am Strand spazieren. Eines Tages führte mich der Zufall auf den Ort hin, wo man badete. Das war eine Stelle, nicht weit von den letzten Häusern des Dorfs, die vorwiegend zu diesem Zweck aufgesucht wurde; Männer und Frauen schwammen gemeinsam, man zog sich am Ufer aus oder in seinem Haus, und man ließ seinen Mantel auf dem Sand.

An jenem Tag war ein reizender roter Morgenrock mit schwarzen Streifen am Ufer liegengeblieben. Die Flut stieg, das Ufer war mit Schaum überzogen; schon hatte eine stärkere Welle die Seidenfransen dieses Mantels naß gemacht, ich hob ihn auf, um ihn weiter weg zu legen; sein Stoff war weich und leicht, es war ein Frauenmantel.

Anscheinend hatte man mich gesehen, denn noch am selben Tag, beim Mittagessen, und da alle in einem gemeinsamen Saal aßen in dem Gasthaus, in dem wir logierten, hörte ich jemanden zu mir sagen:

»Monsieur, ich danke Ihnen sehr für Ihre Aufmerksamkeit.«

Ich drehte mich um; es war eine junge Frau, die mit ihrem Gatten am Nachbartisch saß.

»Was denn?« fragte ich sie zerstreut.

»Sie haben doch meinen Mantel aufgehoben; nicht wahr?«

»Ja, Madame«, erwiderte ich verwirrt.

Sie schaute mich an.

Ich senkte die Augen und errötete. Denn was für ein Blick!

Wie schön sie war, diese Frau! Ich sehe noch diese feurige Pupille unter schwarzen Brauen sich wie eine Sonne auf mich heften.

Sie war groß, braun, mit prächtigen schwarzen Haaren, die in Flechten über ihre Schultern fielen; ihre Nase war griechisch, ihre Augen brennend, ihre Brauen hoch und wunderbar geschwungen, ihre Haut war glühend und wie goldsamtig schimmernd; sie war zart und fein, man sah azurene Adern sich über diese braune und purpurne Brust schlängeln. Denkt euch zu dem einen feinen Flaumbart, der ihre Oberlippe bräunte und ihrem Gesicht einen männlichen und energischen Ausdruck gab, der die blonden Schönheiten erbleichen lassen konnte. Man hätte ihr eine allzu große Körperfülle oder vielmehr eine künstlerische Nachlässigkeit vorwerfen können. Deshalb fanden die Frauen sie im allgemeinen unschicklich. Sie sprach langsam, es war eine singende, musikalische und sanfte Stimme...

Sie hatte ein feines Kleid aus weißem Musselin, das die zarten Konturen ihres Armes sehen ließ.

Wenn sie aufstand, um zu gehen, setzte sie eine weiße Haube mit einer einzigen rosa Schleife auf; sie band sie mit einer feinen und weichen Hand, einer jener Hände, von denen man lange träumt und die man mit Küssen verbrennen möchte.

Jeden Morgen ging ich sie baden sehen; ich betrachtete sie von weitem unter dem Wasser, ich beneidete die weichen und friedlichen Wellen, die an ihre Seiten schlugen und diese bebende Brust mit Schaum bedeckten, ich sah den Umriß ihrer Glieder unter den feuchten Kleidungsstücken, die sie bedeckten, ich sah ihr Herz schlagen, ihre Brust schwellen; ich beobachtete mechanisch, wie ihr Fuß sich auf den Sand setzte, und mein Blick blieb an die Spur ihrer Schritte geheftet, und ich hätte fast geweint, wenn ich sah, wie die Flut sie langsam auslöschte.

Und dann, wenn sie wiederkam und bei mir vorbeiging, wenn ich das Wasser von ihren Kleidern tropfen hörte und das Rascheln ihres Schrittes, schlug mein Herz heftig; ich senkte die Augen, das Blut schoß mir in den Kopf, ich erstickte. Ich spürte diesen halbnackten Frauenkörper mit dem Duft der Wellen nahe an mir vorbeigehen. Taub und blind hätte ich ihre Anwesenheit erraten, denn etwas Intimes und Süßes in mir versank in Ekstasen und in anmutigen Gedanken, wenn sie so vorbeiging.

Ich glaube noch die Stelle zu sehen, wo ich ans Ufer geheftet war; ich sehe die Wellen von allen Seiten herankommen, sich brechen, sich ausbreiten; ich sehe den von Schaum überzogenen Strand, ich höre das Geräusch der undeutlichen Stimmen der Badenden, die miteinander sprachen, ich höre das Geräusch ihrer Schritte, ich höre ihren Atem, wenn sie nahe an mir vorbeiging.

Ich war reglos vor Benommenheit, als wenn Venus von ihrem Sockel herabgestiegen wäre und zu laufen angefangen hätte. Denn zum erstenmal fühlte ich mein Herz, fühlte ich etwas Mystisches, Fremdartiges wie einen neuen Sinn. Ich schwamm in unendlichen, zärtlichen Gefühlen; ich schwebte in nebelhaften, vagen Bildern; ich war zugleich größer und stolzer.

Ich liebte.

Lieben, sich jung fühlen und voller Liebe, fühlen, wie die Natur und ihre Harmonien in einem pulsieren, jene Träumerei, jenes Handeln des Herzens brauchen und sich darüber glücklich fühlen! Ach! Die ersten Herzschläge des Menschen, sein erstes Liebespochen; wie sind sie süß und fremdartig! Und später, wie albern und töricht lächerlich erscheinen sie dann! Ein wunderliches Ding! Es steckt zugleich Qual und Freude in jener Schlaflosigkeit. Ist auch das wieder Eitelkeit? Ach! Sollte die Liebe nur Hochmut sein? Soll man leugnen, was die Ruchlosesten achten? Sollte man über das Herz lachen? – Wehe! Wehe! Die Welle hat die Schritte Marias ausgelöscht.

Es war zuerst ein seltsamer Zustand aus Überraschung und Verwunderung, eine irgendwie ganz mystische Empfindung, fern von jeder Idee von Wollust. Erst später empfand ich jene rasende und düstere Glut des Fleisches und der Seele, die das eine wie die andere verzehrt.

Ich war im Erstaunen des Herzens, das sein erstes Pulsieren fühlt. Ich war wie der erste Mensch, als er alle seine Möglichkeiten erkannt hatte.

Wovon ich träumte, wäre ganz unmöglich zu sagen; ich fühlte mich neu und mir selbst ganz fremd; eine Stimme war in meine Seele gekommen. Ein Nichts, eine Falte ihres Kleides, ein Lächeln, ihr Fuß, das geringste unbedeutende Wort beeindruckten mich wie übernatürliche Dinge, und ich konnte einen ganzen Tag lang davon träumen. Ich folgte ihrer Spur an der Ecke einer langen Mauer, und das Rascheln ihrer Kleider ließ mich angenehm erschauern. Wenn ich ihre Schritte hörte, in den Nächten, da sie ging oder auf mich zukam ... Nein, ich könnte euch nicht sagen, wieviel süße Empfindungen, wieviel Berauschung des

Herzens, wieviel Seligkeit und wieviel Wahn in der Liebe steckt.

Und jetzt, wo ich über alles lache, wo ich so bitter vom Grotesken der Existenz überzeugt bin, fühle ich noch, daß die Liebe, jene Liebe, wie ich sie im Collège erträumt habe, ohne sie zu haben, und die ich später gespürt habe, die mich so sehr hat weinen machen und über die ich so sehr gelacht habe, wie sehr ich noch glaube, daß das zugleich das Erhabenste aller Dinge oder das Närrischste aller Dummheiten wäre!

Zwei auf die Erde geworfene Wesen, durch einen Zufall, irgend etwas, und die sich treffen, sich lieben, weil das eine Frau und das andere Mann ist! Da lechzen sie nun nacheinander, gehen nachts zusammen spazieren und machen sich beim Tau naß, schauen das Mondlicht an und finden es durchscheinend, bewundern die Sterne und sagen in allen Tonlagen: ich liebe dich, du liebst mich, er liebt mich, wir lieben uns, und wiederholen das mit Seufzern, mit Küssen; und dann kehren sie heim, alle beide von einer beispiellosen Glut getrieben, denn diese beiden Seelen haben ihre heftig erhitzten Organe, und da sind sie bald auf groteske Weise kopuliert unter Stöhnen und Ächzen, das eine wie das andere bemüht, einen Schwachkopf mehr auf der Erde zu reproduzieren, einen Unglücklichen, der es ihnen gleichtun wird! Betrachtet sie, in diesem Moment dümmer als die Hunde und die Fliegen, vor Wonne vergehend und den Augen der Menschen sorgfältig ihre einsame Lust verbergend – vielleicht in dem Gedanken, daß Glück ein Verbrechen und Wollust eine Schande ist.

Man wird mir verzeihen, denke ich, daß ich nicht von der platonischen Liebe spreche, jener schwärmerischen Liebe wie der zu einer Statue oder einer Kathedrale, die jede Vorstellung von Eifersucht und Besitz weit von sich weist und die man zwischen den Menschen wechselseitig antreffen müßte, aber die zu bemerken ich selten Gelegenheit gehabt habe. Eine erhabene Liebe, wenn sie existierte, aber die nur ein Traum ist, wie alles, was es Schönes in dieser Welt gibt.

Ich breche hier ab, denn der Spott des Greises soll die Jungfräulichkeit der Gefühle des jungen Mannes nicht trüben; ich hätte mich ebenso entrüstet wie ihr, Leser, wenn man damals eine so grausame Sprache mit mir angeschlagen hätte. Ich glaubte, eine Frau wäre ein Engel ... Ach! Wie recht hat Molière gehabt, sie mit einer Suppe zu vergleichen!

XI

Maria hatte ein Kind; es war ein kleines Mädchen; man liebte es, man umarmte es, man bedrängte es mit Zärtlichkeiten und Küssen. Wie gern hätte ich einen einzigen dieser Küsse empfangen, die wie Perlen verschwenderisch auf den Kopf dieses Kindes im Badeanzug geschüttet wurden!

Maria stillte es selbst, und eines Tages sah ich sie ihren Busen entblößen und ihm die Brust reichen.

Es war ein voller und runder Busen mit einer braunen Haut und azurblauen Adern, die man unter diesem glühenden Fleisch sah. Niemals hatte ich damals eine nackte Frau gesehen. Ach! Die seltsame Ekstase, in die mich der Anblick dieser Brust stürzte; wie ich sie mit den Augen verschlang, wie ich gewollt hätte, diese Brust bloß zu berühren! Es schien mir, daß, wenn ich meine Lippen darauf gesetzt hätte, meine Zähne vor Raserei hineingebissen hätten; und mein Herz schmolz in Wonnen bei dem Gedanken an die Wollüste, den ein solcher Kuß verschaffen würde.

Ach! Wie habe ich ihn lange immer wieder angesehen, diesen wogenden Busen, diesen anmutigen langen Hals und diesen Kopf mit seinen schwarzen Haaren in Korkenzieherlocken, der sich über dieses saugende Kind beugte, das sie langsam auf ihren Knien wiegte, eine italienische Weise trällernd.

XII

Wir machten bald eine vertrautere Bekanntschaft: ich sage *wir*, denn für mich persönlich wäre es sehr gewagt gewesen, das Wort an sie zu richten, in dem Zustand, in den ihr Anblick mich versetzt hatte.

Ihr Mann war ein Mittelding zwischen einem Künstler und einem Commis voyageur; er war mit einem Schnurrbart verziert; er rauchte unermüdlich, war lebhaft, ein guter Kerl, kameradschaftlich; er wußte die Freuden der Tafel zu schätzen, und ich sah ihn einmal drei Meilen zu Fuß gehen, um in der nächsten Stadt eine Melone zu holen; er war in seinem Postwagen gekommen mit seinem Hund, seiner Frau, seinem Kind und fünfundzwanzig Flaschen Rheinwein.

In Seebädern, auf dem Land oder auf Reisen spricht man sich leichter an, möchte man sich kennenlernen; ein Nichts genügt der Konversation, der Regen und das schöne Wetter halten mehr als anderswo dafür her; man zetert über die Unbequemlichkeit der Unterbringung, über die Abscheulichkeit der Gasthofsküche. Dieser letzte Zug vor allem gilt als außerordentlich schicklich: »Oh! Die Wäsche ist schmutzig! Das ist zu sehr gepfeffert; das ist zu sehr gewürzt! Oh! Entsetzlich, meine Liebe.«

Geht man gemeinsam spazieren, so gilt es, sich am meisten über die Schönheit der Landschaft zu begeistern. Wie schön das ist! Wie schön das Meer ist! Fügt dem einige poetische und aufgeblasene Wörter, zwei oder drei philosophische Betrachtungen hinzu, die mit Seufzern gespickt sind und mit einem mehr oder weniger starken Einsaugen der Luft; wenn ihr zeichnen könnt, holt euer Maroquinalbum heraus oder, was besser ist, zieht eure Mütze über die Augen, kreuzt die Arme und schlaft, um den Eindruck des Nachdenkens zu machen.

Es gibt Frauen, deren *Schöngeistigkeit* ich auf eine viertel Meile Entfernung gerochen habe, lediglich an der Art, wie sie die Wellen anschauten.

Ihr werdet euch über die Menschen beklagen, wenig essen und euch für einen Felsen begeistern, eine Wiese bewundern und vor Liebe zum Meer sterben müssen. Ach! Dann werdet ihr köstlich sein, man wird sagen: »Der reizende junge Mann! Was für eine hübsche Bluse er hat! Wie fein seine Stiefel sind! Was für eine Anmut! Die schöne Seele!« Das ist ein Bedürfnis zu sprechen, jener Herdentrieb, bei dem die Kühnsten an der Spitze gehen, der am Anfang die Gesellschaften gemacht hat und der in unseren Tagen die Versammlungen bildet.

Es war sicher ein ähnliches Motiv, das uns zum erstenmal plaudern ließ. Es war nachmittags, es war heiß, und die Sonne stach in den Saal, trotz der Fensterläden. Wir, einige Maler, Maria und ihr Mann und ich, waren auf Stühlen ausgestreckt geblieben, rauchten und tranken dazu Grog.

Maria rauchte, oder zumindest, wenn ein Rest weiblicher Torheit sie daran hinderte, so liebte sie doch den Geruch von Tabak (Monstrosität!); sie gab mir sogar Zigaretten! Man plauderte über Literatur, ein unerschöpfliches Thema bei Frauen; ich nahm daran teil, ich sprach lange und mit Feuer; Maria und ich hatten vollkommen das gleiche Gefühl in Sachen Kunst. Ich habe niemals jemanden es mit mehr Naivität und weniger Prätention fühlen hören; sie hatte einfache und ausdrucksvolle Wörter, die plastisch herauskamen und vor allem mit so viel Ungezwungenheit und Anmut, so viel Hingabe und Nonchalance, daß man hätte glauben können, sie sänge.

Eines Abends schlug uns ihr Mann eine Bootspartie vor. Es war das schönste Wetter der Welt, wir nahmen an.

XIII

Wie durch Wörter diese Dinge wiedergeben, für die es keine Sprache gibt, diese Eindrücke des Herzens, diese Geheimnisse der Seele, die ihr selbst unbekannt sind? Wie soll ich euch sagen, was ich alles empfunden habe, was ich alles gedacht habe, alle Dinge, die ich an jenem Abend genossen habe?

Es war eine schöne Sommernacht; gegen neun Uhr bestiegen wir die Schaluppe, man setzte die Ruder ein, wir fuhren ab. Das Wetter war ruhig, der Mond spiegelte sich auf der glatten Oberfläche des Wassers, und die Kielwelle des Bootes ließ sein Bild auf den

Wellen flackern. Die Flut fing an zu steigen, und wir spürten, wie die ersten Wogen die Schaluppe langsam schaukelten. Man schwieg, Maria fing an zu sprechen. Ich weiß nicht, was sie sagte, ich ließ mich durch den Ton ihrer Worte bezaubern, so wie ich mich vom Meer schaukeln ließ. Sie war nahe bei mir, ich fühlte den Umriß ihrer Schulter und die Berührung ihres Kleides; sie erhob ihren Blick zum Himmel, rein, bestirnt, strahlend von Diamanten und sich in den blauen Wellen spiegelnd. Sie war wie ein Engel anzusehen, den Kopf mit jenem himmlischen Blick erhoben.

Ich war berauscht von Liebe, ich horchte, wie die beiden Ruder sich in gleichem Rhythmus hoben, wie die Wellen gegen die Seiten des Bootes schlugen; ich ließ mich von all dem anrühren, und ich lauschte auf Marias Stimme, die süß und vibrierend war.

Werde ich euch jemals alle Melodien ihrer Stimme sagen können, alle Anmut ihres Lächelns, alle Schönheit ihres Blicks? Werde ich euch jemals sagen, daß das etwas war, woran man vor Liebe sterben konnte, diese Nacht voll vom Duft des Meeres mit seinen durchsichtigen Wellen, seinem vom Mond versilberten Sand, diese schöne und friedliche Woge, dieser strahlende Himmel, und dann, nahe bei mir, diese Frau! Alle Freuden der Erde, alle ihre Wollüste, das Süßeste, das Berauschendste, was es gibt? Er war der ganze Zauber eines Traums mit allen Genüssen des

Wahren. Ich ließ mich von allen diesen Erregungen hinreißen, ich schritt weiter darin voran mit einer unersättlichen Freude, ich berauschte mich weidlich an dieser Ruhe voller Wollust, an diesem Frauenblick, an dieser Stimme; ich versenkte mich in mein Herz, und ich fand darin unendliche Wollust. Wie war ich glücklich! Glück der Dämmerung, die in die Nacht fällt, Glück, das vorübergeht wie die erschöpfte Welle, wie das Ufer ...

Man kehrte zurück; man stieg aus, ich begleitete Maria nach Hause, ich sagte ihr kein Wort, ich war schüchtern; ich folgte ihr, ich träumte von ihr, vom Geräusch ihres Ganges, und als sie hineingegangen war, schaute ich lange auf die von den Strahlen des Mondes erleuchtete Wand ihres Hauses; ich sah ihr Licht durch die Fenster scheinen, ich schaute von Zeit zu Zeit danach, auf dem Heimweg über den Strand; dann, als dieses Licht verschwunden war, sagte ich mir: Sie schläft. Und dann, plötzlich, bestürmte mich ein Gedanke, ein Gedanke voll Wut und Eifersucht:

O nein, sie schläft nicht –; und ich hatte in der Seele alle Martern eines Verdammten.

Ich dachte an ihren Gatten, an diesen vulgären und jovialen Mann, und die häßlichsten Bilder boten sich vor mir dar. Ich war wie jene Leute, die man von den erlesensten Gerichten umgeben in Käfigen verhungern läßt.

Ich war allein auf dem Strand. Allein. Sie dachte nicht an mich. Beim Anblick jener unermeßlichen Einsamkeit vor mir und jener anderen, noch schrecklicheren Einsamkeit, fing ich zu weinen an wie ein Kind, denn nahe bei mir, einige Schritte entfernt, war sie da, hinter diesen Wänden, die ich mit dem Blick verschlang; sie war da, schön und nackt, mit allen Wollüsten der Nacht, allen Reizen der Liebe, allen Keuschheiten der Ehe. Dieser Mann brauchte nur seine Arme auszubreiten, und sie kam ohne Anstrengungen, ohne zu warten, sie kam zu ihm, und sie liebten sich, sie küßten sich. Für ihn alle Freuden, alle Wonnen für ihn; meine Liebe unter seinen Füßen; für ihn diese Frau ganz und gar, ihr Kopf, ihr Busen, ihre Brüste, ihr Körper, ihre Seele; ihr Lächeln, ihre beiden Arme, die ihn umfangen, ihre Liebesworte; für ihn alles, für mich nichts.

Ich fing an zu lachen, denn die Eifersucht gab mir obszöne und groteske Gedanken ein; da besudelte ich sie alle beide, überschüttete sie mit den bittersten Lächerlichkeiten, und über diese Bilder, die mich vor Neid hatten weinen machen, versuchte ich, vor Mitleid zu lachen.

Die Flut begann wieder zurückzugehen, und stellenweise sah man vom Mond versilberte große Wasserlöcher, von Seegras bedeckte noch feuchte Sandstellen, hier und da einige Felsen an der Wasseroberfläche oder, höher herausragend, schwarz und weiß; aufgespannte Netze, die vom Meer zerrissen waren, das sich grollend zurückzog.

Es war heiß, ich erstickte. Ich kehrte ins Zimmer meines Gasthauses zurück, ich wollte schlafen. Ich hörte immer noch die Wellen an den Seiten des Kahns, ich hörte das Ruder fallen, ich hörte Marias Stimme, die sprach; ich hatte Feuer in den Adern, all das zog wieder an mir vorbei, sowohl der Ausflug des Abends als auch der der Nacht am Ufer; ich sah Maria daliegen, ich hielt inne, denn alles übrige machte mich schaudern. Ich hatte Lava in der Seele; ich war von alldem gepeinigt, und auf dem Rücken schaute ich zu, wie meine Kerze brannte und ihre Scheibe auf der Zimmerdecke flackerte; mit stumpfer Geistesabwesenheit sah ich das Wachs um den kupfernen Leuchter fließen und den schwarzen Docht in der Flamme länger werden.

Schließlich erschien der Tag, ich schlief ein.

XIV

Der Tag der Abreise kam; wir trennten uns, ohne uns adieu sagen zu können. Sie verließ das Bad am gleichen Tag wie wir. Es war ein Sonntag. Sie reiste am Morgen ab, wir am Abend.

Sie reiste ab, und ich sah sie nicht mehr wieder. Adieu für immer! Sie verschwand wie der Staub der

Straße, der hinter ihren Schritten aufflog. Wie habe ich seitdem an sie gedacht! Wie viele Stunden, aufgelöst vor der Erinnerung ihres Blicks oder dem Klang ihrer Worte!

Im Wagen vergraben trug ich mein Herz weiter vorwärts auf der Straße, die wir hinter uns gelassen hatten, ich versetzte mich wieder in die Vergangenheit, die nicht mehr wiederkommen würde; ich dachte an das Meer, an seine Wellen, an sein Ufer, an alles, was ich gesehen hatte, alles, was ich gefühlt hatte; die gesagten Worte, die Gesten, die Handlungen, die geringste Sache, all das pulsierte und lebte. In meinem Herzen war ein Chaos, ein unermeßliches Dröhnen, ein Irresein.

Alles war vergangen wie ein Traum. Adieu für immer diesen so schnell verwelkten schönen Blumen der Jugend, auf die man später von Zeit zu Zeit mit Bitterkeit und Lust zugleich zurückkommt! Schließlich sah ich die Häuser meiner Stadt, ich kehrte heim, alles kam mir verlassen und schaurig, leer und hohl vor; ich fing wieder an zu leben, zu trinken, zu essen, zu schlafen.

Der Winter kam, und ich kehrte ins Collège zurück.

XV

Wenn ich euch sagte, daß ich andere Frauen geliebt

habe, so wäre das eine infame Lüge. Ich habe es jedoch geglaubt, ich habe mich bemüht, mein Herz an andere Leidenschaften zu hängen, es ist darübergeglitten wie über Eis.

Wenn man Kind ist, hat man so viele Dinge über die Liebe gelesen, findet man dieses Wort so melodiös, träumt man so viel davon, wünscht man so stark, dieses Gefühl zu haben, das einem bei der Lektüre der Romane und der Dramen das Herz höher schlagen läßt, daß man sich bei jeder Frau sagt, die man sieht: Ist nicht da die Liebe? Man bemüht sich zu lieben, um Mann zu werden.

Ich bin ebensowenig wie irgendein anderer von dieser Kinderschwäche frei gewesen, ich habe geseufzt wie ein elegischer Dichter, und nach sehr vielen Anstrengungen war ich ganz erstaunt, manchmal zwei Wochen nicht an die gedacht zu haben, die ich zum Träumen erwählt hatte. All diese Kindereitelkeit verging vor Maria.

Aber ich muß weiter zurückgehen; ich habe mir geschworen, alles zu sagen; das Fragment, das man lesen wird, war teilweise im letzten Dezember niedergeschrieben worden, bevor ich auf die Idee gekommen war, die *Memoiren eines Irren* zu verfassen. Da es für sich stehen sollte, hatte ich es in den folgenden Rahmen versetzt.

Da ist es also, wie es war:

Von allen Träumen der Vergangenheit, den Erinnerungen an früher und meinen Jugendreminiszenzen habe ich eine ganz kleine Zahl bewahrt, mit denen ich mich in Stunden der Langeweile unterhalte. Bei der Erwähnung eines Namens kommen alle Figuren, mit ihren Kostümen und ihrer Sprache, wieder ihre Rolle spielen, wie sie sie in meinem Leben spielten, und ich sehe sie vor mir handeln wie ein Gott, dem es gefiele, seine geschaffenen Welten zu betrachten. Eine vor allem, die erste Liebe, die niemals heftig noch leidenschaftlich war, seitdem von anderen Begierden ausgelöscht, aber die noch am Grund meines Herzens bleibt wie eine alte römische Straße, die man durch den schändlichen Waggon einer Eisenbahn durchschnitten hätte; es ist die Erzählung jenes ersten Herzklopfens, jener Anfänge der unbestimmten und vagen Wollüste, all jener nebelhaften Dinge, die sich in der Seele eines Kindes beim Anblick der Brüste einer Frau, ihrer Augen, beim Hören ihrer Lieder und ihrer Worte abspielen; es ist jenes Sammelsurium aus Gefühl und Träumerei, das ich wie einen Leichnam vor einem Kreis von Freunden ausbreiten sollte, die eines Tages zu mir kamen, im Winter, im Dezember, um sich zu wärmen und mich in der Ofenecke friedlich plaudern zu lassen, während sie eine Pfeife rauchten, deren Schärfe man mit irgendeiner Flüssigkeit besprengt.

Nachdem alle gekommen waren, jeder sich hingesetzt hatte, man seine Pfeife gestopft und sein Glas gefüllt hatte, nachdem wir im Kreis um das Feuer versammelt waren, der eine mit der Zange in der Hand, der andere blasend, ein dritter mit seinem Stock in der Asche stochernd, und jeder eine Beschäftigung hatte, fing ich an:

»Meine lieben Freunde«, sagte ich ihnen, »ihr werdet mir manches, ein eitles Wort, das sich in die Erzählung einschleichen wird, durchgehen lassen.«

(Eine Zustimmung aller Köpfe forderte mich auf anzufangen.)

»Ich erinnere mich, daß es ein Donnerstag war, ungefähr im November vor zwei Jahren – ich war, glaube ich, in der Quinta. Das erstemal, daß ich sie sah, aß sie bei meiner Mutter, als ich hereinstürmte wie ein Schüler, der die ganze Woche nach dem Donnerstagsessen gelechzt hat. Sie drehte sich um; kaum, daß ich sie grüßte, denn ich war damals so töricht und so kindlich, daß ich keine Frau sehen konnte, zumindest von denen, die mich nicht ein Kind nannten, wie die Damen oder ein Freund, wie die kleinen Mädchen, ohne zu erröten, oder vielmehr, ohne nichts zu tun und ohne nichts zu sagen.

Aber Gott sei Dank habe ich seitdem an Eitelkeit und Frechheit gewonnen, was ich an Unschuld und Arglosigkeit verloren habe.

Es waren zwei Mädchen, Schwestern, Freundinnen meiner eigenen, arme Engländerinnen, die man aus ihrer Pension herausgelassen hatte, um sie in die frische Luft aufs Land zu bringen, um sie im Wagen herumzufahren, sie im Garten umherrennen, kurz, sich vergnügen zu lassen, ohne das Auge einer Aufseherin, das Lauheit und Zurückhaltung in die kindliche Ausgelassenheit bringt. Die Ältere war fünfzehn, die zweite kaum zwölf; diese war klein und zierlich, ihre Augen waren lebhafter, größer und schöner als die ihrer älteren Schwester, aber diese hatte einen so runden und so anmutigen Kopf, ihre Haut war so frisch, so rosig, ihre kurzen Zähne so weiß unter ihren rosigen Lippen, und all das war so schön von Strähnen hübscher kastanienbrauner Haare eingerahmt, daß man nicht umhinkonnte, ihr den Vorzug zu geben. Sie war klein und vielleicht ein bißchen dick, das war ihr sichtbarster Fehler; aber was mich bei ihr am meisten bezauberte, war eine unverbildete kindliche Anmut, ein Jugendduft, der sie umgab. Es lag darin so viel Naivität und Arglosigkeit, das selbst die Ruchlosesten nicht umhinkonnten zu bewundern.

Es kommt mir so vor, als sähe ich sie noch durch die Scheiben meines Zimmers, wie sie mit anderen Freundinnen im Garten umhertollte; ich sehe noch, wie ihr Seidenkleid plötzlich rauschend über ihre Absätze flatterte und ihre Füße sich hoben, um auf den Kiesalleen des Gartens umherzulaufen, wie sie dann außer Atem stehenblieben, sich gegenseitig an der Taille faßten und ernst spazierengingen, wobei sie sicher von Festen, Tänzen, Vergnügungen und Liebschaften plauderten – die armen Mädchen!

Vertraulichkeit herrschte bald zwischen uns allen; nach vier Monaten küßte ich sie wie meine Schwester, wir duzten uns alle. Ich plauderte so gern mit ihr! Ihr ausländischer Akzent hatte etwas Feines und Zartes, das ihre Stimme frisch wie ihre Wangen machte.

Übrigens liegt in den englischen Sitten eine natürliche Ungezwungenheit und ein Übergehen all unserer Schicklichkeiten, die man für eine raffinierte Koketterie halten könnte, die aber nur ein Reiz ist, der einen anzieht wie jene Irrlichter, die ständig entwischen. Oft machten wir Familienausflüge, und ich erinnere mich, daß wir eines Tages, im Winter, eine alte Dame besuchten, die auf einem Abhang wohnte, der die Stadt überragte.

Um zu ihr zu gelangen, mußte man Obstgärten voller Apfelbäume durchqueren, wo das Gras hoch und feucht war; ein Nebel hüllte die Stadt ein, und vom Gipfel unseres Hügels sahen wir die übereinandergeschachtelten und zusammengeschobenen verschneiten Dächer, und dann die Stille des Landes, und in der Ferne das entfernte Geräusch der Schritte einer Kuh oder eines Pferdes, deren Hufe in den Wagenspuren versinken.

Beim Klettern über ein weiß gestrichenes Gatter blieb ihr Mantel an den Dornen der Hecke hängen; ich ging ihn losmachen, sie sagte Danke mit so viel

Anmut und Lässigkeit, daß ich den ganzen Tag davon träumte.

Dann fingen sie an zu laufen, und ihre Mäntel, die der Wind hinter ihnen hochhob, flatterten wie herabfließendes Wasser; sie blieben schnaufend stehen. Ich erinnere mich noch an ihren Atem, der an meinen Ohren vorbeirauschte und zwischen ihren weißen Zähnen als dunstiger Hauch hervorkam.

Armes Mädchen! Sie war so gut und küßte mich mit so viel Naivität!

Die Osterferien kamen, wir verbrachten sie auf dem Land. Ich erinnere mich an einen Tag... es war heiß, ihr Gürtel war verloren, ihr Kleid war ohne Taille; wir gingen zusammen spazieren, unter den Füßen den Tau der Gräser und Aprilblumen. Sie hatte ein Buch in der Hand; es waren, glaube ich, Verse; sie ließ es fallen. Unser Spaziergang ging weiter.

Sie war gerannt, ich küßte sie auf den Hals, meine Lippen blieben auf diese seidige Haut gepreßt, die von einem duftenden Schweiß feucht war.

Ich weiß nicht, wovon wir sprachen, von den erstbesten Dingen.«

»Jetzt wirst du dumm«, unterbrach mich einer der Hörer.

»Du hast recht, mein Lieber, das Herz ist stumpfsinnig.

Am Nachmittag war mein Herz von einer süßen und vagen Freude erfüllt; ich träumte köstlich in

Gedanken an ihre Korkenzieherlocken, die ihre lebhaften Augen umrahmten, und an ihren bereits geformten Busen, den ich immer so weit unten küßte, wie ein *sittsamer Busenlatz* es mir erlaubte. Ich stieg in die Felder, ich ging in die Wälder, ich setzte mich in einen Graben, und ich dachte an sie.

Ich lag platt auf dem Bauch, ich riß die Grashalme, die Aprilmargeriten aus, und wenn ich den Kopf hob, bildete der mattglänzende weiß-blaue Himmel über mir eine azurene Kuppel, die am Horizont hinter den grünenden Wiesen versank; zufällig hatte ich Papier und einen Bleistift, ich machte Verse...«

(Alle fingen an zu lachen.)

»...die einzigen, die ich je in meinem Leben gemacht habe; es waren vielleicht dreißig; kaum brauchte ich eine halbe Stunde, denn ich hatte immer eine wunderbare Improvisationsgabe für Dummheiten aller Art; aber diese Verse waren zumeist falsch wie Liebesbeteuerungen, hinkend wie das Gute.

Ich erinnere mich an folgendes:

Ermüdet vom Schaukeln und vom Spiele.

... Als in der Abendschwüle

Ich quälte mich ab, um eine Glut zu schildern, die ich nur in Büchern gesehen hatte; dann, bei irgendeiner Nichtigkeit, ging ich zu einer düsteren Melancholie über, die eines Antony würdig gewesen wäre, obwohl in Wirklichkeit meine Seele von Arglosigkeit und von einem zarten Gefühl durchtränkt war, vermischt mit Albernheit, süßen Reminiszenzen und Düften des Herzens, und ich sagte aus nichtigem Anlaß:

Mein Leiden ist bitter, meine Traurigkeit arg.
Ich bin darin begraben wie ein Mann in einem
Sarg.

Die Verse waren nicht einmal Verse, aber ich war so vernünftig, sie zu verbrennen, eine Manie, die die meisten Dichter plagen dürfte.

Ich kehrte nach Hause zurück und traf sie wieder an, die auf dem Rasenrondell spielte. Das Zimmer, wo sie schliefen, stieß an das meine; ich hörte sie lange lachen und plaudern, während ich... Ich schlief bald ein wie sie, trotz allen Anstrengungen, die ich machte, so lange wie möglich wach zu bleiben. Denn ihr habt es sicher mit fünfzehn genauso gemacht und habt einmal geglaubt, mit jener brennenden und rasenden Liebe zu lieben, wie ihr es in den Büchern gesehen habt, während ihr auf der Außenhaut des Herzens nur eine leichte Schramme von jener Eisenklaue hattet, die man Leidenschaft nennt, und ihr blieset mit allen Kräften eurer Phantasie in dieses bescheidene Feuer, das kaum brannte.

Es gibt so viel Liebesarten im Leben für den Menschen! Mit vier Jahren Liebe der Pferde, der Sonne, der Blumen, der Waffen, die glitzern, der Soldatenlivreen; mit zehn Liebe des kleinen Mädchens, das mit euch spielt; mit dreizehn Liebe einer großen Frau mit prallem Busen, denn ich erinnere mich, daß das, was die Jugendlichen bis zum Wahnsinn anbeten, eine weiße und mattglänzende Frauenbrust ist, und wie Marot sagt:

Tittchen, weißer als ein Ei,
Tittchen aus weißem Satin, ganz neu.

Ich wurde beinahe ohnmächtig, als ich zum erstenmal die beiden Brüste einer Frau ganz nackt sah. Schließlich, mit vierzehn oder fünfzehn die Liebe eines jungen Mädchens, das zu euch kommt, ein bißchen mehr als eine Schwester, ein bißchen weniger als eine Geliebte; dann mit sechzehn die Liebe einer anderen Frau bis fünfundzwanzig; dann liebt man vielleicht die Frau, mit der man sich verheiraten wird.

Fünf Jahre später liebt man die Tänzerin, die ihr Gazekleid auf ihren fülligen Schenkeln hüpfen läßt; schließlich, mit sechsunddreißig, Liebe der Deputation, der Spekulation, der Ehrungen; mit fünfzig Liebe des Diners beim Minister oder beim Bürgermeister; mit sechzig Liebe des Freudenmädchens, das euch durch die Scheiben anruft und auf das man einen impotenten Blick wirft, ein Nachtrauern der Vergangenheit. Ist das alles nicht wahr? Denn ich habe alle diese Liebesarten erfahren; nicht alle jedoch, denn ich habe nicht alle meine Jahre gelebt, und jedes Jahr ist im Leben vieler Menschen von einer neuen Leidenschaft geprägt, der der Frauen, der des Spiels, der Pferde, der feinen Stiefel, der Stöcke, der Brillen, der Wagen, der Posten. Was für Torheiten in einem Menschen! Ach! Ohne Widerrede, das Gewand eines Harlekins ist nicht bunter in seinen Färbungen als der menschliche Geist in seinen Torheiten, und alle beide gelangen zum gleichen Ergebnis, nämlich sich beide abzuwetzen und eine Zeitlang lachen zu machen: das Publikum für sein Geld, den Philosophen für sein Wissen.«

»Zur Erzählung!« verlangte einer der Hörer, der bisher unerschütterlich gewesen war und seine Pfeife nur herausnahm, um auf meine Abschweifung, die als Rauch emporstieg, den Speichel seines Vorwurfes zu werfen.

»Ich weiß kaum, was ich danach sagen soll, denn es gibt eine Lücke in der Geschichte, einen Vers weniger in der Elegie. Einige Zeit verging also auf diese Weise. Im Mai kam die Mutter der Mädchen nach Frankreich und brachte ihren Bruder mit. Das war ein reizender Junge, blond wie sie und sprühend von Schalkhaftigkeit und britischem Stolz.

Ihre Mutter war eine bleiche, magere und nachlässige Frau. Sie war schwarz gekleidet; ihre Manieren und ihre Reden, ihr Auftreten hatten zwar eine nachlässige, ein bißchen weichliche Art, die aber an das italienische *far niente* erinnerte. All das war jedoch von gutem Geschmack parfümiert und leuchtete in einem aristokratischen Anstrich. Sie blieb einen Monat in Frankreich.

Dann fuhr sie wieder ab, und wir lebten so, als wenn alle zur Familie gehörten, gingen immer gemeinsam zu unseren Spaziergängen, in unsere Ferien, unsere freien Tage. Wir waren alle Brüder und Schwestern. In unseren alltäglichen Beziehungen lag so viel Anmut und Wärme, so viel Vertraulichkeit und Zwanglosigkeit, daß das vielleicht zu Liebe verkam, von ihrer Seite zumindest, und ich hatte offensichtliche Beweise dafür.

Was mich angeht, so kann ich mir die Rolle eines moralischen Mannes zuweisen, denn ich hatte keinerlei Leidenschaft. Ich hätte es gern gewollt.

Oft kam sie zu mir, faßte mich um die Taille; sie schaute mich an, sie plauderte. Das reizende kleine Mädchen! Sie bat mich um Bücher, Theaterstücke, von der sie mir nur eine ganz kleine Zahl zurückgegeben hat; sie stieg in mein Zimmer, ich war ziemlich verlegen. Konnte ich so viel Kühnheit bei einer Frau voraussetzen, oder so viel Naivität? Eines Tages legte sie sich in einer ganz zweideutigen Stellung auf mein Kanapee; ich saß neben ihr, ohne etwas zu sagen.

Gewiß, der Moment war kritisch, ich profitierte nicht davon, ich ließ sie weggehen.

Ein andermal küßte sie mich weinend. Ich konnte nicht glauben, daß sie mich wirklich liebte. Ernest war davon überzeugt, er machte mich darauf aufmerksam, nannte mich einen Idioten – während ich, wirklich, zugleich schüchtern und nachlässig war.

Es war etwas Süßes, Kindliches, das keine Vorstellung von Besitz trübte, aber dem es eben dadurch an Energie fehlte; es war jedoch zu albern, um Platonismus zu sein.

Nach Ablauf eines Jahres kam ihre Mutter nach Frankreich, dann, nach Ablauf eines Monats, ging sie wieder nach England. Ihre Töchter waren aus der Pension genommen worden und wohnten bei ihrer Mutter an einer einsamen Straße im zweiten Stock.

Während deren Reise sah ich sie oft an den Fenstern. Eines Tages, als ich vorbeiging, rief mich Caroline, ich stieg hinauf. Sie war allein, sie warf sich in meine Arme und küßte mich überschwenglich; das war das letzte Mal, denn seitdem heiratete sie.

Ihr Zeichenlehrer hatte ihr häufige Besuche gemacht; man plante eine Heirat, sie wurde hundertmal geknüpft und wieder gelöst. Ihre Mutter kam aus England zurück ohne ihren Mann, von dem man niemals hatte sprechen hören; Caroline heiratete im Januar. Eines Tages traf ich sie mit ihrem Mann. Kaum, daß sie mich grüßte.

Ihre Mutter hat ihre Wohnung und ihre Manieren geändert, sie empfängt jetzt Schneiderburschen und Studenten bei sich, sie geht zu Maskenbällen und nimmt ihre junge Tochter mit.

Es ist achtzehn Monate her, daß wir sie gesehen haben.

So endete diese Liaison, die vielleicht mit dem Alter eine Leidenschaft verhieß, sich aber von selbst auflöste.

Muß ich noch sagen, daß das für die Liebe gewesen war, was die Dämmerung für den hellen Tag ist, und daß Marias Blick die Erinnerung an dieses blasse Kind verlöschen ließ?

Es ist ein kleines Feuer, das nur noch kalte Asche ist.«

XVI

Diese Seite ist kurz, ich wünschte, sie wäre noch kürzer. Folgendes geschah.

Die Eitelkeit trieb mich zur Liebe, nein, zur Wollust; nicht einmal dazu, zum Fleisch.

Man verspottete mich wegen meiner Keuschheit, ich errötete darüber, ich schämte mich, sie lastete auf mir, als wenn sie eine Verdorbenheit gewesen wäre.

Eine Frau bot sich mir, ich nahm sie; und ich verließ ihre Arme voller Abscheu und Bitterkeit. Aber jetzt konnte ich in Wirtshäusern den Lovelace machen, bei einem Glas Punsch ebenso viele Obszönitäten sagen wie ein anderer, ich war also ein Mann, ich hatte wie eine Pflicht Laster begangen, und dann hatte ich mich dessen gerühmt. Ich war fünfzehn, ich sprach von Frauen und von Mätressen.

Jene Frau fing ich an zu hassen; sie kam zu mir, ich

ließ sie stehen; sie lächelte mich immer wieder an, was mir widerlich war wie eine häßliche Grimasse.

Ich hatte Gewissensbisse, als wenn die Liebe zu Maria eine Religion gewesen wäre, die ich entweiht hätte.

XVII

Ich fragte mich, ob das denn die Wonnen wären, die ich erträumt hatte, jene feurigen Aufwallungen, die ich mir in der Unberührtheit jenes zarten und kindlichen Herzens vorgestellt hatte.

Ist das alles? Muß nicht nach jenem kalten Genuß ein anderer, erhabenerer, weiterer, etwas Göttliches kommen, das einen in Ekstase versetzt? O nein, alles war zu Ende, ich hatte jenes heilige Feuer meiner Seele im Schmutz ausgetreten.

O Maria, ich hatte die Liebe, die dein Blick geschaffen hatte, durch den Dreck gezogen, ich hatte sie hemmungslos an die erstbeste Frau verschleudert, ohne Liebe, ohne Verlangen, getrieben von einer kindlichen Eitelkeit, von einer stolzen Berechnung, um bei lockeren Reden nicht mehr zu erröten, um in einer Orgie eine gute Figur zu machen. Arme Maria!

Ich war überdrüssig, ein tiefer Abscheu packte mich in der Seele, mich jammerten diese Freuden eines Augenblicks und diese Zuckungen des Fleisches. Ich muß sehr erbärmlich gewesen sein, ich, der ich so stolz auf jene so hohe Liebe, jene erhabene Leidenschaft war und mein Herz als weiter und schöner als die der anderen Menschen betrachtete; ich, es wie sie machen! ... Ach! ... Nein, nicht einer von ihnen hat es vielleicht aus den gleichen Gründen getan; fast alle sind von den Sinnen dahin getrieben worden, sie haben wie der Hund dem Instinkt der Natur gehorcht; aber es lag sehr viel mehr Erniedrigung darin, Berechnung daraus zu machen, sich an der Verdorbenheit aufzureizen, sich in die Arme einer Frau zu stürzen, ihren Körper zu betatschen, sich in der Gosse zu wälzen, um wieder aufzustehen und seine Besudelungen zu zeigen.

Und dann schämte ich mich dessen wie einer feigen Entweihung; ich hätte die Schändlichkeit, deren ich mich gerühmt hatte, meinen eigenen Augen verbergen wollen.

Ich versetzte mich in jene Zeiten zurück, da das Fleisch für mich nichts Schändliches hatte und die Perspektive des Verlangens mir vage Formen und Wollüste zeigte, die mein Herz mir schuf. Nein, niemals wird man alle Geheimnisse der jungfräulichen Seele sagen können, alle Dinge, die sie fühlt, alle Welten, die sie gebiert. Wie sind ihre Träume köstlich! Wie sind ihre Gedanken nebelhaft und zart! Wie ist ihre Enttäuschung bitter und grausam! ... Geliebt zu haben, den Himmel erträumt zu haben, alles gesehen zu haben, was die Seele an Reinstem, Erhabenstem hat, und sich dann an die ganze Schwerfälligkeit des Fleisches, an das ganze Schmachten des Körpers zu fesseln! Den Himmel erträumt zu haben und in den Dreck zu fallen!

Wer wird mir jetzt alle Dinge zurückgeben, die ich verloren habe, meine Unberührtheit, meine Träume, meine Illusionen, alle verwelkten Dinge – arme Blumen, die der Frost getötet hat, bevor sie aufgeblüht waren.

XVIII

Wenn ich Begeisterungsmomente empfunden habe, so verdanke ich sie der Kunst; und doch, was für eine Eitelkeit, die Kunst! Den Menschen in einem Steinblock abbilden wollen oder die Seele in Wörtern, die Gefühle durch Töne und die Natur auf einer bemalten Leinwand...

Ich weiß nicht, welche magische Kraft die Musik besitzt; ich habe ganze Wochen vom mitreißenden Rhythmus einer Weise oder von den breiten Konturen eines majestätischen Chors geträumt; es gibt Töne, die mir in die Seele fahren, und Stimmen, die mich in Wonnen dahinschmelzen lassen. Ich liebte das grollende Orchester mit seinen Harmoniewogen, seinen tönenden Schwingungen und jener unermeßlichen Kraft, die Muskeln zu haben scheint und die am Ende des Bogens erstirbt; meine Seele folgte der Melodie, breitete ihre Flügel zum Unendlichen hin aus und stieg in Spiralen, rein und langsam, wie ein Duft zum Himmel empor. Ich liebte das Geräusch, die Diamanten, die im Lichte funkeln, alle jene behandschuhten und mit Blumen applaudierenden Frauenhände; ich betrachtete das hüpfende Ballett, die wogenden rosa Kleider; ich hörte die Schritte rhythmisch auftreten, ich sah die Knie sich weich mit runden Umrissen hervorwölben.

Ein andermal, gesammelt vor den Werken des Genies, ergriffen von den Ketten, mit denen es einen fesselt, dann, beim Murmeln jener Stimmen, beim schmeichelhaften Gekreische, bei jenem Dröhnen voll von Reizen, erstrebte ich das Schicksal jener starken Männer, die mit der Menge umgehen wie mit Blei, die sie weinen, seufzen, vor Begeisterung trampeln machen. Wie weit muß ihr Herz sein, derer, die die Welt in es eintreten lassen, und wie ist alles verkümmert in meiner Natur! Überzeugt von meiner Impotenz und meiner Sterilität habe ich einen eifersüchtigen Haß bekommen; ich sagte mir, daß das nichts wäre, daß allein der Zufall diese Wörter diktiert hätte. Ich warf Dreck auf die höchsten Dinge, die ich begehrte.

Ich hatte mich über Gott mokiert, ich konnte also auch über die Menschen lachen.

Jedoch, diese düstere Laune war nur vorübergehend, und ich empfand eine wahre Lust daran, das strahlende Genie im Brennpunkt der Kunst zu betrachten wie eine breite Blume, die einer Sommersonne eine Duftrosette öffnet.

Die Kunst! Die Kunst! Was für ein schönes Ding, diese Eitelkeit!

Wenn es auf der Erde und unter allen Nichtsen einen Glauben gibt, den man anbetet, wenn etwas Heiliges, Reines, Erhabenes ist, etwas, das zu jenem unmäßigen Verlangen nach dem Unendlichen und dem Vagen geht, das wir Seele nennen, so ist es die Kunst. Und was für eine Kleinheit! Ein Stein, ein Wort, ein Ton, die Anordnung von all dem, das wir das Erhabene nennen. Ich möchte etwas, das weder eines Ausdrucks noch einer Form bedürfte, etwas Reines wie ein Duft, Starkes wie der Stein, Ungreifbares wie ein Gesang, daß es zugleich all das und nichts von all dem wäre. Alles scheint mir borniert, geschrumpft, mißlungen in der Natur.

Der Mensch mit seinem Genie und seiner Kunst ist nur ein erbärmlicher Nachäffer von etwas Höherem.

Ich möchte das Schöne im Unendlichen, und ich finde nur den Zweifel darin.

XIX

Ach! Das Unendliche! Das Unendliche, unermeßlicher Schlund, Spirale, die von den Abgründen zu den höchsten Regionen des Unbekannten aufsteigt, alte

Idee, in der wir uns alle drehen, vom Taumel ergriffen, Abgrund, den jeder im Herzen hat, unauslotbarer Abgrund, bodenloser Abgrund! Wir mögen uns noch so sehr, viele Tage, viele Nächte lang, beklommen fragen: »Was sind diese Wörter: Gott, Ewigkeit, Unendliches?«, wir drehen uns darin, fortgetragen von einem Wind des Todes wie das vom Orkan mitgerissene Blatt. Man könnte meinen, dem Unendlichen mache es Spaß, uns selbst in dieser Unermeßlichkeit des Zweifels zu schaukeln.

Wir sagen uns jedoch immer: »Nach so vielen Jahrhunderten, tausenden von Jahren, wenn alles abgenutzt sein wird, dann muß es doch wohl eine Grenze geben.« – Wehe! Die Ewigkeit richtet sich vor uns auf, und wir haben Angst davor – Angst vor jenem Etwas, das so lange dauern muß, wir, die wir so wenig dauern.

So lange!

Sicher, wenn die Welt nicht mehr sein wird – was möchte ich dann leben, leben ohne Natur, ohne Menschen, welche Größe jene Leere! –, sicher wird dann Dunkelheit herrschen, wird es ein bißchen verbrannte Asche geben, die die Erde gewesen sein wird, und vielleicht einige Wassertropfen, das Meer. – Himmel! Nichts mehr, Leere... nur noch das Nichts, ausgebreitet in der Unermeßlichkeit wie ein Leichentuch.

Ewigkeit! Ewigkeit! Wird das denn immer dauern? Immer, ohne Ende?

Aber was jedoch bleiben wird, die kleinste Parzelle der Trümmer der Welt, der letzte Hauch einer sterbenden Schöpfung, die Leere selbst, wird es satt haben müssen zu existieren; alles wird eine totale Zerstörung verlangen. Diese Idee von etwas ohne Ende läßt uns erbleichen, wehe! Und wir werden darin sein, wir anderen, die jetzt leben, und jene Unermeßlichkeit wird uns alle hin und her treiben. Was werden wir sein? Ein Nichts, nicht einmal ein Hauch.

Ich habe lange an die Toten in den Särgen gedacht, an die langen Jahrhunderte, die sie so unter der Erde verbringen, die voll von Geräuschen, Lärm, Geschrei ist, sie, die so still sind in ihren verfaulten Brettern, deren trübseliges Schweigen manchmal gestört wird von einem fallenden Haar oder einem Wurm, der über etwas Fleisch kriecht. Wie sie da schlafen, ausgestreckt, lautlos, unter der Erde, unter dem blühenden Rasen!

Jedoch im Winter müssen sie frieren, unter dem Schnee.

Ach! Wenn sie dann erwachten, wenn sie wieder zum Leben kämen und sähen, wie alle Tränen, mit denen man ihr Totentuch benetzt hat, versiegt, all jene Seufzer erstickt, all jene Grimassen vorbei sind, wären sie entsetzt von diesem Leben, dem sie nachgeweint haben, als sie es verließen, und sie würden rasch ins Nichts zurückkehren, das so ruhig und so wahr ist.

Gewiß, man kann leben und sogar sterben, ohne sich ein einziges Mal gefragt zu haben, was das ist, Leben und Tod; aber wer die Blätter im Hauch des Windes zittern sieht, die Flüsse sich durch die Wiesen schlängeln, das Leben sich plagen und in den Dingen herumwirbeln, die Menschen leben, Gutes und Böses tun, das Meer seine Wellen röllen, den Himmel seine Lichter entfalten, und wer sich fragt: »Warum diese Blätter? Warum fließt das Wasser? Warum ist das Leben selbst ein so schrecklicher Sturzbach, der sich im grenzenlosen Ozean des Todes verlieren wird? Warum gehen die Menschen, arbeiten sie wie Ameisen? Warum der Sturm? Warum der so reine Himmel und die so gemeine Erde?« – solche Fragen führen in Finsternisse, aus denen man nicht herauskommt.

Und der Zweifel kommt danach; es ist etwas, was man nicht sagt, aber was man fühlt. Der Mensch ist also wie jener im Sand verlorene Wanderer, der überall nach einem Weg zur Oase sucht und der nur Wüste sieht. Der Zweifel, das ist das Leben. Das Handeln, das Reden, die Natur, der Tod, Zweifel in alldem!

Der Zweifel, das ist der Tod für die Seelen; das ist eine Lepra, die die verbrauchten Rassen befällt, das ist eine Krankheit, die von der Wissenschaft herrührt und die zum Irresein führt. Das Irresein ist der Zweifel der Vernunft; es ist vielleicht die Vernunft selbst!

Wer beweist es.

XX

Es gibt Dichter, deren Seele ganz voll von Düften und Blumen ist, die das Leben als die Morgenröte des Himmels betrachten; andere, die nur Düsteres haben, nur Bitterkeit und Wut; es gibt Maler, die alles in Blau sehen, andere alles in Gelb und alles in Schwarz. Jeder von uns hat ein Prisma, durch das er die Welt wahrnimmt; glücklich, wer in ihm heitere Farben und lustige Dinge erkennt. Es gibt Menschen, die in der Welt nur einen Titel, nur Frauen, nur die Bank, nur einen Namen, nur ein Schicksal sehen; Torheiten! Ich kenne welche, die darin nur Eisenbahnen, Märkte oder Vieh sehen; die einen entdecken darin einen erhabenen Plan, die anderen eine obszöne Farce.

Und jene würden euch noch fragen, was denn das ist, *obszön*? Eine schwierig zu lösende Frage, wie alle Fragen.

Ebenso gerne würde ich die geometrische Definition von einem schönen Paar Stiefel oder von einer schönen Frau geben, zwei wichtigen Dingen. Die Leute, die unseren Erdball als einen großen oder als einen kleinen Dreckhaufen sehen, sind seltsame oder anspruchsvolle Leute.

Ihr habt gerade mit einem jener infamen Leute gesprochen, Leute, die sich nicht Philanthropen nennen und die, ohne Furcht, daß man sie Karlisten nennt, nicht für die Zerstörung der Kathedralen stimmen;

aber bald brecht ihr ab oder gebt euch geschlagen, denn jene sind Leute ohne Prinzipien, die die Tugend als ein Wort, die Welt als eine Posse ansehen. Davon gehen sie aus, um alles unter einem schändlichen Gesichtspunkt zu betrachten; sie lächeln bei den schönsten Dingen, und wenn ihr ihnen mit Philanthropie kommt, zucken sie mit den Achseln und sagen euch, daß die Philanthropie durch eine Subskription für die Armen ausgeübt wird. Was ist das schon, eine Liste von Namen in einer Zeitung!

Merkwürdig, diese Verschiedenheit von Meinungen, von Systemen, von Überzeugungen und von Torheiten! Wenn ihr mit bestimmten Leuten sprecht, brechen sie plötzlich erschrocken ab und fragen euch: »Wie! Ihr leugnet das? Ihr zweifelt daran? Kann man den Plan des Universums und die Pflichten des Menschen bestreiten?« Und wenn, unglücklicherweise, euer Blick einen Traum der Seele hat erraten lassen, brechen sie plötzlich ab und beenden da ihren logischen Sieg wie jene von einem imaginären Gespenst erschreckten Kinder, die die Augen schließen und nicht hinzuschauen wagen.

Öffne sie, schwacher Mensch voller Hochmut, armselige Ameise, die du mit Mühe über dein Staubkörnchen kriechst; du sagst von dir, du seist frei und groß, du achtest dich selbst, der du so niederträchtig bist dein ganzes Leben lang, und sicher aus Hohn grüßt du deinen verwesten Körper, der vorübergeht. Und dann denkst du, daß ein so schönes Leben, hin und her geschüttelt zwischen dem bißchen Hochmut, den du Größe nennst, und jenem niedrigen Eigennutz, der das Wesen der Gesellschaft ist, von einer Unsterblichkeit gekrönt sein wird. Unsterblichkeit für dich, der du geiler bist als ein Affe und bösartiger als ein Tiger und kriechender als eine Schlange? Daß ich nicht lache! Schafft mir ein Paradies für den Affen, den Tiger und die Schlange, für die Ausschweifung, die Grausamkeit, die Niedrigkeit, ein Paradies für den Egoismus, eine Ewigkeit für diesen Staub, Unsterblichkeit für dieses Nichts. Du rühmst dich, frei zu sein, tun zu können, was du Gut und Böse nennst? Sicher, damit man dich um so schneller verurteilt, denn was könntest du schon Gutes tun? Gibt es eine einzige deiner Gesten, die nicht vom Hochmut angestachelt oder vom Eigennutz berechnet ist?

Du, frei! Von deiner Geburt an bist du allen väterlichen Gebrechen unterworfen; du empfängst mit dem Licht der Welt die Saat aller deiner Laster, ja deiner Stumpfheit, all dessen, was dich die Welt, dich selbst, alles, was dich umgibt, nach jenem Vergleichsschema, jenem Maß beurteilen läßt, das du in dir hast. Du wirst mit einem kleinen engen Geist geboren, mit fertigen oder für dich gefertigten Ideen über Gut und Böse. Man wird dir sagen, daß man seinen Vater lieben und im Alter pflegen soll: du wirst das eine wie das andere tun, man brauchte es dir nicht beizubringen, nicht wahr? Das ist eine angeborene Tugend wie das Bedürfnis zu essen; während man hinter dem Gebirge, wo du geboren bist, deinen Bruder lehrt, seinen Vater zu töten, wenn er alt ist, und er wird ihn töten, denn das ist doch natürlich, wird er denken, und man hatte nicht nötig, es ihm beizubringen. Man wird dich erziehen, daß du dich hüten sollst, deine Schwester oder deine Mutter mit fleischlicher Liebe zu lieben, obwohl du wie alle Menschen von einem Inzest abstammst, denn der erste Mensch und die erste Frau, sie und ihre Kinder, waren Brüder und Schwestern; während die Sonne über anderen Völkern untergeht, die den Inzest als eine Tugend ansehen und den Brudermord als eine Pflicht. Bist du schon frei gegenüber den Prinzipien, nach denen du dein Verhalten lenken wirst? Bist du es, der deine Erziehung leitet? Warst du es selbst, der mit einem glücklichen oder traurigen, schwindsüchtigen oder robusten, sanftmütigen oder bösartigen, moralischen oder lasterhaften Charakter geboren werden wollte?

Aber zunächst, warum bist du geboren? Bist du es, der es gewollt hat? Hat man dich darüber zu Rate gezogen? Du bist doch zwangsläufig geboren, weil dein Vater eines Tages von einer Orgie heimgekehrt sein wird, erhitzt vom Wein und von den ausschweifenden Reden, und deine Mutter davon profitiert, alle Listen einer Frau ins Spiel gebracht haben wird, getrieben von ihren fleischlichen und tierischen Instinkten, die ihr die Natur gegeben hat, als sie eine Seele schuf, und es ihr gelungen sein wird, diesen Mann zu animieren, den die öffentlichen Feste seit seiner Jugend ermüdet haben. So groß du auch bist, du bist zuerst etwas ebenso Schmutziges wie Spucke und etwas Stinkigeres als Urin gewesen; dann hast du Metamorphosen durchgemacht wie ein Wurm, und schließlich bist du zur Welt gekommen, fast ohne Leben, weinend, schreiend und die Augen schließend, wie aus Haß vor jener Sonne, die du so oft herbeigerufen hast. Man gibt dir zu essen, du wirst größer, du wächst wie das Blatt; es ist einfach Zufall, wenn der Wind dich nicht frühzeitig hinwegrafft, denn wie vielen Dingen bist du ausgesetzt? Der Luft, dem Feuer, dem Licht, dem Tag, der Nacht, der Kälte, der Hitze, allem, was dich umgibt, allem, was ist. All das beherrscht dich, begeistert dich; du liebst das Grün, die Blumen, und du bist traurig, wenn sie verwelken; du liebst deinen Hund, du weinst, wenn er stirbt; eine Spinne kommt auf dich zu, du weichst erschreckt zurück; du zuckst manchmal zusammen beim Anblick deines Schattens, und wenn sich dein Denken selbst in den Geheimnissen des Nichts verstrickt, bist du erschrocken und hast Angst vor dem Zweifel.

Du sagst, du seist frei, und jeden Tag handelst du von tausend Dingen getrieben. Du siehst eine Frau, und du liebst sie, du stirbst vor Liebe zu ihr; bist du frei, dieses pulsierende Blut zu beruhigen, diesen brennenden Kopf zu besänftigen, dieses Herz einzuschnüren, diese Glut zu beruhigen, die dich verschlingt? Bist du frei in deinem Denken? Tausend Ketten halten dich fest, tausend Nadeln treiben dich, tausend Hindernisse halten dich auf. Du siehst einen Menschen zum erstenmal, einer seiner Züge schockiert dich, und dein ganzes Leben lang hast du eine Abneigung gegen diesen Menschen, den du vielleicht geschätzt hättest, wenn er eine weniger große Nase gehabt hätte. Du hast einen schlechten Magen, du bist brutal gegenüber dem, den du mit Wohlwollen empfangen hättest. Und aus allen diesen Tatsachen stammen oder ergeben sich, ebenso zwangsläufig, andere Reihen von Tatsachen, aus denen andere ihrerseits hervorgehen. Bist du der Schöpfer deiner physischen und moralischen Konstitution? Nein, du könntest sie nur dann ganz lenken, wenn du sie nach deinem Gutdünken gemacht und geformt hättest. Du sagst, du seist frei, weil du eine Seele hast? Zunächst einmal bist du es selbst, der diese Entdeckung gemacht hat, die du nicht definieren könntest. Eine innerste Stimme sagt dir, ja; zunächst lügst du, eine Stimme sagt dir, daß du schwach bist, und du fühlst in dir eine unermeßliche Leere, die du mit allen Dingen, die du hineinwirfst, ausfüllen möchtest. Selbst wenn du glaubtest, ja, bist du dessen sicher? Wer hat es dir gesagt? Wenn du, nachdem du lange von zwei entgegengesetzten Gefühlen bedrängt worden bist, nachdem du sehr gezögert, sehr gezweifelt hast, zu einem Gefühl neigst, glaubst du Herr deiner Entscheidung gewesen zu sein; aber um Herr zu sein, dürfte man keine Neigung haben. Bist du Herr, Gutes zu tun, wenn du eine Vorliebe für das in deinem Herzen verwurzelte Böse hast, wenn du mit schlechten Neigungen geboren bist, die durch deine Erziehung entwickelt wurden? Und wenn du tugendhaft bist, wenn das Verbrechen dich entsetzt, wirst du es dann tun können? Bist du frei, Gutes oder Böses zu tun? Weil es ja das Gefühl für das Gute ist, das dich immer lenkt, kannst du nicht Böses tun.

Dieser Kampf ist der Streit dieser beiden Neigungen, und wenn du Böses tust, so bist du eben lasterhafter als tugendhaft, und das stärkere Fieber hat die Oberhand gehabt. Wenn zwei Menschen sich schlagen, so ist sicher, daß der schwächere, der weniger geschickte, der weniger geschmeidige vom stärkeren, geschickteren, geschmeidigeren besiegt werden wird; solange auch der Kampf dauern mag, es wird immer einen Besiegten geben. Dasselbe gilt für deine innere Natur: selbst wenn das, was du als gut empfindest, die Oberhand gewinnt, ist der Sieg dann immer die Gerechtigkeit? Was du als gut beurteilst, ist es das absolute, unwandelbare, ewige Gute?

Alles ist also nur Finsternis um den Menschen herum; alles ist leer, und er möchte etwas Festes; er dreht sich selbst in jener Unermeßlichkeit des Vagen, in der er anhalten möchte, er klammert sich an alles, und alles entgeht ihm; Vaterland, Freiheit, Glauben, Gott, Tugend, er hat das alles genommen, und all das ist ihm aus den Händen gefallen; er ist wie ein Irrer, der ein Kristallglas fallen läßt und über alle Scherben lacht, die er gemacht hat.

Aber der Mensch hat eine unsterbliche Seele nach dem Bilde Gottes; zwei Ideen, für die er sein Blut vergossen hat, zwei Ideen, die er nicht versteht: eine Seele, einen Gott – von denen er aber überzeugt ist.

Diese Seele ist ein Wesen, um das sich unser physisches Sein dreht wie die Erde um die Sonne; diese Seele ist edel, denn da sie ein geistiges Prinzip ist, da sie nicht irdisch ist, kann sie ja nichts Niedriges, Gemeines haben. Aber ist es denn nicht das Denken, das unseren Körper lenkt? Ist es nicht das Denken, das unseren Arm sich heben läßt, wenn wir töten wollen? Ist es nicht das Denken, das unser Fleisch belebt? Sollte der Geist das Prinzip des Bösen sein und der Körper der Agent?

Sehen wir, wie diese Seele, wie dieses Gewissen elastisch, flexibel ist, wie sie weich und handhabbar ist, wie sie leicht unter dem Körper nachgibt, der auf ihr lastet, oder die auf den Körper drückt, der sich beugt, wie diese Seele käuflich und niedrig ist, wie sie kriecht, wie sie schmeichelt, wie sie lügt, wie sie täuscht! Sie ist es, die den Körper, die Hand, den Kopf und die Zunge verkauft; sie ist es, die Blut will und die Gold verlangt, immer unersättlich und habgierig nach allem in seiner Unendlichkeit; sie ist mitten in uns wie ein Durst, irgendeine Glut, ein Feuer, das uns verzehrt, ein Zapfen, der uns um ihn kreisen läßt.

Du bist groß, Mensch! Nicht durch den Körper natürlich, sondern durch diesen Geist, der dich geschaffen hat, sagst du, der König der Natur; du bist groß, ein Herr und stark.

Jeden Tag wälzt du ja die Erde um, gräbst Kanäle, baust Paläste, schließt die Flüsse zwischen Steinen ein, pflückst das Gras, knetest es und ißt es; du wühlst den Ozean mit dem Kiel deiner Schiffe auf, und du hältst das alles für schön; du hältst dich für besser als das wilde Tier, das du ißt, für freier als das vom Winde verwehte Blatt, für größer als der Adler, der über den Türmen schwebt, für stärker als die Erde, aus der du dein Brot und deine Diamanten gewinnst, und als der Ozean, über den du hinweggleitest. Aber wehe! Die Erde, die du fortschaffst, kehrt zurück, entsteht von selbst wieder, die Kanäle gehen entzwei, die Flüsse überschwemmen deine Felder und deine Städte, die Steine deiner Paläste lösen sich und fallen von selbst herab, die Ameisen laufen über deine Kronen und über deine Throne, alle deine Flotten können nicht mehr Spuren auf der Oberfläche des Ozeans hinterlassen als ein Wassertropfen oder der Flügelschlag des Vogels. Und du selbst, du verbringst ganze

Lebensalter auf diesem Ozean, ohne mehr Spuren von dir selbst zu hinterlassen als dein Schiff auf den Wellen hinterläßt. Du hältst dich für groß, weil du unablässig arbeitest, aber diese Arbeit ist ein Beweis für deine Schwäche. Du warst also dazu verurteilt, im Schweiße deines Angesichts alle diese nutzlosen Dinge zu lernen; du warst Sklave, bevor du geboren wurdest, und unglücklich, bevor du lebtest. Du betrachtest die Gestirne mit einem hochmütigen Lächeln, weil du ihnen Namen gegeben hast, weil du ihren Abstand berechnet hast, als ob du das Unendliche ermessen und den Raum in die Grenzen deines Geistes einschließen wolltest. Aber du irrst dich! Wer sagt dir, daß hinter diesen Welten aus Lichtern nicht andere, wieder unendliche sind, und immer so weiter? Vielleicht reichen deine Berechnungen nur einige Fuß in die Höhe, und dort beginnt eine neue Größenordnung von Tatsachen? Verstehst du selbst den Wert der Wörter, die du benutzt... Ausdehnung, Raum? Sie sind weiter als du und dein ganzer Erdball.

Du bist groß, und du stirbst wie der Hund und die Ameise, mit mehr Bedauern als sie; und dann verwest du; und ich frage es dich, wenn die Würmer dich gefressen haben, wenn dein Körper sich in der Feuchtigkeit des Grabes aufgelöst hat und dein Staub nicht mehr ist, wo bist du, Mensch? Wo ist selbst deine Seele? Diese Seele, die der Motor deiner Handlungen war, die dein Herz dem Haß, dem Neid, allen Leidenschaften preisgab, diese Seele, die dich verkaufte und die dich so viele Niedrigkeiten begehen ließ, wo ist sie? Gibt es einen Ort, der so heilig ist, daß er sie aufnehmen kann? Du achtest dich und du ehrst dich wie einen Gott, du hast die Idee der Menschenwürde erfunden, eine Idee, die nichts in der Natur bei deinem Anblick haben könnte; du willst, daß man dich ehrt, und du ehrst dich selbst, du willst sogar, daß dieser Körper, der sein ganzes Leben lang so niederträchtig ist, geehrt wird, wenn er nicht mehr ist. Du willst, daß man sich vor deinem menschlichen Aas entblößt, das vor Fäulnis verwest, obwohl es noch reiner als du ist, als du lebtest. Ist das deine Größe? – Größe des Staubs! Majestät des Nichts!

XXI

Ich kam zwei Jahre später zurück; ihr könnt euch denken, wohin . . .; sie war nicht da.

Ihr Mann war allein, mit einer anderen Frau gekommen, und er war zwei Tage vor meiner Ankunft abgereist.

Ich kehrte ans Ufer zurück; wie war es leer! Von dort konnte ich die graue Wand von Marias Haus sehen; was für eine Einsamkeit!

Ich kam also in diesen selben Saal zurück, von dem ich euch gesprochen habe; er war voll, aber keines der

Gesichter war mehr da, die Tische wurden von Leuten eingenommen, die ich nie gesehen hatte; der von Maria war von einer alten Frau besetzt, die sich auf denselben Platz stützte, wo sich ihr Ellbogen so oft hingelegt hatte.

Ich blieb zwei Wochen; es gab einige Tage schlechtes Wetter und Regen, die ich in meinem Zimmer verbrachte, wo ich den Regen auf die Schindeln fallen hörte, das ferne Geräusch des Meeres und von Zeit zu Zeit einige Rufe von Seeleuten auf dem Kai; ich dachte wieder an all jene alten Dinge, die der Anblick derselben Orte wiederaufleben ließ.

Ich sah wieder denselben Ozean mit denselben Wellen, immer noch unermeßlich, traurig und über seine Felsen brausend; dasselbe Dorf mit seinen Schlammhaufen, seinen Muscheln, auf die man tritt, und seinen verschachtelten Häusern. Aber alles, was ich geliebt hatte, alles, was Maria umgab, diese schöne Sonne, die durch die Läden kam und die ihre Haut vergoldete, die Luft, die sie umgab, die Welt, die an ihr vorbeizog, all das war unwiederbringlich weg. Ach! Wie wünschte ich auch nur einen einzigen jener unvergleichlichen Tage herbei! Eintreten, ohne irgend etwas daran zu ändern!

Was! Nichts von alldem wird wiederkommen? Ich fühle, wie mein Herz leer ist, denn alle diese Menschen, die mich umgeben, bereiten mir eine Wüste, in der ich sterbe. Ich erinnerte mich jener langen und heißen Sommernachmittage, wo ich mit ihr sprach, ohne daß sie ahnte, daß ich sie liebte, und wo ihr gleichgültiger Blick wie ein Liebesstrahl bis an den Grund meines Herzens drang. Wie hätte sie auch sehen können, daß ich sie liebte, denn ich liebte sie ja nicht, und in allem, was ich euch gesagt habe, habe ich gelogen; erst jetzt liebte ich sie, begehrte ich sie; erst jetzt, allein am Ufer, in den Wäldern oder auf den Feldern, schuf ich mir sie, da, wie sie neben mir ging, mit mir sprach, mich ansah. Wenn ich mich ins Gras legte und zuschaute, wie die Gräser sich unter dem Wind bogen und die Wellen gegen den Sand schlugen, dachte ich an sie und rekonstruierte in meinem Herzen alle Szenen, in denen sie gehandelt, gesprochen hatte. Diese Erinnerungen waren eine Leidenschaft.

Wenn ich mich daran erinnerte, daß ich sie über einen Ort hatte gehen sehen, so ging ich hin; ich wollte den Klang ihrer Stimme wiederfinden, um mich selbst zu bezaubern; das war unmöglich. Wie oft bin ich vor ihrem Haus vorbeigegangen und habe zu ihrem Fenster emporgeschaut!

Ich verbrachte also diese zwei Wochen in einer verliebten Kontemplation, von ihr träumend. Ich erinnere mich schmerzlicher Dinge. Eines Tages kehrte ich in der Dämmerung zurück, lief über Weiden, voll von Rindern, ich lief schnell, ich hörte nur das Geräusch meines Schritts, der das Gras streifte; ich hielt den Kopf gesenkt und schaute zur Erde. Diese regelmäßige

Bewegung schläferte mich sozusagen ein, ich glaubte Maria neben mir laufen zu hören; sie hielt mich am Arm und drehte den Kopf zu mir um, sie war es, die im Gras lief. Ich wußte genau, daß das eine Halluzination war, die von mir selbst ausging, aber ich konnte nicht umhin, zu lächeln, und ich fühlte mich glücklich. Ich hob den Kopf, das Wetter war düster; vor mir ging am Horizont eine prächtige Sonne hinter den Wellen unter, man sah, wie sich eine Feuergarbe in Strahlen erhob, hinter dicken schwarzen Wolken verschwand, die sich mühsam über sie wälzten, und wie dann ein Widerschein dieser untergehenden Sonne noch weiter hinter mir wieder erschien in einer Ecke des klaren und blauen Himmels.

Als ich das Meer entdeckte, war sie fast verschwunden; ihre Scheibe war zur Hälfte hinter das Wasser gesunken, und eine leichte rosa Färbung verbreitete sich und nahm zum Himmel hin ab.

Ein andermal kam ich zu Pferde am Strand entlang zurück, ich schaute mechanisch die Wellen an, deren Schaum die Hufe meiner Stute benetzte, ich schaute die Kiesel an, die sie fortspritzen ließ, und sah, wie sich ihre Hufe in den Sand gruben; die Sonne war gerade plötzlich verschwunden, und auf den Wellen lag eine düstere Farbe, als wenn etwas Schwarzes über ihnen geschwebt hätte. Zu meiner Rechten waren Felsen, zwischen denen der Schaum beim Blasen des Windes umherwirbelte wie ein Meer von Schnee,

Möwen flogen über meinem Kopf vorüber, und ich sah, wie sich ihre weißen Flügel jenem düsteren und glanzlosen Wasser näherten. Nichts vermag zu sagen, wie schön das alles war, dieses Meer, dieses Ufer mit seinem von Muscheln übersäten Sand, mit seinen von wasserfeuchtem Seegras bedeckten Felsen, und der weiße Schaum, der beim Wehen der Brise auf ihnen schaukelte.

Ich würde euch noch andere, viel schönere und löblichere Dinge sagen, wenn ich sagen könnte, was ich alles an Liebe, an Ekstase, an Sehnsüchten empfunden habe. Könnt ihr mit Wörtern das Pochen des Herzens sagen? Könnt ihr eine Träne sagen und ihr feuchtes Kristall beschreiben, das das Auge in verliebtes Schmachten badet? Könnt ihr sagen, was ihr alles an einem Tag empfindet?

Arme menschliche Schwäche! Mit deinen Wörtern, deinen Sprachen, deinen Tönen sprichst und stammelst du; du definierst Gott, den Himmel und die Erde, die Chemie und die Philosophie, und du kannst mit deiner Sprache nicht die ganze Freude ausdrücken, die dir eine nackte Frau macht... oder ein Plumpudding!

XXII

O Maria! Maria, teurer Engel meiner Jugend, du, die

ich in der Frische meiner Gefühle gesehen habe, du, die ich mit einer so zarten Liebe, so voller Duft und süßer Träumereien geliebt habe, adieu!

Adieu, andere Leidenschaften werden kommen, ich werde dich vielleicht vergessen, aber du wirst immer am Grunde meines Herzens bleiben, denn das Herz ist ein Boden, wo jede Leidenschaft auf den Trümmern der anderen wühlt, pflügt und ackert.

Adieu, und doch, wie hätte ich dich geliebt, wie hätte ich dich geküßt, in meine Arme gedrückt! Ach, meine Seele schmilzt in Wonnen dahin bei all den Narrheiten, die meine Liebe erfindet. Adieu!

Adieu, und doch werde ich immer an dich denken; ich werde in den Strudel der Welt geworfen sein, ich werde darin vielleicht sterben, zertreten unter den Füßen der Menge, in Fetzen gerissen. Wo gehe ich hin? Was werde ich sein? Ich möchte alt sein, weiße Haare haben; nein, ich möchte schön sein wie die Engel, Ruhm haben, Genie, und alles dir zu Füßen legen, damit du über all das dahinschreitest; und ich habe nichts von alldem, und du hast mich ebenso kalt angeschaut wie einen Lakaien oder einen Bettler.

Und ich, weißt du, daß ich keine Nacht, keinen Tag, keine Stunde verbracht habe, ohne an dich zu denken, ohne dich wieder unter der Welle hervorkommen zu sehen, mit deinen schwarzen Haaren auf deinen Schultern, deiner braunen Haut mit ihren salzigen Wasserperlen, deinen tropfenden Kleidern und deinem weißen Fuß mit den rosa Fußnägeln, die im Sand versinken, und daß diese Vision immer gegenwärtig ist und daß das immer zu meinem Herzen flüstert? Ach! Nein, alles ist leer.

Adieu! Und doch, wenn ich vier bis fünf Jahre älter gewesen, kühner gewesen wäre, als ich dich sah... Vielleicht?... Ach! Nein, ich wurde rot bei jedem deiner Blicke. Adieu!

XXIII

Wenn ich die Glocken läuten und das Trauergebimmel jammern höre, habe ich in der Seele eine vage Beklommenheit, etwas Undefinierbares und Verträumtes, wie ersterbende Schwingungen. Eine Reihe von Gedanken öffnet sich beim schauerlichen Klingeln der Glocke der Toten; es kommt mir vor, als sähe ich die Welt in ihren schönsten Festtagen mit Triumphgeschrei, Siegeswagen und Lorbeerkränzen, und über all dem ein ewiges Schweigen und eine ewige Majestät.

Meine Seele entschwindet zur Ewigkeit und zum Unendlichen und schwebt im Ozean des Zweifels beim Ton dieser Stimme, die den Tod ankündigt.

Regelmäßige und grabeskalte Stimme, die doch an allen Festtagen läutet, bei allen Trauerfällen weint, ich lasse mich gerne von deiner Harmonie betäuben, die das Geräusch der Städte übertönt; ich höre gerne auf den Feldern, auf den von reifem Korn vergoldeten Hügeln die dürren Töne der Glocke des Dorfes, die mitten auf dem Land erklingt, während das Insekt unter dem Gras summt und der Vogel unter dem Laub flüstert.

Ich habe im Winter, an jenen sonnenlosen, von einem trübseligen und fahlen Licht erleuchteten Tagen, lange alle Glocken zur Messe läuten hören. Von allen Seiten kamen Stimmen hervor, die in einem Harmonienetz zum Himmel hinaufstiegen, und ich verdichtete mein Denken auf diesem gigantischen Instrument. Es war groß, unendlich; ich spürte in mir Töne, Melodien, Widerhalle von einer anderen Welt, unermeßliche Dinge, die auch erstarben.

O Glocken! Ihr werdet also auch über meinem Tod läuten und eine Minute danach zu einer Taufe; ihr seid also ein Gespött wie alles übrige und eine Lüge wie das Leben, von dem ihr alle Phasen ankündigt: Taufe, Hochzeit, Tod. Armes Erz, verloren und versteckt mitten in den Lüften, das so gut als glühende Lava auf einem Schlachtfeld dienen würde oder zum Beschlagen der Pferde!

November

»Um zu blödeln und zu spinnen.« (Montaigne)

Ich liebe den Herbst, diese traurige Jahreszeit paßt gut zu Erinnerungen. Wenn die Bäume keine Blätter mehr haben, wenn der Himmel bei der Dämmerung noch die rötliche Färbung behält, die das verwelkte Gras vergoldet, ist es süß, alles erlöschen zu sehen, was einst noch in einem brannte.

Ich komme gerade von meinem Spaziergang auf den leeren Wiesen zurück, am Rand kalter Gräben, wo sich die Weiden spiegeln; der Wind ließ ihre kahlen Zweige pfeifen, manchmal verstummte er und fing dann plötzlich wieder an; dann zitterten die kleinen Blätter, die an den Büscheln hängenbleiben, von neuem, das Gras bebte und bog sich zur Erde, alles schien fahler und eisiger zu werden; am Horizont verlor sich die Scheibe der Sonne in der weißen Farbe des Himmels und durchdrang ihn rundherum mit etwas aushauchendem Leben. Ich fror und hatte fast Angst.

Ich habe hinter einem Rasenhügel Schutz gesucht, der Wind hatte aufgehört. Ich weiß nicht, warum, als ich da auf der Erde saß, an nichts dachte und in der Ferne den Rauch anschaute, der aus den Hütten kam, mein ganzes Leben wie ein Gespenst vor mir stand und der bittere Duft der Tage, die nicht mehr sind, mir wiederkam mit dem Geruch des vertrockneten Grases und des toten Holzes; meine armseligen Jahre sind wieder an mir vorbeigezogen, als wären sie vom Winter in eine jammervolle Qual mit hineingerissen; etwas Schreckliches wirbelte sie in meiner Erinnerung herum mit mehr Raserei, als der Wind die Blätter über die friedlichen Pfade jagte; eine merkwürdige Ironie streifte sie und drehte sie für mein Schauspiel hin und her, und dann verflogen alle gemeinsam und verloren sich in einem düsteren Himmel.

Sie ist traurig, die Jahreszeit, in der wir sind: man könnte meinen, daß das Leben mit der Sonne entschwindet, es schaudert einem im Herzen wie auf der Haut, alle Geräusche erlöschen, die Horizonte werden fahl, alles geht schlafen oder sterben. Ich sah bald die Kühe heimkehren, sie muhten und wendeten sich der untergehenden Sonne zu, der kleine Junge, der sie mit einer Gerte vor sich hertrieb, schlotterte unter seinen Leinenkleidern; die Kühe rutschten auf dem Schlamm aus, als sie den Abhang herabkamen, und zertraten einige im Gras liegengebliebene Äpfel. Die Sonne warf ein letztes Adieu hinter den verschwommenen Hügeln hervor, die Lichter der Häuser gingen an im Tal, und der Mond, das Gestirn des Taus, das Gestirn der Tränen, fing an, sich zwischen den Wolken zu entblößen und sein fahles Gesicht zu zeigen.

Ich habe lange mein verlorenes Leben ausgekostet; ich habe mir mit Freude gesagt, daß meine Jugend vorbei war, denn es ist eine Freude, zu spüren, wie die Kälte einem ins Herz kommt, und sagen zu können, wenn man es mit der Hand betastet wie eine noch rauchende Feuerstelle: es brennt nicht mehr. Ich bin noch einmal langsam alle Dinge meines Lebens durchgegangen, Ideen, Leidenschaften, Tage höchster Erregung, Tage der Trauer, hoffnungsfrohes Herzklopfen, quälende Ängste. Ich habe alles wiedergesehen wie jemand, der die Katakomben besichtigt und langsam auf beiden Seiten Tote um Tote aufgereiht sieht. An Jahren gemessen bin ich jedoch vor nicht langer Zeit geboren, aber ich habe zahlreiche Erinnerungen für mich allein, von denen ich mich niedergedrückt fühle wie Greise es von all den Tagen sind, die sie gelebt haben; es kommt mir manchmal vor, als habe ich Jahrhunderte überdauert und als schließe mein Dasein die Trümmer von tausend vergangenen Existenzen ein. Warum das? Habe ich geliebt? Habe ich gehaßt? Habe ich etwas gesucht? Ich zweifle noch daran; ich habe außerhalb jeder Bewegung, jedes Handelns gelebt, ohne mich zu rühren, weder für den Ruhm noch für das Vergnügen, noch für die Wissenschaft, noch für Geld.

Von allem, was folgen wird, hat niemand irgend

etwas gewußt, und die mich täglich sahen, ebensowenig wie die anderen; sie verhielten sich zu mir wie das Bett, auf dem ich schlafe und das nichts von meinen Träumen weiß. Und überhaupt, ist nicht das Herz des Menschen eine enorme Einsamkeit, in die nichts eindringt? Die Leidenschaften, die dahin kommen, sind wie Wanderer in der Wüste Sahara, sie sterben lautlos, und ihre Schreie werden jenseits nicht gehört.

Vom Collège an war ich traurig; ich langweilte mich dort, ich brannte vor Begierden, ich hatte glühende Sehnsüchte nach einer verrückten und bewegten Existenz, ich erträumte Leidenschaften, ich hätte sie alle haben wollen. Hinter dem zwanzigsten Jahr lag für mich eine ganze Welt aus Lichtern und Düften; das Leben erschien mir von weitem mit Glanz und Triumphgeschrei; es war, wie in den Märchen, ein Saal hinter dem anderen, wo Diamanten unter der Flamme der goldenen Lüster glitzern; ein magischer Name läßt die verzauberten Türen sich in ihren Angeln drehen, und je weiter man voranschreitet, taucht das Auge in überwältigende Perspektiven ein, deren Gleiß einen lächeln und die Augen schließen läßt.

Vage gelüstete es mich nach etwas Glänzendem, das ich mit keinem Wort hätte formulieren noch in irgendeiner Form in meinem Denken präzisieren können, nach dem ich aber dennoch das unablässige bestimmte Verlangen hatte. Ich habe immer die leuchtenden

Dinge geliebt. Als Kind drängte ich mich in die Menge, an den Türschlag der Scharlatane, um die roten Tressen ihrer Diener und die Bänder am Zaumzeug ihrer Pferde zu sehen; ich blieb lange vor dem Zelt der Gaukler stehen und bestaunte ihre Pluderhosen und ihre bestickten Halskragen. Ach! Wie liebte ich vor allem die Seiltänzerin mit ihren langen Ohrgehängen, die um ihren Kopf schlenkerten, ihrem großen Juwelenkollier, das auf ihre Brust schlug! Mit welcher unruhigen Gier betrachtete ich sie, wenn sie sich bis zur Höhe der zwischen den Bäumen aufgehängten Lampen emporschwang und ihr mit Goldpailletten besetztes Kleid beim Springen flatterte und sich in der Luft bauschte! Das sind die ersten Frauen, die ich geliebt habe. Mein Geist quälte sich bei dem Gedanken an jene Schenkel merkwürdiger Formen, die so eng in rosa Hosen saßen, an jene geschmeidigen Arme, bedeckt mit Reifen, die sie auf ihrem Rücken klappern ließen, wenn sie sich nach hinten beugten und mit den Federn ihres Turbans die Erde berührten. Die Frau, die ich bereits zu erahnen suchte (es gibt kein Alter, wo man nicht daran denkt: als Kind betasten wir mit einer naiven Sinnlichkeit den Busen der großen Mädchen, die uns küssen und die uns in ihren Armen halten; mit zehn Jahren träumt man von der Liebe; mit fünfzehn geschieht sie einem; mit sechzig bewahrt man sie noch, und wenn die Toten an irgend etwas denken in ihrem Grab, so sicher daran, daß sie unter der Erde das Grab erreichen möchten, das nahe ist, um das Totentuch der Verschiedenen hochzuheben und sich mit ihrem Schlummer zu vermählen); die Frau war also für mich ein anziehendes Geheimnis, das meinen armen Kinderkopf verwirrte. An dem, was ich empfand, wenn eine von ihnen ihre Augen auf mich heftete, fühlte ich bereits, daß etwas Fatales in diesem bewegenden Blick lag, das den menschlichen Willen dahinschmelzen läßt, und ich war davon zugleich entzückt und verschreckt.

Wovon träumte ich an den langen Abenden bei den Schulaufgaben, wenn ich, den Ellbogen auf mein Pult gestützt, zuschaute, wie der Docht der Öllampe in der Flamme länger wurde und jeder Öltropfen in den Napf fiel, während meine Kameraden ihre Federn über das Papier kratzen ließen und man von Zeit zu Zeit das Geräusch eines Buches hörte, das umgeblättert oder zugeklappt wurde? Ich beeilte mich, rasch meine Aufgaben zu machen, um dann ungestört jenen geliebten Gedanken nachhängen zu können. Ja, ich verhieß es mir vorher mit dem ganzen Reiz einer wirklichen Lust, ich zwang mich zunächst, darüber nachzusinnen, wie ein Dichter, der etwas schaffen und die Inspiration hervorrufen will; ich drang so weit wie möglich in mein Denken vor, ich drehte es nach allen Seiten, ich ging bis zum Grund, ich kam wieder zurück und fing wieder von vorne an; bald war es ein unbändiges Rennen der Phantasie, ein wunderbarer

Sprung aus dem Wirklichen hinaus, ich schuf mir Abenteuer, ich legte mir Geschichten zurecht, ich baute mir Paläste, ich wohnte wie ein Kaiser darin, ich schürfte in allen Diamantenminen, und ich schüttete sie mir eimerweise auf den Weg, den ich zurücklegen mußte.

Und wenn der Abend gekommen war, wenn wir alle in unseren weißen Betten lagen, mit unseren weißen Vorhängen, und wenn nur der Aufseher im Schlafsaal auf und ab ging, wie zog ich mich dann um so mehr in mich selbst zurück, voller Wonne jenen Vogel in meiner Brust bergend, der mit den Flügeln schlug und dessen Wärme ich spürte! Ich brauchte immer lange, um einzuschlafen, ich hörte die Stunden schlagen; je länger sie waren, desto glücklicher war ich; es kam mir vor, als trieben sie mich singend in die Welt und begrüßten jeden Moment meines Lebens mit den Worten: Weiter! Weiter! Der Nächste! Adieu! Adieu! Und wenn die letzte Schwingung verklungen war, wenn mein Ohr nicht mehr dröhnte bei ihrem Klang, sagte ich mir: »Auf morgen, dieselbe Stunde wird schlagen, aber morgen wird es ein Tag weniger sein, ein Tag mehr nach dort hinten, nach jenem Ziel, das leuchtet, nach meiner Zukunft, nach jener Sonne, deren Strahlen mich überfluten und die ich dann mit den Händen greifen werde«, – und ich sagte mir, daß das noch lange hin wäre, und schlief fast weinend ein.

Bestimmte Wörter wühlten mich auf, die Wörter

Frau, Mätresse vor allem; ich suchte die Erklärung des ersten in Büchern, auf Stichen, auf Bildern, von denen ich die Gewänder hätte abreißen mögen, um da irgend etwas zu entdecken. An dem Tag schließlich, als ich alles erriet, betäubte mich das zunächst mit Wonnen, wie eine höchste Harmonie, aber bald wurde ich ruhig und lebte von da an mit mehr Freude, ich spürte eine stolze Regung, wenn ich mir sagte, daß ich ein Mann war, ein Wesen, das so gestaltet ist, daß es eines Tages eine Frau für sich haben kann; das Wort des Lebens war mir bekannt, es war fast so, als würde ich in es eintreten und schon etwas davon schmecken; mein Verlangen ging nicht viel weiter, und ich blieb zufrieden, zu wissen, was ich wußte. Was eine *Mätresse* anging, so war das für mich ein satanisches Wesen, dessen Magie des Namens mich schon in lange Ekstasen versetzte: für ihre Mätressen ruinierten und gewannen Könige Provinzen; für sie wurden die Teppiche Indiens geknüpft, das Gold geschlagen, der Marmor behauen, die Welt bewegt; eine Mätresse hat Sklaven mit Fächern aus Federn, die die Mücken wegwedeln, wenn sie auf Satinsofas schläft; mit Geschenken beladene Elefanten warten, daß sie aufwacht, Palankins tragen sie weich zu den Brunnen; sie sitzt auf Thronen, in einer strahlenden und duftenden Atmosphäre, weit weg von der Menge, deren Greuel und Idol sie ist.

Dieses Geheimnis der Frau außerhalb der Ehe, die

eben deshalb noch mehr Frau ist, erregte mich und betörte mich mit dem doppelten Reiz der Liebe und des Reichtums. Ich liebte nichts so sehr wie das Theater, ich liebte an ihm sogar noch das Stimmengewirr der Pausen, die Gänge, die ich bewegten Herzens durcheilte, um einen Platz zu finden. Wenn die Vorstellung schon angefangen hatte, lief ich schnell die Treppe hinauf, hörte das Geräusch der Instrumente, der Stimmen, der Bravos, und wenn ich eintrat, wenn ich mich hinsetzte, war die ganze Luft mit dem warmen Odeur einer gutgekleideten Frau erfüllt, etwas, das nach Veilchensträußen, weißen Handschuhen, gestickten Taschentüchern roch; die Galerien, bedeckt mit Leuten wie mit ebenso vielen Blumen- und Diamantenkronen, schienen beim Hören des Gesangs in der Luft zu schweben; nur die Schauspielerin war auf der Vorderbühne, und ihre Brust, der dahineilende Noten entströmten, senkte und hob sich bebend; der Rhythmus trieb ihre Stimme im Galopp voran und riß sie in einen Melodienstrudel hinein, die Koloraturen versetzten ihren aufgeblähten Hals in Schwingungen wie den eines Schwans unter dem Gewicht ätherischer Küsse; sie streckte die Arme aus, schrie, weinte, schleuderte Blitze, rief mit unfaßbarer Liebe etwas herbei, und wenn sie das Motiv wiederaufnahm, kam es mir vor, als reiße sie mit dem Klang ihrer Stimme mein Herz heraus, um es in einem Liebeserschauern mit sich zu vermählen.

Man applaudierte, man warf ihr Blumen zu, und in meiner Begeisterung genoß ich auf ihrem Haupt die Huldigungen der Menge, die Liebe all jener Männer und das Verlangen jedes einzelnen von ihnen. Von dieser hätte ich geliebt werden wollen mit einer verzehrenden Liebe, die zugleich angst macht, der Liebe einer Prinzessin oder einer Schauspielerin, die uns mit Stolz erfüllt und einen sofort mit den Reichen und den Mächtigen gleichstellt! Wie schön sie ist, die Frau, der alle applaudieren und die alle beneiden, die der Menge für die Träume jeder Nacht das Fieber des Verlangens gibt, die immer nur im Lichterglanz erscheint, strahlend und singend, und im Ideal eines Dichters dahinschreitend wie in einem Leben, das für sie geschaffen ist! Sie muß für den, den sie liebt, eine andere Liebe haben, sehr viel schöner noch als die, die sie in Strömen über alle staunenden Herzen ausgießt, die sich damit durchtränken, noch viel süßere Gesänge, noch viel leisere, verliebtere, bebendere Noten! Wenn ich nahe bei diesen Lippen hätte sein können, denen sie so rein entströmten, diese leuchtenden Haare berühren, die unter Perlen schimmerten! Doch die Rampe des Theaters schien mir die Schranke der Illusion zu sein; jenseits lag für mich das Universum der Liebe und der Poesie, die Leidenschaften waren da schöner und klingender, die Wälder und die Paläste verflogen da wie Rauch, die Luftgeister stiegen von den Himmeln herab, alles sang, alles liebte.

An das alles dachte ich allein, abends, wenn der Wind in den Korridoren pfiff, oder in den Pausen, wenn man Fangen oder Ball spielte und ich an der Mauer entlangging, über die von den Linden gefallenen Blätter, weil es mir Spaß machte, das Geräusch meiner Füße zu hören, die sie aufwirbelten und vor sich hertrieben.

Ich wurde bald von dem Verlangen zu lieben gepackt, ich wünschte die Liebe mit einem unendlichen Gelüste herbei, ich träumte von ihren Qualen, ich war jeden Augenblick auf ein Stechen gefaßt, das mich mit Freude erfüllt hätte. Mehrfach glaubte ich, soweit zu sein, ich nahm in meinem Denken die erstbeste Frau, die mir schön vorgekommen war, und ich sagte mir: »Diese ist es, die ich liebe«; aber die Erinnerung, die ich davon hätte bewahren wollen, verblich und verlosch, anstatt größer zu werden; ich spürte übrigens, daß ich mich zwang zu lieben, daß ich, gegenüber meinem Herzen, eine Komödie spielte, die es nicht täuschen konnte, und dieser Sturz versetzte mich in eine lange Schwermut; ich trauerte fast Liebschaften nach, die ich nicht gehabt hatte, und dann träumte ich von anderen, mit denen ich meine Seele hätte beglücken können wollen.

Es war vor allem am Tag nach einem Ball oder einer Komödie, bei der Rückkehr von zwei- oder dreitägigen Ferien, daß ich eine Leidenschaft erträumte. Ich stellte mir die, die ich erwählt hatte, so vor, wie ich sie gesehen hatte, in weißem Kleid, zu einem Walzer entführt in den Armen eines Kavaliers, der sie hält und ihr zulächelt, oder auf die Samtbrüstung einer Loge gelehnt und friedlich ein königliches Profil zeigend; das Geräusch der Kontertänze, der Glanz der Lichter ertönten und blendeten mich noch einige Zeit, dann zerschmolz schließlich alles in der Monotonie einer schmerzlichen Träumerei. Ich habe so tausend kleine Liebschaften gehabt, die acht Tage gedauert haben oder einen Monat und die ich Jahrhunderte hätte verlängern mögen; ich weiß nicht, woraus ich sie bestehen ließ, noch, was das Ziel war, wo diese unbestimmten Begierden zusammenliefen; es war, glaube ich, das Bedürfnis nach einem neuen Gefühl und eine Art Sehnsucht nach etwas Höherem, dessen Gipfel ich nicht sah.

Die Pubertät des Herzens geht der des Körpers voraus; so hatte ich mehr das Bedürfnis zu lieben als zu genießen, mehr den Wunsch nach Liebe als nach Wollust. Ich habe jetzt nicht einmal mehr die Vorstellung jener Liebe der ersten Adoleszenz, wo die Sinne nichts sind und die allein das Unendliche erfüllt; zwischen Kindheit und Jugend ist sie der Übergang und vergeht so schnell, daß man sie vergißt.

Ich hatte so sehr bei den Dichtern das Wort Liebe gelesen und sagte es mir so oft vor, um mich an seiner Süße zu berauschen, daß bei jedem Stern, der am blauen Himmel einer milden Nacht leuchtete, bei jedem Rauschen der Wellen am Ufer, bei jedem Sonnenstrahl in den Tropfen des Taus ich mir sagte: »Ich liebe! Ach! Ich liebe!«, und ich war glücklich darüber, ich war stolz darauf, schon bereit zu den schönsten Hingaben, und vor allem, wenn eine Frau mich im Vorübergehen streifte oder mir ins Gesicht sah, hätte ich sie tausendmal mehr lieben, noch stärker leiden wollen, und daß mein kleines Herzklopfen mir die Brust sprengen könnte.

Es gibt ein Alter – ihr erinnert euch daran, Leser –, wo man vage lächelt, als wenn Küsse in der Luft lägen; das Herz ist ganz geschwellt von einer duftigen Brise, das Blut schlägt heiß in den Adern, es sprüht, wie der schäumende Wein in der Kristallschale. Man erwacht glücklicher und reicher als am Vorabend, bebender, erregter; süße Säfte steigen in einem auf und ab und durchrieseln einen göttlich mit ihrer berauschenden Wärme, die Bäume neigen ihre Wipfel unter dem Wind zu weichen Biegungen, die Blätter zittern gegeneinander, als wenn sie miteinander sprächen, die Wolken ziehen dahin und öffnen den Himmel, wo der Mond lächelt und sich von oben auf dem Fluß spiegelt. Wenn ihr abends wandert, den Duft des gemähten Heus einatmend, dem Kuckuck in den Wäldern lauschend, die flimmernden Sterne betrachtend, dann ist euer Herz, nicht wahr, euer Herz reiner, stärker von Luft, Licht und Azur durchdrungen als der friedliche Horizont, wo die Erde den

Himmel berührt in einem stillen Kuß. Ach! Wie duften die Haare der Frauen! Wie sanft ist die Haut ihrer Hände, wie durchbohren uns ihre Blicke!

Aber schon waren es nicht mehr die ersten Blendungen der Kindheit, aufregende Erinnerungen an die Träume der vergangenen Nacht; ich trat vielmehr in ein reales Leben ein, wo ich meinen Platz hatte, in einer unermeßlichen Harmonie, wo mein Herz eine Hymne sang und in herrliche Schwingungen geriet; ich kostete mit Freude dieses reizende Aufblühen aus, und meine erwachenden Sinne erhöhten meinen Stolz. Wie der erste geschaffene Mensch erwachte ich schließlich aus einem langen Schlummer, und ich sah nahe bei mir ein mir ähnliches Wesen, das jedoch mit Unterschieden versehen war, die zwischen uns beide eine schwindelerregende Anziehungskraft brachten, und zur gleichen Zeit fühlte ich für diese neue Form ein neues Gefühl, auf das mein Kopf stolz war – während die Sonne reiner schien, die Blumen besser dufteten als je, der Schatten süßer und lieblicher war.

Parallel dazu fühlte ich jeden Tag die Entwicklung meines Verstandes, er lebte mit meinem Herzen ein gemeinsames Leben. Ich weiß nicht, ob meine Ideen Gefühle waren, denn sie hatten die ganze Wärme der Leidenschaften; die innerste Freude, die ich in der Tiefe meines Seins hatte, strömte auf die Welt über und verlieh ihr für mich den zusätzlichen Duft meines Glücks, ich würde zur Kenntnis der höchsten Wollüste gelangen, und wie ein Mann an der Tür seiner Mätresse verharrte ich lange in absichtlichem Sehnen, um eine gewisse Hoffnung auszukosten und mir zu sagen: gleich jetzt werde ich sie in meinen Armen halten, sie wird mir gehören, ganz mir, das ist kein Traum!

Merkwürdiger Widerspruch! Ich floh die Gesellschaft der Frauen, und ich empfand vor ihnen eine köstliche Lust; ich behauptete, sie nicht zu lieben, während ich in allen lebte und das Wesen einer jeden hätte durchdringen mögen, um mich mit ihrer Schönheit zu vermählen. Schon ihre Lippen luden mich zu anderen Küssen als die der Mütter ein, in Gedanken wickelte ich mich in ihre Haare, und ich legte mich zwischen ihre Brüste, um mich unter einem göttlichen Ersticken erdrücken zu lassen; ich hätte das Kollier sein mögen, das ihren Hals küßte, die Spange, die in ihre Schulter biß, die Kleidung, die den ganzen übrigen Körper bedeckte. Jenseits der Kleidung sah ich nichts mehr, unter ihr war ein Unendliches an Liebe, ich verlor mich darin, wenn ich daran dachte.

Diese Leidenschaften, die ich hätte haben wollen, studierte ich in Büchern. Das menschliche Leben bewegte sich für mich über zwei oder drei Ideen, zwei oder drei Wörter, um die alles übrige kreiste wie Satelliten um ihr Gestirn. Ich hatte so mein Unendliches mit einer Menge goldener Sonnen bevölkert; Liebesgeschichten standen in meinem Kopf neben schönen Revolutionen, schöne Leidenschaften gegenüber großen Verbrechen; ich dachte zugleich an die bestirnten Nächte der heißen Länder und an die Feuersbrunst der gebrandschatzten Städte, an die Lianen der Urwälder und an den Pomp der untergegangenen Monarchien, an Gräber und an Wiegen; Plätschern der Wellen im Schilf, Gurren der Turteltauben auf den Taubenschlägen, Myrtenholz und Aloenduft, Klirren der Degen gegen die Brustpanzer, stampfende Pferde, glänzendes Gold, Glitzern des Lebens, Agonien der Verzweifelten, ich betrachtete alles mit demselben staunenden Blick wie einen Ameisenhaufen, der sich zu meinen Füßen bewegt hätte. Aber über diesem Leben, das an der Oberfläche so regsam war, von so viel verschiedenen Schreien widerhallte, tauchte eine unermeßliche Bitterkeit auf, die dessen Synthese und Ironie war.

Abends, im Winter, blieb ich vor den erleuchteten Häusern stehen, wo man tanzte, und ich sah Schatten hinter den roten Vorhängen vorbeigleiten, ich hörte luxuriöse Geräusche, Gläser, die auf Tabletten klirrten, Silber, das in den Tellern klapperte, und ich sagte mir, daß es nur von mir abhinge, an diesem Fest teilzunehmen, wo man hinströmte, an diesem Bankett, wo alle aßen; ein wilder Stolz hielt mich davon ab, denn ich fand, daß meine Einsamkeit mich schön machte und daß mein Herz weiter war, wenn es von allem, was die Freude der Menschen ausmachte, ferngehalten wurde. So setzte ich meinen Weg durch die verlassenen Straßen fort, wo die Laternen traurig wackelten und ihre Stangen quietschten.

Ich träumte den Schmerz der Dichter, ich weinte mit ihnen ihre schönsten Tränen; ich fühlte sie bis an den Grund meines Herzens, ich war davon durchdrungen, aufgewühlt, es kam mir manchmal vor, daß die Begeisterung, die sie mir gaben, mich zu ihresgleichen machte und mich bis zu ihnen emporhob; Buchseiten, wo andere kalt blieben, rissen mich hin, gaben mir den Rausch einer Pythia, ich überhitzte mir hemmungslos den Geist damit, ich rezitierte sie mir am Ufer des Meeres, oder aber ich ging gesenkten Hauptes über Wiesen und sagte sie mir mit der verliebtesten und zärtlichsten Stimme vor.

Wehe dem, der nicht die Wutausbrüche einer Tragödie begehrt hat, der nicht Liebesstrophen auswendig kann, um sie sich im Mondschein zu wiederholen! Es ist schön, so in der ewigen Schönheit zu leben, sich mit den Gewändern der Könige anzutun, Leidenschaften in ihrem höchsten Ausdruck zu haben, die Liebe zu lieben, die das Genie unsterblich gemacht hat.

Von nun an lebte ich nur noch in einem Ideal ohne Schranken, wo ich, frei und nach Lust dahinfliegend, wie eine Biene an allen Dingen nippte, wovon ich mich ernähren und leben wollte; ich versuchte, in den Geräuschen der Wälder und der Flüsse Wörter zu entdecken, die die anderen Menschen nicht hörten, ich spitzte die Ohren, um auf die Offenbarung ihrer

Harmonie zu lauschen; ich komponierte mit den Wolken und der Sonne enorme Gemälde, die keine Sprache hätte wiedergeben können, und auch in den menschlichen Handlungen nahm ich plötzlich Beziehungen und Antithesen wahr, deren klare Präzision mich selber blendete. Manchmal schienen Kunst und Poesie ihre unendlichen Horizonte zu öffnen und sich gegenseitig mit ihrem eigenen Glanz zu illuminieren, ich baute Paläste aus rotem Kupfer, ich stieg ewig in einem strahlenden Himmel empor auf einer Leiter aus Wolken, die weicher waren als Federbetten.

Der Adler ist ein stolzer Vogel, der sich auf den höchsten Gipfeln niederläßt; unter sich sieht er die Wolken, die in den Tälern ziehen, Schwalben mit sich fortreißen; er sieht den Regen auf die Tannen fallen, die Marmorsteine in die Schlucht rollen, den Hirten, der seinen Ziegen pfeift, die Gemsen, die über die Steilhänge springen. Umsonst rinnt der Regen, bricht der Sturm die Bäume, schnellen die Wildbäche mit Seufzern dahin, dampft und sprüht der Wasserfall, dröhnt der Donner und zerschlägt den Gipfel der Berge; friedlich fliegt er darüber hin und schlägt mit den Flügeln; das Tosen des Gebirges belustigt ihn, er stößt Freudenschreie aus, kämpft mit den Wolken, die schnell dahinjagen, und steigt noch höher in seinen unermeßlichen Himmel empor.

Auch ich habe mich belustigt am Tosen der Stürme und an dem vagen Stimmengewirr der Menschen, das bis zu mir empordrang; ich habe in einer erhabenen Sphäre gelebt, wo mein Herz von reiner Luft schwoll, wo ich Triumphesschreie ausstieß, um den Überdruß meiner Einsamkeit loszuwerden.

Ich bekam rasch einen unüberwindlichen Abscheu vor den Dingen hienieden. Eines Morgens fühlte ich mich alt und voller Erfahrung über tausend unerprobte Dinge, ich empfand Gleichgültigkeit gegen die verführerischsten und Geringschätzung für die schönsten; alles, was den Neid der anderen erregte, erregte nur mein Mitleid, ich sah nichts, was auch nur der Mühe eines Verlangens wert war; vielleicht machte meine Eitelkeit, daß ich über der gewöhnlichen Eitelkeit war, und war meine Uneigennützigkeit nur der Exzeß einer schrankenlosen Habsucht. Ich war wie jene neuen Gebäude, auf denen schon Moos zu wachsen anfängt, bevor sie fertiggebaut sind; die turbulenten Freuden meiner Kameraden langweilten mich, und ich zuckte mit den Schultern bei ihren sentimentalen Albernheiten: die einen hoben ein ganzes Jahr lang einen alten weißen Handschuh auf oder eine verwelkte Kamelie, um sie mit Küssen und Seufzern zu bedecken; andere schrieben an Modistinnen und trafen sich mit Köchinnen; die ersten kamen mir töricht vor, die zweiten grotesk. Und dann langweilte mich ebenso die gute wie die schlechte Gesellschaft, ich war zynisch bei den Frömmlern und mystisch bei den Freigeistern, so daß mich alle kaum mochten.

In jener Epoche, wo ich unberührt war, machte es mir Spaß, Prostituierte zu betrachten, ich ging durch die Straßen, wo sie wohnen, ich strich durch die Orte, wo sie umhergehen; manchmal sprach ich mit ihnen, um mich selbst in Versuchung zu führen, ich folgte ihren Schritten, ich berührte sie, drang in die Atmosphäre ein, die sie um sich herum verbreiten; und da ich schamlos war, glaubte ich ruhig zu sein; ich fühlte mich leeren Herzens, aber jene Leere war ein Schlund.

Ich verlor mich gern im Strudel der Straßen; oft gab ich mich stupiden Zerstreuungen hin, wie zum Beispiel jeden Passanten anzustarren, um auf seinem Gesicht ein Laster oder eine hervorstechende Leidenschaft zu entdecken. Alle diese Köpfe schwebten schnell an mir vorbei: die einen lächelten, pfiffen beim Fortgehen, die Haare im Wind; andere waren blaß, andere rot, andere durchsichtig; sie verschwanden rasch an meiner Seite, sie glitten nacheinander vorüber wie die Ladenschilder, wenn man im Wagen ist. Oder aber ich schaute nur die Füße an, die in alle Richtungen gingen, und ich versuchte jeden Fuß mit einem Körper zu verbinden, einen Körper mit einer Idee, alle diese Bewegungen mit Zwecken, und ich fragte mich, wo alle diese Schritte hingingen und warum alle diese Leute liefen. Ich beobachtete, wie die Equipagen unter den widerhallenden Säulengängen verschwanden und wie das schwere Trittbrett mit Getöse aufgeklappt wurde; die Menge drängelte sich an der Pforte der Theater, ich sah die Lichter im Nebel schimmern und darüber den ganz schwarzen sternenlosen Himmel; an der Ecke einer Straße spielte ein Leierkastenmann, Kinder in Lumpen sangen dazu, ein Obstverkäufer schob seinen Karren, erleuchtet von einer roten Laterne; die Cafés waren voll Lärm, Spiegel glitzerten unter der Flamme der Gaslampen, die Messer klangen auf den Marmortischen wider; an der Tür reckten sich schlotternd die Armen, um die Reichen essen zu sehen, ich mischte mich unter sie, und mit einem ähnlichen Blick beobachtete ich die Glücklichen des Lebens; ich war eifersüchtig auf ihre banale Freude, denn es gibt Tage, wo man so traurig ist, daß man noch trauriger werden möchte, man stürzt sich absichtlich in Verzweiflung wie auf einen leichten Weg, das Herz ist ganz von Tränen geschwellt, und man stachelt sich an zu weinen. Ich habe oft gewünscht, elend zu sein und Lumpen zu tragen, vom Hunger geplagt zu werden, das Blut aus einer Wunde rinnen zu fühlen, einen Haß zu haben und Rache zu suchen.

Was ist also jener stechende Schmerz, auf den man stolz ist wie auf Genie und den man verheimlicht wie eine Liebesbeziehung? Ihr sagt ihn niemandem, ihr behaltet ihn für euch, ihr drückt ihn an eure Brust mit Küssen voller Tränen. Worüber sich denn beklagen? Und was macht euch so verdüstert in einem Alter, da alles lächelt? Habt ihr nicht ganz ergebene Freunde?

Eine Familie, deren Stolz ihr seid, gelackte Stiefel, einen gefütterten Paletot usw.? Poetische Rhapsodien, Erinnerungen an schlechte Lektüren, Rhetorikhyperbeln alle jene namenlosen großen Schmerzen; aber könnte nicht auch das Glück eine Metapher sein, die an einem Tag des Überdrusses erfunden wurde? Ich habe lange daran gezweifelt, heute zweifele ich nicht mehr daran.

Ich habe nichts geliebt, und ich hätte doch so sehr lieben wollen! Ich werde sterben müssen, ohne etwas Gutes gekostet zu haben. Zu dieser Stunde bietet mir selbst das menschliche Leben noch tausend Aspekte, die ich kaum wahrgenommen habe: niemals habe ich auch nur am Rand einer lebendigen Quelle und auf einem schnaubenden Pferd das Jagdhorn im Grund der Wälder gehört; niemals habe ich in einer milden Nacht den Duft der Rosen eingeatmet und dabei gespürt, wie eine Hand in der meinen bebte und ich sie schweigend ergriff. Ach! Ich bin leerer, hohler, trauriger als ein aufgebrochenes Faß, das man ganz ausgetrunken hat und wo die Spinnen im Schatten ihre Netze ziehen.

Es war keineswegs der Schmerz von René noch die himmlische Unermeßlichkeit seines Grams, schöner und silbriger als die Strahlen des Mondes; ich war keineswegs keusch wie Werther noch ausschweifend wie Don Juan; ich war, für alles, weder rein noch stark genug.

Ich war also, was ihr alle seid, ein gewisser Mensch, der lebt, der schläft, der ißt, der trinkt, der weint, der lacht, ganz in sich selbst zurückgezogen, und der überall, wohin er sich begibt, dieselben Ruinen kaum aufgebauter und sofort niedergerissener Hoffnungen in sich vorfindet, denselben Staub zermahlener Dinge, dieselben tausendmal zurückgelegten Pfade, dieselben unerforschten grauenhaften und langweiligen Tiefen. Habt ihr es nicht satt wie ich, jeden Morgen aufzuwachen und die Sonne wiederzusehen? Satt, dasselbe Leben zu leben, denselben Schmerz zu leiden? Satt, zu begehren, und satt, angewidert zu sein? Satt, zu warten, und satt, zu haben?

Wozu dies schreiben? Wozu mit derselben Klagestimme dieselbe schauerliche Erzählung fortsetzen? Als ich sie angefangen habe, wußte ich sie schön, aber je mehr ich fortschreite, fallen mir meine Tränen auf das Herz und ersticken meine Stimme.

Ach! Die fahle Wintersonne! Sie ist traurig wie eine glückliche Erinnerung. Wir sind von Schatten umgeben, sehen unseren Herd brennen; die ausgebreiteten Kohlen sind mit großen gekreuzten schwarzen Linien bedeckt, die wie von einem anderen Leben beseelte Adern schlagen; warten wir auf das Kommen der Nacht.

Erinnern wir uns unserer schönen Tage, der Tage, wo wir heiter waren, wo wir mehrere waren, wo die Sonne schien, wo die verborgenen Vögel nach dem

Regen sangen, der Tage, wo wir im Garten spazierengegangen sind; der Sand der Alleen war feucht, die Blütenblätter der Rosen waren in die Rabatten gefallen, die Luft duftete. Warum haben wir unser Glück nicht genug gespürt, als es uns durch die Hände gelaufen ist? Man hätte an jenen Tagen nur daran denken dürfen, es auszukosten und jede Minute lang zu genießen, damit sie langsamer verfloß; es gibt sogar Tage, die wie andere vergangen sind, und an die ich mich köstlich wiedererinnere. Einmal zum Beispiel, es war im Winter, es war sehr kalt, sind wir vom Spaziergang heimgekehrt, und da wir wenige waren, durften wir uns um den Ofen setzen; wir haben uns nach Herzenslust gewärmt, wir rösteten unsere Brotstücke mit unseren Linealen, das Rohr dröhnte; wir plauderten über tausend Dinge: über die Stücke, die wir gesehen hatten, über die Frauen, die wir liebten, über unseren Abgang aus dem Collège, über das, was wir tun würden, wenn wir groß wären usw. Ein andermal habe ich den ganzen Nachmittag auf dem Rücken liegend in einem Feld verbracht, wo es kleine Margeriten gab, die aus dem Gras ragten; sie waren gelb, rot, sie verschwanden im Grün der Wiese, es war ein Teppich von unendlichen Abstufungen; der reine Himmel war mit kleinen weißen Wolken bedeckt, die sich wie runde Wogen wellten; ich habe die Sonne durch die gegen mein Gesicht gepreßten Hände angeschaut, sie vergoldete den Rand meiner Finger und machte mein Fleisch rosa, ich schloß absichtlich die Augen, um unter meinen Lidern große grüne Flecke mit Goldrändern zu sehen. Und eines Abends, ich weiß nicht mehr wann, war ich am Fuß eines Heuhaufens eingeschlafen; als ich aufwachte, war es Nacht, die Sterne schimmerten, flackerten, die Heuhaufen schoben ihren Schatten hinter sich heran, der Mond hatte ein schönes Silbergesicht.

Wie weit ist das alles weg! Lebte ich in jener Zeit? War ich es überhaupt? Bin ich es jetzt? Jede Minute meines Lebens findet sich plötzlich von der anderen durch einen Abgrund getrennt, zwischen gestern und heute liegt für mich eine Ewigkeit, vor der mir graut, jeden Tag kommt es mir vor, daß ich am Tag davor nicht so erbärmlich war, und ohne daß ich sagen könnte, wovon ich mehr hatte, fühle ich doch, daß ich verarme und daß die Stunde, die kommt, mir etwas nimmt, lediglich darüber erstaunt, daß ich im Herzen noch Platz für das Leiden habe; aber das Herz des Menschen ist unerschöpflich für die Traurigkeit: ein oder zwei Glücksfälle erfüllen es, alles Elend der Menschheit kann sich darin zusammenfinden und darin leben wie ein Gast.

Wenn ihr mich gefragt hättet, was mir fehlte, hätte ich nichts zu antworten gewußt, meine Begierden hatten keinen Gegenstand, meine Traurigkeit hatte keinen unmittelbaren Grund; oder vielmehr, es gab so viele Ziele und so viele Gründe, daß ich keinen einzigen davon zu sagen gewußt hätte. Alle Leidenschaften drangen in mich ein und konnten nicht mehr hinaus, fanden sich da beengt; sie entflammten einander wie durch konzentrische Spiegel: obwohl bescheiden, war ich voller Hochmut; in der Einsamkeit lebend, träumte ich von Ruhm; aus der Welt zurückgezogen, brannte ich darauf, in ihr zu erscheinen, in ihr zu brillieren; obwohl keusch, überließ ich mich in meinen Träumen des Tages und der Nacht den unbändigen Ausschweifungen, den wildesten Wollüsten. Das Leben, das ich in mir verdrängte, zog sich im Herzen zusammen und drückte es bis zum Ersticken.

Manchmal, wenn ich nicht mehr konnte, verzehrt von schrankenlosen Leidenschaften, voll der glühenden Lava, die aus meiner Seele strömte, in rasender Liebe namenlose Dinge liebend, herrlichen Träumen nachtrauernd, von allen Wollüsten des Denkens versucht, alle Poesien, alle Harmonien an mich heranziehend und erdrückt von der Last meines Herzens und meines Hochmuts, fiel ich vernichtet in einen Abgrund aus Schmerzen, das Blut schoß mir ins Gesicht, mein Pulsschlag betäubte mich, meine Brust schien zu zerspringen, ich sah nichts mehr, ich fühlte nichts mehr, ich war trunken, ich war irre, ich stellte mir vor, groß zu sein, ich stellte mir vor, eine höchste Inkarnation zu bergen, deren Offenbarung der ganzen Welt als ein Wunder erschienen wäre, und ihre Qualen wären das Leben des Gottes selbst, den ich in meinem Schoß trug. Diesem herrlichen Gott habe ich alle Stunden meiner Jugend geopfert; ich hatte aus mir selbst einen Tempel gemacht, um etwas Göttliches zu bergen, der Tempel ist leer geblieben, Disteln sind zwischen seinen Steinen gewachsen, die Pfeiler stürzen ein, schon bauen Eulen dort ihr Nest. Da ich die Existenz nicht nutzte, nutzte die Existenz mich ab, erschöpften mich meine Träume mehr als große Arbeiten; eine ganze reglose, sich selbst unoffenbarte Schöpfung lebte dumpf unter meinem Leben; ich war ein schlafendes Chaos von tausend fruchtbaren Prinzipien, die nicht wußten, wie sie sich äußern noch was sie mit sich anfangen sollten; sie suchten ihre Formen und warteten auf ihren Guß.

Ich war, in der Vielfalt meines Seins, wie ein unermeßlicher Wald Indiens, wo das Leben in jedem Atom pulsiert und, ungeheuerlich oder anbetungswürdig, unter jedem Sonnenstrahl erscheint; der Azur ist erfüllt von Düften und Giften, Tiger springen umher, Elefanten schreiten stolz wie lebende Pagoden, die Götter, geheimnisvoll und mißgestalt, sind in der Tiefe der Höhlen verborgen zwischen großen Haufen von Gold; und in der Mitte fließt der breite Strom, mit maulaufsperrenden Krokodilen, die ihre Schuppen im Lotos des Ufers klappern lassen, und seinen Inseln von Blüten, die die Strömung mitführt mit Baumstämmen und Leichen, grün von der Pest. Ich liebte jedoch das Leben, aber das ausgereifte, blühende, strahlende Leben; ich liebte es im wilden Galopp der Rosse, im Funkeln der Sterne, in der Bewegung der Wellen, die auf das Ufer zulaufen; ich liebte es im Beben der schönen nackten Brüste, im Flackern der verliebten Blicke, in den Schwingungen der Geigensaiten, im Rauschen der Eichen, in der untergehenden Sonne, die die Scheiben vergoldet und an die Balkone Babylons denken läßt, auf die sich die Königinnen stützten und Asien betrachteten.

Und inmitten von allem blieb ich ohne Regung; zwischen so vielen Handlungen, die ich sah, die ich sogar anregte, blieb ich untätig, ebenso inert wie eine Statue, umgeben von einem Fliegenschwarm, der an ihre Ohren summt und über ihren Marmor läuft.

Ach! Wie würde ich geliebt haben, wenn ich geliebt hätte, wenn ich auf einen einzigen Punkt alle jene auseinanderstrebenden Kräfte hätte konzentrieren können, die auf mich zurückfielen! Manchmal wollte ich um jeden Preis eine Frau finden, ich wollte sie lieben, sie enthielt alles für mich, ich erwartete alles von ihr, es war meine Poesiesonne, die jede Blume aufblühen und jede Schönheit erstrahlen lassen mußte; ich verhieß mir eine göttliche Liebe, ich verlieh ihr im voraus eine Aureole, die mich blendete, und der ersten, die zufällig in der Menge auf mich zukam, verschrieb ich meine Seele, ich schaute sie so an, daß sie mich genau verstünde, daß sie in diesem einzigen Blick alles, was ich war, lesen könnte und mich lieben. Ich legte mein Geschick in diesen Zufall; aber sie ging vorüber wie die anderen, wie die vorhergehenden, wie die folgenden, und danach fiel ich wieder zurück, noch schlaffer als ein vom Sturm durchnäßtes zerfetztes Segel.

Nach solchen Anfällen öffnete sich das Leben für mich wieder in der ewigen Monotonie seiner Stunden, die dahinfließen, und seiner Tage, die wiederkehren; ich wartete ungeduldig auf den Abend, ich zählte, wieviel mir noch bis zum Ende des Monats blieb, ich wünschte, in der nächsten Jahreszeit zu sein, ich sah da eine süßere Existenz lächeln. Manchmal, um diesen bleiernen Mantel abzuschütteln, der mir auf den Schultern lastete, um mich mit Wissenschaften und Ideen zu betäuben, wollte ich arbeiten, lesen; ich schlug ein Buch auf, und dann zwei, und dann zehn, und ohne zwei Zeilen von einem einzigen gelesen zu haben, warf ich sie angewidert weg und fing wieder an, im gleichen Überdruß dahinzudämmern.

Was tun hienieden? Was träumen? Was bauen? Sagt es mir doch, ihr, denen das Leben Spaß macht, die ihr auf ein Ziel hingeht und euch für etwas abmüht!

Ich fand nichts, das meiner würdig wäre, und ich fand mich ebenso zu nichts tauglich. Arbeiten, alles einer Idee opfern, einer Ambition, einer erbärmlichen und trivialen Ambition, einen Posten haben, einen Namen? Und dann? Wozu? Und außerdem liebte ich den Ruhm nicht, selbst der allerlauteste hätte mich nicht befriedigt, weil er nie im Gleichklang mit meinem Herzen gewesen wäre.

Ich bin mit dem Verlangen zu sterben geboren. Nichts erschien mir törichter als das Leben und schändlicher, als daran zu hängen. Ohne Religion aufgewachsen wie die Menschen meines Alters, hatte ich nicht das trockene Glück der Atheisten noch die ironische Sorglosigkeit der Skeptiker. Wenn ich, sicher aus einer Laune heraus, manchmal in eine Kirche getreten bin, so geschah das, um der Orgel zu lauschen, um die Steinfiguren in ihren Nischen zu bewundern; aber was das Dogma anging, so ging ich nicht so weit; ich fühlte mich durchaus als Sohn Voltaires.

Ich sah die anderen leben, aber ein anderes Leben als meins: die einen glaubten, die anderen leugneten, andere zweifelten, wieder andere kümmerten sich überhaupt nicht um das alles und machten ihre Geschäfte, das heißt verkauften in ihren Läden, schrieben ihre Bücher oder schrien auf ihrem Katheder; das war es, was man die Menschheit nennt, eine bewegte Oberfläche von Bösen, Feigen, Idioten und Häßlichen. Und ich, ich war in der Menge, wie eine abgerissene Alge auf dem Ozean, verloren mitten in den Wellen ohne Zahl, die sich heranwälzten, mich umfingen und rauschten.

Ich hätte Kaiser sein wollen wegen der absoluten Macht, wegen der Zahl der Sklaven, wegen der von Begeisterung hingerissenen Armeen; ich hätte eine

Frau sein wollen wegen der Schönheit, um mich selbst bewundern, mich nackt ausziehen, mein Haar auf meine Fersen herablassen und mich in den Bächen spiegeln zu können. Ich verlor mich nach Herzenslust in Träumereien ohne Grenzen, ich stellte mir vor, schönen antiken Festen beizuwohnen, König von Indien zu sein und auf einem weißen Elefanten zur Jagd zu reiten, ionische Tänze zu sehen, der griechischen Woge auf den Stufen eines Tempels zu lauschen, die Brisen der Nacht in den Rosenlorbeeren meiner Gärten zu hören, mit Kleopatra auf meiner antiken Galeere zu flüchten. Ach! Torheiten das alles! Und wehe der Ährenleserin, die ihre Arbeit im Stich läßt und den Kopf hebt, um die Kutschen auf der Landstraße vorbeifahren zu sehen! Wenn sie sich wieder ans Werk macht, wird sie von Kaschmir und Fürstenliebe träumen, wird keine Ähre mehr finden und heimkehren, ohne ihre Garbe zusammen zu haben.

Es wäre besser gewesen, es wie alle anderen zu machen, das Leben weder allzu ernst noch allzu grotesk zu nehmen, einen Beruf zu wählen und ihn auszuüben, seinen Teil vom gemeinsamen Kuchen zu holen, ihn zu essen und zu sagen, er ist gut, als dem traurigen Weg zu folgen, den ich ganz alleine gegangen bin; ich wäre nicht dahin gekommen, dies zu schreiben, oder es wäre eine andere Geschichte gewesen. Je weiter ich fortschreite, verwischt sie sich selbst für mich wie die Perspektiven, die man von zu weit her sieht, denn alles geht vorüber, selbst die Erinnerung an unsere brennendsten Tränen, an unser lautestes Lachen; rasch trocknet das Auge und kehrt der Mund wieder zu seinem gewohnten Ausdruck zurück; ich habe jetzt nur noch die Reminiszenz an einen langen Überdruß, der mehrere Winter gedauert hat, die ich gähnend verbrachte in dem Verlangen, nicht mehr zu leben.

Vielleicht deswegen habe ich mich für einen Dichter gehalten; nichts hat mir gefehlt von allem Elend, ach, wie ihr seht. Ja, es ist mir früher vorgekommen, als hätte ich Genie, ich schritt dahin, die Stirn mit großartigen Gedanken erfüllt, der Stil floß unter meiner Feder wie das Blut in meinen Adern; bei der geringsten Streifung des Schönen stieg eine reine Melodie in mir auf, so wie jene ätherischen Stimmen, vom Wind gebildete Töne, die aus den Bergen kommen; die menschlichen Leidenschaften wären in wunderbare Schwingungen geraten, wenn ich sie berührt hätte, ich hatte fertige Dramen im Kopf, erfüllt von rasenden Szenen und nicht offenbarten Ängsten; vom Kind in seiner Wiege bis zum Toten auf seiner Bahre hallte die Menschheit in mir mit allen ihren Echos wider; manchmal durchzuckten gigantische Ideen plötzlich den Geist, wie im Sommer jene großen lautlosen Blitze, die eine ganze Stadt erleuchten mit allen Einzelheiten ihrer Gebäude und den Kreuzungen ihrer Straßen. Ich war davon erschüttert, geblendet; aber wenn ich bei anderen die Gedanken und sogar noch die Formen wiederfand, die ich ersonnen hatte, fiel ich ohne Übergang in eine bodenlose Mutlosigkeit; ich hatte mich für ihresgleichen gehalten, und ich war doch nur ihr Kopist! Ich ging dann vom Rausch des Genies zum trostlosen Gefühl der Mittelmäßigkeit über, mit der ganzen Wut der entthronten Könige und allen Martern der Schande. An bestimmten Tagen hätte ich geschworen, für die Muse geboren zu sein, ein andermal hielt ich mich fast für idiotisch; und immer so von so viel Größe zu so viel Niedrigkeit übergehend, wurde und blieb ich schließlich erbärmlich, wie die oft reichen und oft armen Leute in ihrem Leben.

In jener Zeit schien mir jeden Morgen, wenn ich aufwachte, daß sich an jenem Tag irgendein großes Ereignis erfüllen würde; mein Herz war von Hoffnung geschwellt, als wenn ich von einem fernen Land eine Ladung Glück erwartet hätte; aber mit dem Fortschreiten des Tageslaufs verlor ich jeden Mut; bei der Dämmerung vor allem sah ich genau, daß nichts geschehen würde. Schließlich kam die Nacht, und ich ging schlafen.

Jämmerliche Harmonien stellten sich her zwischen der physischen Natur und mir. Wie schnürte sich mein Herz ein, wenn der Wind in den Türschlössern pfiff, wenn die Laternen ihr Licht auf den Schnee warfen, wenn ich die Hunde den Mond anbellen hörte!

Ich sah nichts, an was ich mich klammern konnte, weder die Welt noch die Einsamkeit, noch die Poesie, noch die Wissenschaft, noch die Gottlosigkeit, noch die Religion: ich irrte zwischen alldem umher wie die Seelen, die die Hölle nicht haben will und die das Paradies zurückstößt. Dann schlug ich die Arme übereinander und betrachtete mich als einen toten Menschen, ich war nur noch eine in meinen Schmerz einbalsamierte Mumie; die Fatalität, die mich seit meiner Jugend niedergedrückt hatte, erstreckte sich für mich über die ganze Welt, ich sah sie sich in allen Handlungen der Menschen ebenso universal äußern wie die Sonne auf der Oberfläche der Erde; sie wurde für mich eine grauenhafte Gottheit, die ich anbetete, wie die Inder den wandernden Koloß anbeten, der über ihren Bauch schreitet; ich gefiel mir in meinem Kummer, ich machte keine Anstrengung mehr, aus ihm herauszukommen, ich genoß ihn sogar mit der verzweifelten Freude des Kranken, der seine Wunde aufkratzt und zu lachen anfängt, wenn er Blut an den Nägeln hat.

Ich bekam gegen das Leben, gegen die Menschen, gegen alles eine namenlose Wut. Ich hatte Schätze von Zärtlichkeit im Herzen, und ich wurde grausamer als die Tiger; ich hätte die Schöpfung vernichten und mit ihr im Unendlichen des Nichts einschlafen wollen; warum erwachte ich nicht beim Schein gebrandschatzter Städte! Ich hätte das Klappern der

Gebeine hören wollen, die in der Flamme knistern, mit Leichen beladene Flüsse überqueren, über niedergebeugte Völker galoppieren und sie mit den vier Hufeisen meines Pferdes zertreten, Dschingis-Khan, Tamerlan, Nero sein, die Welt mit einem Stirnrunzeln in Schrecken versetzen.

Je überspannter und ausgreifender meine Phantasien wurden, desto mehr verschloß ich mich und verkroch mich in mich selbst. Seit langem schon ist mein Herz vertrocknet, nichts Neues dringt mehr in es ein, es ist leer wie die Gräber, wo die Toten verwest sind. Ich hatte einen Haß auf die Sonne bekommen, ich war entnervt vom Rauschen der Flüsse, vom Anblick der Wälder, nichts schien mir so albern wie das Land; alles verdüsterte und verkleinerte sich, ich lebte in einer ständigen Dämmerung.

Manchmal fragte ich mich, ob ich mich nicht täuschte; ich ging meine Jugend, meine Zukunft durch – aber was für eine erbärmliche Jugend, was für eine leere Zukunft!

Wenn ich aus dem Schauspiel meiner Jämmerlichkeit herauskommen und die Welt anschauen wollte, so war, was ich davon sehen konnte, Geheul, Geschrei, Tränen, Zuckungen, dieselbe Komödie, die ständig wiederkehrte mit denselben Schauspielern, und es gibt Leute, sagte ich mir, die all das studieren und sich jeden Morgen wieder an die Aufgabe machen! Es gab nur noch eine große Liebe, die mich aus alldem hätte herausziehen können, aber ich sah das als etwas an, das nicht von dieser Welt ist, und ich trauerte bitter allem Glück nach, das ich erträumt hatte.

Da erschien mir der Tod als schön. Ich habe ihn immer geliebt; als Kind verlangte ich lediglich nach ihm, um ihn kennenzulernen, um zu wissen, was es im Grabe gibt und welche Träume dieser Schlummer hat; ich erinnere mich, daß ich oft den Grünspan von alten Sous geschabt habe, um mich zu vergiften, versucht, Nadeln zu verschlucken, mich der Luke eines Speichers genähert, um mich auf die Straße zu stürzen... Wenn ich denke, daß fast alle Kinder so etwas tun, daß sie versuchen, sich bei ihren Spielen umzubringen, muß ich dann nicht schließen, daß der Mensch, was immer er sagen mag, den Tod liebt mit einer verzehrenden Liebe? Er gibt ihm alles, was er schafft, er geht aus ihm hervor, und er kehrt zu ihm zurück, er tut nichts anderes als an ihn zu denken, solange er lebt, er hat den Keim von ihm im Körper, das Verlangen nach ihm im Herzen.

Es ist so süß, sich vorzustellen, daß man nicht mehr ist! Es ist so still auf allen Friedhöfen! Da, ganz ausgestreckt und ins Leichentuch gehüllt und die Arme über der Brust gekreuzt, die Jahrhunderte gehen dahin, ohne einen mehr zu wecken als der Wind, der über das Gras streicht. Wie oft habe ich in den Kapellen der Kathedralen jene langen Steinfiguren betrachtet, die auf den Gräbern liegen! Ihre Ruhe ist so tief, daß das Leben hienieden nichts Vergleichbares bietet; sie haben auf ihren kalten Lippen eine Art Lächeln, das vom Boden des Grabes kommt; man könnte meinen, daß sie schlafen, daß sie den Tod genießen. Nicht mehr weinen, nicht mehr jenes Versagen spüren müssen, wo alles wie morsche Gerüste zusammenzubrechen scheint, das ist das Glück über allem Glück, die Freude ohne Morgen, der Traum ohne Erwachen. Und dann geht man vielleicht in eine schönere Welt, jenseits der Sterne, wo man ein Leben aus Licht und Gerüchen lebt; man ist vielleicht etwas vom Duft der Rosen oder der Frische der Wiesen! Ach! Nein, nein, ich will lieber glauben, daß man ganz und gar tot ist, daß nichts aus dem Sarg dringt; und wenn man noch etwas fühlen muß, daß es sein eigenes Nichts sei, daß der Tod sich an sich selbst weide und sich bewundere; gerade genug Leben, um zu fühlen, daß man nicht mehr ist.

Und ich stieg auf die Türme hinauf, ich beugte mich über den Abgrund, ich wartete auf den Schwindel, ich hatte ein unfaßbares Verlangen, mich emporzuschwingen, in die Lüfte zu fliegen, mich mit den Winden aufzulösen; ich betrachtete die Spitze der Dolche, die Mündung der Pistolen, ich legte sie an meine Stirn, ich gewöhnte mich an die Berührung ihrer Kälte und ihrer Spitze; ein andermal sah ich Fuhrwerke um die Straßenecke biegen, und die enorme Breite der Räder den Staub auf dem Pflaster zermalmen; ich dachte, daß mein Kopf so ganz zerquetscht wäre, während die Pferde im Schritt gingen. Aber ich hätte nicht begraben werden wollen, vor der Bahre graut mir; ich hätte lieber auf ein Bett aus trockenem Laub gelegt werden wollen in der Tiefe der Wälder, und daß mein Körper nach und nach durch den Schnabel der Vögel und die Gewitterregen verginge.

Eines Tages, in Paris, bin ich lange auf dem Pont-Neuf stehengeblieben; es war Winter, auf der Seine trieb Eis, große runde Eisstücke kamen langsam mit der Strömung herab und zersprangen unter den Bögen, der Fluß war grünlich; ich habe an all jene gedacht, die dorthin gekommen waren, um Schluß zu machen. Wie viele Leute waren an der Stelle, wo ich mich damals aufhielt, vorbeigegangen, erhobenen Hauptes ihren Liebschaften oder ihren Geschäften nachlaufend, und eines Tages dorthin zurückgekehrt, mit kleinen Schritten, beim Herannahen des Sterbens zitternd! Sie haben sich dem Geländer genähert, sie sind hinaufgeklettert, sie sind gesprungen. Ach! Wieviel Jammer hat dort geendet, wieviel Glück hat dort begonnen! Was für ein kaltes und feuchtes Grab! Wie es für alle breit wird! Wie viele darin liegen! Sie sind alle da, am Grund, sich langsam drehend mit ihren verkrampften Gesichtern und ihren blauen Gliedmaßen; jede dieser eisigen Wellen trägt sie in ihrem Schlummer fort und treibt sie langsam zum Meer.

Manchmal betrachteten mich Greise mit Neid, sie sagten mir, daß ich glücklich wäre, jung zu sein, daß dies das schöne Alter wäre, ihre hohlen Augen bewunderten meine weiße Stirn, sie erinnerten sich ihrer Liebschaften und erzählten sie mir; aber ich habe mich oft gefragt, ob in ihrer Zeit das Leben schöner war, und da ich nichts an mir sah, worum man mich beneiden konnte, war ich eifersüchtig auf ihr Nachtrauern, weil es ein Glück barg, das ich nicht gehabt hatte. Und dann waren es Kindheitsschwächen zum Erbarmen! Ich lachte still vor mich hin und fast wegen nichts, wie Genesende. Manchmal ergriff mich Zärtlichkeit für meinen Hund, und ich umarmte ihn mit Inbrunst, oder aber ich wollte in einem Schrank irgendeinen alten Schülerrock wiedersehen, und ich dachte an den Tag, wo ich ihn eingeweiht hatte, an die Orte, wo er bei mir gewesen war, und ich verlor mich in Erinnerungen über alle meine gelebten Tage. Denn die Erinnerungen sind süß, traurig oder heiter, gleichviel! Und die traurigsten sind noch die ergötzlichsten für uns; fassen sie nicht das Unendliche zusammen? Man erschöpft manchmal Jahrhunderte, an eine gewisse Stunde zu denken, die nicht mehr wiederkommen wird, die vergangen ist, die für immer im Nichts ist und die man zurückhaben möchte um den Preis der ganzen Zukunft!

Aber solche Erinnerungen sind spärliche Fackeln in einem großen dunklen Saal, sie leuchten mitten in der Finsternis; nur in ihrem Strahlenkreis sieht man, was in der Nähe ist, glänzt, während alles übrige schwärzer, stärker von Schatten und Langeweile bedeckt ist.

Bevor ich weitergehe, muß ich euch folgendes erzählen:

Ich erinnere mich nicht mehr genau an das Jahr, es war während der Ferien, ich war mit guter Laune aufgewacht, und ich hatte aus dem Fenster geschaut. Der Tag kam, der ganz weiße Mond stieg wieder zum Himmel empor; zwischen den Schluchten der Hügel rauchten friedlich graue und rosa Dämpfe und verflogen in der Luft; die Hühner des Hofs gackerten. Ich habe hinter dem Haus, auf dem Weg, der zu den Feldern führt, einen Karren vorbeifahren hören, dessen Räder in den Wagenspuren klapperten; die Ährenleser gingen zur Arbeit; auf der Hecke war Tau, die Sonne schien darüber, man roch das Wasser und das Gras.

Ich bin hinausgegangen, und ich bin nach X... gewandert; ich hatte drei Meilen zurückzulegen, ich habe mich auf den Weg gemacht, allein, ohne Stock, ohne Hund. Ich bin zunächst auf den Pfaden gegangen, die sich zwischen dem Korn hindurchschlängeln; ich bin unter Apfelbäumen, am Rand von Hecken vorbeigekommen; ich dachte an nichts, ich horchte auf das Geräusch meiner Schritte, der Rhythmus meiner Bewegungen schaukelte das Denken. Ich war frei, still und ruhig, es war warm; von Zeit zu Zeit blieb ich stehen, meine Schläfen pochten, die Grille zirpte in der Heide, und ich ging wieder weiter. Ich bin durch ein Dorf gekommen, wo niemand war, die Höfe waren still, es war, glaube ich, ein Sonntag; die Kühe lagen im Schatten der Bäume friedlich wiederkäuend im Gras und bewegten dabei ihre Ohren, um die Fliegen zu vertreiben. Ich erinnere mich, daß ich auf einem Weg gewandert bin, wo ein Bach über Kiesel floß; grüne Eidechsen und Insekten mit goldenen Flügeln stiegen langsam an den Seitenhängen der Straße empor, die sich tief eingrub und ganz mit Laub bedeckt war.

Dann habe ich mich auf einer Ebene in einem gemähten Feld befunden; ich hatte das Meer vor mir, es war ganz blau, die Sonne goß eine Fülle von Lichtperlen darüber, Feuerfurchen breiteten sich über die Wellen aus; zwischen dem azurenen Himmel und dem dunkleren Meer strahlte, flammte der Horizont; die Kuppel begann über meinem Kopf und ging hinter den Wellen nieder, die zu ihr hinaufstrebten, als bildete sie den Kreis eines unsichtbaren Unendlichen. Ich habe mich in eine Furche gelegt, und ich habe den Himmel angeschaut, verloren in der Betrachtung seiner Schönheit.

Das Feld, wo ich war, war ein Weizenfeld, ich hörte die Wachteln, die um mich herum flatterten und sich auf Erdklumpen niederließen, das Meer war mild und rauschte eher wie ein Seufzer als wie eine Stimme; selbst die Sonne schien ihr Geräusch zu haben, sie überflutete alles, ihre Strahlen verbrannten mir die Glieder, die Erde schickte mir ihre Wärme zurück, ich war in ihr Licht getaucht, ich schloß die Augen, und ich sah sie immer noch. Der Dunst der Wellen stieg bis zu mir empor mit dem Geruch von Seegras und Meerespflanzen; manchmal schienen sie anzuhalten oder starben geräuschlos auf dem von Schaum überzogenen Ufer, wie eine Lippe, deren Kuß man nicht hört. Dann, in der Stille zweier Wellen, während der angeschwollene Ozean verstummte, lauschte ich einen Augenblick auf den Gesang der Wachteln, dann fing das Geräusch der Wellen wieder an und danach das der Vögel.

Ich bin zum Meer hinuntergelaufen durch Geröll, das ich sicheren Fußes übersprang; ich hob den Kopf mit einem Hochgefühl, ich atmete stolz die frische Brise ein, die meine verschwitzten Haare trocknete; der Geist Gottes erfüllte mich, ich fühlte mein Herz weit, ich verehrte etwas in einer merkwürdigen Regung, ich hätte im Licht der Sonne aufgehen und mich in dieser azurenen Unermeßlichkeit verlieren mögen mit dem Duft, der von der Oberfläche der Wellen aufstieg, und ich wurde da von einer unsinnigen Freude gepackt, und ich fing an zu laufen, als wenn das ganze Glück des Himmels in meine Seele eingegangen wäre. Da die Steilküste an diesem Ort vorragte, verschwand das ganze Ufer, und ich sah nichts anderes als das Meer; die Wogen stiegen über den Kies bis zu meinen Füßen, sie schäumten über die Felsen, die aus dem Wasser ragten, sie schlugen rhythmisch an sie heran, sie umschlangen sie wie flüssige Arme und durchsichtige Tücher und fielen von einer blauen Farbe durchleuchtet zurück; der Wind blies den Schaum um mich herum empor und kräuselte die Pfützen, die in den Hohlräumen der Steine zurückgeblieben waren, das Seegras weinte und schwankte, noch zitternd von der Bewegung der Welle, die es verlassen hatte; von Zeit zu Zeit kam eine Möwe mit großen Flügelschlägen vorbei und stieg bis zur Höhe der Steilküste empor. Je weiter sich das Meer zurückzog und sein Geräusch sich entfernte wie ein ersterbender Refrain, desto mehr kam das Ufer auf mich zu und ließ auf dem Sand die Furchen unbedeckt, die die Wellen gezogen hatten. Und ich begriff da das ganze Glück der Schöpfung und die ganze Freude, die Gott für den Menschen hineingelegt hat; die Natur erschien mir schön wie eine vollendete Harmonie, die nur die Ekstase hören darf; etwas Zartes wie eine Liebe und Reines wie das Gebet erhob sich für mich aus der Tiefe des Horizonts, kam vom Gipfel der zerklüfteten Felsen, von der Höhe des Himmels auf mich herab; es bildete sich aus dem Geräusch des Ozeans, aus dem Licht des Tages etwas

Erlesenes, das ich mir aneignete wie einen himmlischen Bereich, ich fühlte mich glücklich und groß darin leben wie der Adler, der die Sonne anschaut und ihre Strahlen emporsteigt.

Da schien mir alles schön auf der Erde, ich sah nichts Mißtönendes noch Böses mehr darin; ich liebte alles, bis zu den Steinen, die meinen Füßen wehtaten, bis zu den harten Felsen, auf die ich die Hände stützte, bis zu jener unempfindlichen Natur, von der ich annahm, daß sie mich hörte und mich liebte, und ich dachte da, wie süß es wäre, abends knieend Choräle zu singen am Fuß einer Madonna, die beim Licht der Kandelaber erstrahlt, und die Jungfrau Maria zu lieben, die den Seeleuten in einer Ecke des Himmels erscheint mit dem sanften Jesuskind in den Armen.

Dann war das alles; rasch erinnerte ich mich, daß ich lebte, ich kam wieder zu mir, ich ging weiter mit dem Gefühl, daß der Fluch mich wieder hatte, daß ich zur Menschheit zurückkehrte; durch das Fühlen des Leidens war das Leben wieder in mich zurückgekommen wie in erfrorene Glieder, und so wie ich ein unfaßbares Glück hatte, fiel ich in eine namenlose Mutlosigkeit, und ich ging nach X...

Ich kam abends nach Hause zurück, ich kehrte auf denselben Wegen heim, ich sah auf dem Sand die Spur meiner Füße wieder und im Gras die Stelle, wo ich gelegen hatte; es kam mir vor, als ob ich geträumt hätte. Es gibt Tage, wo man zwei Existenzen gelebt hat, die zweite ist schon nicht mehr als die Erinnerung der ersten, und ich blieb oft auf meinem Wege stehen vor einem Busch, vor einem Baum, an der Ecke der Straße, als wenn sich dort am Vormittag irgendein Ereignis meines Lebens abgespielt hätte.

Als ich bei uns ankam, war es fast Nacht, die Türen waren geschlossen, und die Hunde fingen an zu bellen.

Die Vorstellungen von Wollust und Liebe, die mich mit 15 Jahren bestürmt hatten, kamen mit 18 wieder. Wenn ihr etwas von dem Vorhergehenden verstanden habt, so müßt ihr euch daran erinnern, daß ich in diesem Alter noch unberührt war und noch nicht geliebt hatte: was die Schönheit der Leidenschaften und ihre klangvollen Geräusche anging, so lieferten mir die Dichter Themen für meine Träumerei; was die Lust der Sinne, jene Freuden des Körpers angeht, nach denen es die Jugendlichen gelüstet, so unterhielt ich in meinem Herzen das unablässige Verlangen danach, durch alle willentlichen Reizungen des Geistes; so wie die Verliebten ihrer Liebe Herr zu werden streben, indem sie sich ihr ständig überlassen, und sich von ihr zu lösen, indem sie ständig daran denken, schien mir, daß mein bloßes Denken jenen Gegenstand schließlich von selbst versiegen lassen und die Versuchung durch ständiges Trinken leeren würde.

Aber da ich immer zu dem Punkt zurückkam, von dem ich ausgegangen war, drehte ich mich in einem unüberschreitbaren Kreis, stieß mir umsonst den Kopf daran ein in dem Wunsch, mehr Raum zu haben; nachts träumte ich wohl von den schönsten Dingen, von denen man träumt, denn morgens war mein Herz voll von Lächeln und köstlichen Umarmungen, das Erwachen bekümmerte mich, und ich wartete mit Ungeduld auf die Rückkehr des Schlummers, damit er mir von neuem jene Schauer verschaffte, an die ich den ganzen Tag dachte, die sofort zu bekommen es nur von mir abgehangen hätte, und vor denen ich so etwas wie ein religiöses Grauen empfand.

Dann fühlte ich ganz den Dämon des Fleisches in allen Muskeln meines Körpers leben, in meinem ganzen Blut herumlaufen; ich hatte Mitleid mit der arglosen Epoche, wo ich unter dem Blick der Frauen zitterte, wo ich vor Gemälden oder Statuen verging; ich wollte leben, genießen, lieben, ich fühlte vage meine heiße Zeit kommen, so wie bei den ersten Sonnentagen einem von den lauen Winden eine Sommerglut gebracht wird, obwohl es noch keine Gräser, Blätter oder Rosen gibt. Was tun? Wen lieben? Wer wird einen lieben? Wie wird die große Dame sein, die einen haben möchte? Die übermenschliche Schönheit, die einem die Arme entgegenstreckt? Wer wird alle traurigen Spaziergänge sagen, die man allein am

Ufer der Bäche macht, alle Seufzer der zu den Sternen strebenden geschwellten Herzen während der warmen Nächte, wo die Brust erstickt!

Von der Liebe träumen ist alles träumen, es ist das Unendliche im Glück, es ist das Geheimnis in der Freude. Mit welcher Glut verschlingt euch der Blick, mit welcher Intensität senkt er sich auf eure Häupter, schöne triumphierende Frauen! Anmut und Verdorbenheit atmen in jeder eurer Bewegungen, die Falten eurer Kleider haben Geräusche, die uns bis auf den Grund aufwühlen, und von der Oberfläche eures ganzen Körpers geht etwas aus, das uns tötet und uns bezaubert.

Es gab damals für mich ein Wort, das mir schön erschien unter allen menschlichen Wörtern: Ehebruch. Eine köstliche Süße schwebt vage über ihm. Eine besondere Magie umgibt es mit Wohlgerüchen; alle Geschichten, die man erzählt, alle Bücher, die man liest, alle Gesten, die man macht, sagen es und kommentieren es ewig für das Herz des jungen Mannes; er schlürft es gierig in sich hinein, er findet in ihm höchste Poesie, ein Gemisch aus Fluch und Wollust.

Vor allem beim Herannahen des Frühlings, wenn die Lilien zu blühen und die Vögel unter den ersten Blättern zu singen anfangen, wurde mein Herz vom Bedürfnis zu lieben ergriffen, ganz in der Liebe dahinzuschmelzen, in irgendeinem süßen und großen Gefühl aufzugehen, ja sich gleichsam im Licht und den Düften neu zu schaffen. Jedes Jahr noch befinde ich mich einige Stunden so in einer Jungfräulichkeit, die mir mit den Knospen wächst; aber die Freuden blühen nicht wieder mit den Rosen, und es gibt jetzt nicht mehr Grün in meinem Herzen als auf der Landstraße, wo die Sonne die Augen ermüdet, wo der Staub in Wirbeln aufliegt.

Jedoch, bereit euch zu erzählen, was folgen wird, zittre und zaudere ich in dem Moment, da ich in diese Erinnerung hinabsteige; als wenn ich eine Mätresse von früher wiedersehen will: mit beklommenem Herzen bleibt man bei jeder Stufe ihrer Treppe stehen, man fürchtet, sie wiederzufinden, und man hat Angst, daß sie nicht da ist. Ebenso ist es mit bestimmten Vorstellungen, mit denen man allzu lange gelebt hat; man möchte sich für immer von ihnen lösen, und dennoch fließen sie in einem wie das Leben selbst, das Herz atmet da in seiner natürlichen Atmosphäre.

Ich habe euch gesagt, daß ich die Sonne liebte; an den Tagen, wo sie scheint, hatte meine Seele einst etwas von der Heiterkeit der strahlenden Horizonte und der Höhe des Himmels. Es war also Sommer... Ach! Die Feder dürfte das nicht alles schreiben... es war heiß, ich ging hinaus, niemand zu Hause merkte, daß ich hinausging; auf den Straßen waren wenig Leute, das Pflaster war trocken; von Zeit zu Zeit strömten warme Schwaden aus der Erde und stiegen einem zu Kopf, von den Mauern der Häuser glühte die Hitze zurück, selbst der Schatten schien brennender als das Licht. An der Ecke der Straßen, in der Nähe der Abfallhaufen, summten Fliegenschwärme in den Strahlen der Sonne, wie ein großes Goldrad kreisend; der Winkel der Dächer hob sich in gerader Linie scharf vom Blau des Himmels ab, die Steine waren schwarz, um die Türme herum waren keine Vögel.

Ich schritt dahin, Ruhe suchend, eine Brise herbeiwünschend, etwas, was mich von der Erde emporheben, mich in einem Wirbel forttragen könnte.

Ich ging aus den Vororten hinaus, ich befand mich hinter den Gärten, auf den Wegen, die halb Straße halb Pfad sind; ein grelles Licht drang hier und da durch die Blätter der Bäume, an den Schattenstellen ragten die Grashalme gerade nach oben, die Spitze der Kiesel schickte Strahlen aus, der Staub knirschte unter den Füßen, die ganze Natur griff aus, und schließlich verbarg sich die Sonne; eine dicke Wolke erschien, als wenn ein Gewitter kommen würde; die Qual, die ich bis dahin gespürt hatte, änderte ihre Art, ich war nicht mehr so erregt, sondern umschlungen; es war kein Riß mehr, sondern ein Ersticken.

Ich legte mich bäuchlings auf die Erde, an der Stelle, wo mir schien, daß es am meisten Schatten, Stille und Nacht geben mußte, an der Stelle, die mich am besten verstecken mußte, und schnaufend zerquälte ich mir das Herz in einem rasenden Verlangen. Die Wolken waren mit Weichheit beladen, sie lasteten auf mir und erdrückten mich wie eine Brust auf einer anderen Brust; ich fühlte ein Bedürfnis nach Wollust, die mehr mit Düften beladen wäre als der Wohlgeruch der Klematis und stechender als die Sonne auf der Mauer der Gärten. Ach! Warum konnte ich nicht irgend etwas in meine Arme drücken, es unter meiner Hitze ersticken, oder aber mich selbst verdoppeln, jenes andere Wesen lieben und uns miteinander verschmelzen. Es war nicht mehr das Verlangen nach einem vagen Ideal noch die Lüsternheit nach einem entschwundenen schönen Traum, sondern wie bei Flüssen ohne Bett flutete meine Leidenschaft nach allen Seiten in reißende Wildwasser, sie überschwemmte das Herz und ließ es überall von mehr Tumulten und Strudeln widerhallen als die Sturzbäche in den Bergen.

Ich ging am Ufer des Flusses entlang; ich habe immer das Wasser und die sanfte Bewegung der Wellen geliebt, die sich treiben; es war friedlich, die weißen Seerosen zitterten beim Rauschen des Stroms, die Wellen entrollten sich langsam, entfalteten sich übereinander; in der Mitte ließen die Inseln ihren Grünbüschel ins Wasser hängen, das Ufer schien zu lächeln, man hörte nichts anderes als die Stimme der Wogen.

An jener Stelle standen einige große Bäume, die Frische der Nachbarschaft des Wassers und die des Schattens ergötzte mich, ich fühlte mich lächeln.

Ebenso öffnet die Muse, die in uns ist, wenn sie auf die Harmonie lauscht, die Nasenlöcher und saugt die schönen Klänge ein, irgend etwas weitete sich in mir selbst, um eine allgemeine Freude einzusaugen; beim Anblick der Wolken, die am Himmel schwammen, des samtigen und von den Sonnenstrahlen vergilbten Rasens am Ufer, beim Plätschern des Wassers und dem Rauschen der Baumwipfel, die sich bewegten, obwohl kein Wind war, allein, erregt und ruhig zugleich, fühlte ich mich vor Wollust schwach werden unter dem Gewicht dieser lieblichen Natur, und ich rief die Liebe herbei! Meine Lippen bebten, schoben sich vor, als wenn ich den Atem eines anderen Mundes gespürt hätte, meine Hände suchten etwas zu berühren, meine Blicke bemühten sich, in der Falte jeder Welle, im Umriß der geschwellten Wolken irgendeine Form zu entdecken, einen Genuß, eine Erleuchtung; das Verlangen trat aus allen meinen Poren, mein Herz war gerührt und von einer verhaltenen Harmonie erfüllt, und ich wühlte in den Haaren um meinen Kopf, ich liebkoste mein Gesicht damit, es machte mir Spaß, ihren Duft einzuatmen, ich streckte mich auf dem Moos aus, am Fuße der Bäume, ich wünschte ein noch größeres Schmachten; ich hätte unter Rosen erstickt werden wollen, ich hätte unter Küssen zerbrochen werden wollen, die Blume sein, die der Wind schüttelt, die Uferböschung, die der Fluß benetzt, die Erde, die der Sonnenstrahl befruchtet.

Das Gras war weich beim Laufen, ich lief; jeder Schritt verschaffte mir eine neue Lust, und ich genoß auf den Fußsohlen die Weichheit des Rasens. Die Wiesen in der Ferne waren mit Tieren, mit Pferden, mit Fohlen bedeckt; der Horizont hallte vom Geräusch des Wieherns und des Galopps wider, das Land senkte und hob sich weich in breiten Wellungen, die von den Hügeln herkamen, der Fluß schlängelte sich, verschwand hinter Inseln, erschien dann zwischen Gras und Schilf. All das war schön, schien glücklich, folgte seinem Gesetz, seinem Lauf; ich allein war krank und lag in Agonie, voller Verlangen.

Plötzlich fing ich an zu fliehen, ich kehrte in die Stadt zurück, ich überquerte die Brücken; ich lief auf die Straßen, auf die Plätze; Frauen kamen nahe an mir vorbei, es waren viele da, sie gingen schnell, sie waren alle wunderbar schön; niemals hatte ich so richtig von vorne ihre Augen angeschaut, die glänzen, noch ihren Gang, der leicht ist wie der der Ziegen; die Herzoginnen, die sich über die mit ihren Wappen bedeckten Wagenschläge beugten, schienen mir zuzulächeln, mich zu Liebesabenteuern auf Samt und Seide einzuladen; von der Höhe ihrer Balkone traten Damen im Schal hervor, um mich zu sehen, und schauten mich an mit den Worten: Liebe uns! Liebe uns! Alle liebten mich in ihrer Pose, in ihren Augen, ja in ihrer Reglosigkeit, ich sah es genau. Und dann war die Frau überall, ich berührte sie, ich streifte sie, ich atmete sie, die Luft war voll von ihrem Odeur; ich sah ihren schwitzenden Hals zwischen dem Schal, der sie umgab, und den Federn des Huts, die bei ihren Schritten auf und ab wippten; ihr Absatz hob ihr Kleid, wenn sie vor mir herging. Als ich an ihr vorbeikam, regte sich ihre behandschuhte Hand. Nicht diese noch jene, die eine sowenig wie die andere, sondern alle, sondern jede, in der unendlichen Vielfalt ihrer Formen und des Verlangens, das dem entsprach; sie mochten noch so sehr bekleidet sein, ich schmückte sie auf der Stelle mit einer prächtigen Nacktheit, die ich mir vor den Augen ausbreitete, und wenn ich auch an ihr vorbeikam, nahm ich rasch soviel wie möglich wollüstige Ideen, Düfte mit, die Liebe zu allem erregen, Berührungen, die aufreizen, Formen, die anziehen.

Ich wußte genau, wohin ich ging, es war ein Haus in einer kleinen Straße, wo ich oft vorbeigekommen war, um mein Herz pochen zu fühlen; es hatte grüne Jalousien, man ging drei Stufen empor, ach, ich wußte das auswendig, ich hatte es sehr oft angeschaut, wenn ich von meinem Weg abgewichen war, nur um die geschlossenen Fenster zu sehen. Schließlich, nach einem Weg, der ein Jahrhundert dauerte, bog ich in diese Straße ein, ich glaubte zu ersticken; niemand kam vorbei, ich schritt voran, ich schritt voran; ich fühle noch die Berührung der Tür, die ich mit meiner Schulter aufstieß; sie gab nach; ich hatte Angst gehabt, daß sie in der Mauer festgemacht wäre, aber nein, sie drehte sich in einer Angel, weich, ohne ein Geräusch zu machen.

Ich stieg eine Treppe hinauf, die Treppe war schwarz, die Stufen abgenutzt, sie bewegten sich unter meinen Schritten; ich stieg immer noch weiter, man konnte nichts sehen, ich war betäubt, niemand sprach mit mir, ich atmete nicht mehr. Schließlich trat ich in ein Zimmer, es schien mir groß, das lag an der Dunkelheit, die da herrschte; die Fenster waren offen, aber große gelbe Vorhänge, die bis zur Erde hingen, dämpften das Licht, der Raum war von einem blaßgoldenen Widerschein gefärbt; im Hintergrund und neben dem rechten Fenster saß eine Frau. Sie mußte mich nicht gehört haben, denn sie drehte sich nicht um, als ich eintrat; ich blieb stehen, ohne weiterzugehen, darin versunken, sie zu betrachten.

Sie hatte ein weißes Kleid mit kurzen Ärmeln, sie lehnte mit dem Ellenbogen auf dem Fensterbrett, eine Hand nahe am Mund, und schien irgend etwas Vages und Unbestimmtes auf der Erde anzuschauen; ihre glatten schwarzen Haare, die über den Schläfen geflochten waren, glänzten wie der Flügel eines Raben, ihr Kopf war ein bißchen geneigt; einige Härchen kamen hinten aus den anderen heraus und kräuselten sich auf ihrem Hals; ihr krummer großer Goldkamm war mit roten Korallenkörnern besetzt.

Sie stieß einen Schrei aus, als sie mich bemerkte,

und sprang mit einem Satz auf. Ich fühlte mich zunächst von dem leuchtenden Blick ihrer beiden großen Augen getroffen; als ich meine Stirn, die unter dem Gewicht dieses Blicks heruntergedrückt war, wieder hochheben konnte, sah ich eine Gestalt von einer anbetungswürdigen Schönheit: eine einzige gerade Linie ging vom höchsten Punkt ihres Kopfes im Scheitel ihrer Haare aus, lief zwischen ihren großen geschwungenen Augenbrauen, über ihre Adlernase, zu den bebenden Nasenlöchern, die wie die antiken Kameen erhaben waren, spaltete in der Mitte ihre heiße Lippe, die von einem blauen Flaum beschattet war, und dann dort, der Hals, der volle, weiße, runde Hals; durch ihr knappes Gewand sah ich die Form ihrer Brüste bei ihrer Atembewegung hervorkommen und zurückgehen; so stand sie mir gegenüber, umgeben vom Licht der Sonne, die durch den gelben Vorhang drang und dieses weiße Gewand und diesen braunen Kopf noch mehr hervorhob.

Endlich fing sie an zu lächeln, fast vor Mitleid und Sanftmut, und ich ging auf sie zu. Ich weiß nicht, was sie sich ins Haar getan hatte, aber sie duftete, und ich fühlte mein Herz weicher und schwächer werden als ein Pfirsich, der unter der Zunge vergeht. Sie sagte mir:

»Was habt Ihr denn? Kommt!«

Und sie setzte sich auf ein an der Wand stehendes langes Kanapee, das mit grauem Leinen bezogen war;

ich setzte mich neben sie, sie nahm meine Hand, die ihre war warm, wir blieben lange so sitzen und schauten uns an, ohne etwas zu sagen.

Noch nie hatte ich eine Frau von so nahe gesehen, ihre ganze Schönheit umfing mich, ihr Arm berührte meinen, die Falten ihres Kleides fielen auf meine Beine, die Wärme ihrer Hüfte entflammte mich, ich fühlte durch diese Berührung die Wölbungen ihres Körpers, ich betrachtete die Rundung ihrer Schultern und die blauen Adern ihrer Schläfen. Sie sagte zu mir:

»Nun!«

»Nun«, wiederholte ich mit einer heiteren Miene, weil ich diese Faszination abschütteln wollte, die mich einschläferte.

Aber ich kam nicht weiter, ich war ganz dabei, sie mit den Augen zu erkunden. Ohne etwas zu sagen, legte sie mir einen Arm um den Körper und zog mich an sich in einer stummen Umarmung. Da umschlang ich sie mit meinen beiden Armen und preßte meinen Mund auf ihre Schulter, ich trank da mit Wonne meinen ersten Liebeskuß, ich kostete da das endlose Verlangen meiner Jugend und die gefundene Wollust aller meiner Träume aus, und dann reckte ich den Hals nach hinten, um ihr Gesicht besser sehen zu können; ihre Augen leuchteten, entflammten mich, ihr Blick umfing mich mehr als ihre Arme, ich war in ihrem Auge verloren, und unsere Finger verschränkten sich; die ihren waren lang, zart, sie kreisten in meiner Hand mit lebhaften feinen Bewegungen, ich hätte sie mit der geringsten Anstrengung zerquetschen können, ich drückte sie absichtlich, um sie mehr zu spüren.

Ich erinnere mich jetzt nicht mehr, was sie mir sagte noch was ich ihr antwortete, ich habe lange so dagesessen, verloren, schwebend, mich wiegend in diesem Klopfen meines Herzens; jede Minute vergrößerte meine Trunkenheit, in jedem Moment drang etwas Neues in meine Seele, mein ganzer Körper bebte vor Ungeduld, vor Verlangen, vor Freude; ich war dennoch feierlich gestimmt, mehr düster als heiter, ernst, versunken wie in etwas Göttliches und Höchstes. Mit ihrer Hand drückte sie meinen Kopf an ihr Herz, aber leicht, als wenn sie Angst gehabt hätte, ihn mir an sich zu zerdrücken.

Durch eine Schulterbewegung streifte sie ihren Ärmel ab, ihr Kleid ging auf; sie hatte kein Korsett, ihr Hemd klaffte. Es war einer jener prächtigen Busen, auf dem man in Liebe erstickt sterben möchte. Auf meinen Knien sitzend hatte sie die naive Pose eines träumenden Kindes, ihr schönes Profil zeichnete sich in reinen Linien ab; eine Falte von einem reizenden Schwung unter der Achsel war so etwas wie das Lächeln ihrer Schulter; ihr weißer Rücken krümmte sich ein bißchen, als wäre er ermüdet, und ihr heruntergerutschtes Kleid fiel unten in breiten Falten auf den

Boden herab; sie hob die Augen zum Himmel und summte einen traurigen schmachtenden Refrain durch die Zähne.

Ich berührte ihren Kamm, ich nahm ihn ab, ihre Haare entrollten sich wie eine Woge, und die langen schwarzen Strähnen zitterten, als sie auf ihre Hüften fielen. Ich strich zunächst mit meiner Hand darüber, und hinein und darunter; ich tauchte den Arm ein, ich badete mein Gesicht darin, ich war berauscht. Manchmal machte es mir Spaß, sie hinten in zwei Teile zu teilen und sie nach vorne zu legen, so daß ich ihre Brüste bedeckte; andere Male vereinigte ich sie alle zu einem Netz und zog sie, um ihren nach hinten gebeugten Kopf, um ihren nach vorne gestreckten zarten Hals zu sehen; sie ließ es mit sich geschehen wie eine Tote.

Plötzlich machte sie sich von mir los, zog ihre Füße aus ihrem Kleid und sprang aufs Bett mit der Leichtigkeit einer Katze; die Matratze sank unter ihren Füßen ein, das Bett knarrte, sie warf mit einem Ruck die Vorhänge zurück und legte sich hin, sie streckte mir die Arme entgegen, sie nahm mich. Ach! Selbst die Laken schienen noch ganz warm von den Liebeszärtlichkeiten, die über sie hinweggegangen waren.

Ihre zarte und feuchte Hand strich über meinen Körper, sie gab mir Küsse auf das Gesicht, auf den Mund, auf die Augen; jede dieser hastigen Liebkosungen ließ mich vor Wonne vergehen, sie streckte sich auf dem Rücken aus und seufzte; bald schloß sie halb die Augen und schaute mich an mit einer wollüstigen Ironie, dann stützte sie sich auf den Ellenbogen, drehte sich auf den Bauch, streckte ihre Fersen in die Luft, sie war voll von charmanten Neckereien, von raffinierten und unbefangenen Bewegungen; endlich gab sie sich mir mit Hingabe preis, sie hob die Augen zum Himmel und stieß einen großen Seufzer aus, der ihren ganzen Körper hochhob... Ihre zuckende warme Haut streckte sich unter mir aus und schauderte; von Kopf bis Fuß fühlte ich mich ganz von Wollust bedeckt; meinen Mund an ihren gepreßt, meine Finger mit ihren verschränkt, vom selben Schauer überlaufen, in derselben Umarmung verschlungen, den Duft ihres Haars einatmend und den Hauch ihrer Lippen, fühlte ich mich köstlich sterben. Einige Zeit noch blieb ich staunend liegen, das Pochen meines Herzens und das letzte Zittern meiner erregten Nerven auskostend; dann kam es mir vor, als ob alles erlosch und verschwand.

Aber sie, sie sagte ebenfalls nichts; reglos wie eine Statue aus Fleisch umgaben ihre schwarzen und fülligen Haare ihren blassen Kopf, und ihre losgelösten Arme ruhten weich ausgebreitet; von Zeit zu Zeit schüttelte eine krampfhafte Bewegung ihre Knie und Hüften; auf ihrer Brust war die Stelle meiner Küsse noch rot, ein heiserer und jämmerlicher Ton kam aus ihrer Kehle, wie wenn man einschläft, nachdem man lange geweint und geschluchzt hat. Plötzlich hörte ich sie, die folgendes sagte: »In der Vergessenheit deiner Sinne, wenn du Mutter würdest«, und dann erinnere ich mich nicht mehr, was folgte; sie schlug die Beine übereinander und schaukelte von der einen Seite zur anderen, als wenn sie in einer Hängematte gelegen hätte.

Sie strich mir mit ihrer Hand durch die Haare, spielend wie mit einem Kind, und fragte mich, ob ich eine Mätresse gehabt hätte; ich antwortete ihr, ja, und als sie fortfuhr, fügte ich hinzu, daß sie schön und verheiratet war. Sie stellte mir noch andere Fragen über meinen Namen, über mein Leben, über meine Familie.

»Und du«, sagte ich zu ihr, »hast du geliebt?«

»Lieben? Nein!«

Und sie brach in ein krampfhaftes Lachen aus, das mich verlegen machte.

Sie fragte mich noch, ob die Mätresse, die ich hatte, schön war, und nach einem Schweigen sagte sie wieder:

»Ach! Wie sie dich lieben muß! Sag mir deinen Namen, he! Deinen Namen.«

Jetzt wollte ich ihren wissen.

»Marie«, antwortete sie, »aber ich hatte einen anderen, so hieß ich zu Hause nicht.«

Und dann, ich weiß nicht mehr, alles ist weg, es ist schon so alt! Dennoch gibt es einige Dinge, die ich wieder sehe, als wenn es gestern wäre, ihr Zimmer zum Beispiel; ich sehe die Decke des Bettes wieder, in der Mitte abgenutzt, die Mahagoniliege mit kupfernen Verzierungen und schillernden roten Seidenvorhängen, sie knisterten unter den Fingern, die Fransen waren abgenutzt. Auf dem Kamin zwei Vasen mit künstlichen Blumen; in der Mitte die Pendeluhr, deren Zifferblatt zwischen vier Alabastersäulen hing. Hier und da an der Wand ein alter Stich in einem schwarzen Holzrahmen, der Frauen im Bad, Weinleser, Fischer darstellte.

Und sie! Sie! Manchmal kommt mir ihre Erinnerung wieder, so lebendig, so genau, daß alle Einzelheiten ihrer Gestalt mir von neuem erscheinen, mit jener erstaunlichen Gedächtnistreue, die uns allein die Träume geben, wenn wir unsere seit Jahren toten alten Freunde mit ihren selben Kleidern, ihrem selben Stimmenklang wiedersehen und uns davor graut. Ich erinnere mich genau, daß sie auf der Unterlippe an der linken Seite einen Schönheitsfleck hatte, der in einem Grübchen der Haut erschien, wenn sie lächelte; sie war sogar nicht mehr frisch, und ihr Mundwinkel war bitter und müde zusammengekniffen.

Als ich aufbrechen wollte, sagte sie mir adieu.

»Adieu!«

»Wird man Euch wiedersehen?«

»Vielleicht!«

Und ich ging hinaus, die Luft belebte mich wieder, ich fand mich ganz verändert, es kam mir vor, als ob man an meinem Gesicht sehen müßte, daß ich nicht mehr derselbe Mensch war; ich schritt langsam, stolz, zufrieden, frei voran, ich hatte nichts mehr zu lernen, nichts zu fühlen, nichts zu begehren im Leben. Ich ging nach Hause, eine Ewigkeit war vergangen seit ich hinausgegangen war; ich stieg in mein Zimmer und setzte mich auf mein Bett, niedergedrückt von meinem ganzen Tag, der auf mir lastete mit einem unglaublichen Gewicht. Es war vielleicht sieben Uhr abends, die Sonne ging unter, der Himmel stand in Flammen, und der ganz rote Horizont loderte über den Dächern der Häuser; der bereits im Schatten liegende Garten war voller Traurigkeit, gelbe und orange Kreise drehten sich in den Ecken der Mauern, fielen und stiegen in den Büschen, die Erde war trokken und grau; auf der Straße sangen einige Leute aus dem Volk beim Vorübergehen am Arm ihrer Frauen und gingen zum Stadttor.

Ich überdachte immer noch, was ich getan hatte, und ich wurde von einer undefinierbaren Traurigkeit gepackt; ich war voller Abscheu, ich war satt, ich war müde. »Aber noch heute morgen«, sagte ich mir, »war es nicht so, ich war frischer, glücklicher, woran liegt das?« Und im Geist kam ich wieder durch alle Straßen, durch die ich gegangen war, sah ich wieder die Frauen, die ich getroffen hatte, alle Pfade, die ich zurückgelegt hatte, ich kehrte zu Marie zurück und hielt mich bei jeder Einzelheit meiner Erinnerung auf, ich preßte mein Gedächtnis aus, damit es mir soviel wie möglich davon lieferte. Mein ganzer Abend verstrich damit; die Nacht kam, und ich blieb wie ein alter Mann an diesen bezaubernden Gedanken hängen, ich fühlte, daß ich nichts mehr davon wiedererhalten würde, daß andere Liebschaften kommen könnten, aber daß sie dieser nicht mehr ähneln würden; dieser erste Duft war gerochen, dieser Ton war verflogen, mich verlangte nach meinem Verlangen, und ich trauerte meiner Freude nach.

Als ich mein vergangenes Leben und mein gegenwärtiges Leben betrachtete, das heißt das Warten der verflossenen Tage und die Mattigkeit, die mich niederdrückte, da wußte ich nicht mehr, in welchem Winkel meiner Existenz sich mein Herz befand, ob ich träumte oder ob ich handelte, ob ich voller Abscheu oder voller Verlangen war, denn ich hatte zugleich den Widerwillen der Übersättigung und die Glut der Hoffnung.

Das war also alles, lieben! Das war also alles, eine Frau! Warum, o mein Gott, haben wir noch Hunger, wenn wir satt sind? Warum so viel Sehnsucht und so viel Enttäuschung? Warum ist das Herz des Menschen so groß und das Leben so klein? Es gibt Tage, wo selbst die Liebe der Engel ihm nicht genügte, und er hat in einer Stunde alle Liebkosungen der Erde satt.

Aber die entschwundene Illusion läßt ihren Feenduft in uns zurück, und wir suchen auf allen Pfaden, wo sie geflohen ist, nach ihrer Spur; man gefällt sich darin, sich zu sagen, daß alles nicht so bald vorbei ist, daß das Leben gerade erst beginnt, daß sich eine Welt vor uns auftut. Wird man denn so viele erhabene Träume, so viele glühende Begierden verströmt haben, um da zu enden? Doch ich wollte nicht auf alle schönen Dinge verzichten, die ich mir ausgedacht hatte, ich hatte für mich diesseits meiner verlorenen Unberührtheit andere, vagere, aber schönere andere Formen, andere Wollüste geschaffen, die weniger präzise waren als das Verlangen, das ich nach ihnen hatte, aber himmlisch und unendlich. In die Vorstellungen, die ich mir einst gemacht hatte und die heraufzubeschwören ich mich bemühte, mischte sich die intensive Erinnerung an meine letzten Empfindungen, und indem alles miteinander verschmolz, Gespenst und Körper, Traum und Wirklichkeit, nahm die Frau, die ich gerade verlassen hatte, für mich eine synthetische Proportion an, wo sich alles in der Vergangenheit zusammenfaßte und von wo alles für die Zukunft ausging. Allein und an sie denkend drehte ich sie noch nach allen Seiten, um etwas mehr an ihr zu entdecken, etwas beim erstenmal Unbemerktes, Unerforschtes; der Wunsch, sie wiederzusehen, packte mich, nahm mich ein, das war wie eine Fatalität, die mich anzog, ein Abhang, wo ich herabglitt.

Ach! Die schöne Nacht! Es war warm, ich kam ganz

schweißgebadet an ihre Tür, in ihrem Fenster war Licht; sie war sicher noch auf; ich blieb stehen, ich hatte Angst, ich wußte lange nicht, was ich machen sollte, voll von tausend verworrenen Beklemmungen. Noch einmal trat ich ein; meine Hand glitt ein zweites Mal über das Geländer ihrer Treppe und drehte ihren Schlüssel um.

Sie war allein, wie am Vormittag; sie saß am selben Platz, fast in derselben Stellung, aber sie hatte das Kleid gewechselt; dieses war schwarz, die Spitzenverzierung, die seinen Ausschnitt säumte, zitterte von selbst auf ihrem weißen Busen, ihr Fleisch leuchtete, ihr Gesicht hatte jene laszive Bleiche, die Kerzenlicht verleiht; den Mund halb offen, die Haare ganz aufgelöst und über ihre Schultern hängend, die Augen zum Himmel erhoben, sah sie aus, als suchte sie mit dem Blick irgendeinen verschwundenen Stern.

Sehr rasch, mit einem freudigen Satz, sprang sie zu mir hin und schloß mich in ihre Arme. Das war für uns eine jener zitternden Umarmungen, so wie die Verliebten sie nachts bei ihren Verabredungen erleben müssen, wenn sie, nachdem sie lange, das Auge im Dunkeln angespannt, auf jedes Blätterrascheln, jede vage Form gelauert haben, die durch die Lichtung drang, sich schließlich treffen und umarmen.

Sie sagte mir mit einer hastigen und zugleich zarten Stimme:

»Oh! Du liebst mich also, daß du mich wieder besuchen kommst? Sag, sag, o mein Herz, liebst du mich?«

Ihre Worte hatten einen durchdringenden schmelzenden Klang wie die höchsten Töne der Flöte.

Halb auf die Kniekehlen gesunken und mich in ihren Armen haltend schaute sie mich in einem düsteren Rausch an; ich aber, wie erstaunt ich über diese so plötzlich gekommene Leidenschaft auch war, war davon entzückt, war darauf stolz.

Ihr Satinkleid knisterte unter meinen Fingern mit einem Geräusch von Funken; manchmal, nachdem ich das Samtige des Stoffes gespürt hatte, spürte ich die warme Zartheit ihres nackten Arms; ihr Gewand schien ein Teil von ihr selbst zu sein, es strömte die Verführung der unzüchtigsten Nacktheiten aus.

Sie wollte sich mit aller Gewalt auf meine Knie setzen, und sie fing wieder mit ihrer gewohnten Liebkosung an, die darin bestand, mir mit der Hand durch die Haare zu fahren, während sie mich starr anschaute, Gesicht an Gesicht, die Augen auf die meinen geheftet. In dieser reglosen Pose schien sich ihre Pupille zu weiten, es ging ein Fluidum davon aus, das ich in mein Herz strömen fühlte; jede Ausstrahlung dieses aufgerissenen Blicks, ähnlich den aufeinanderfolgenden Kreisen, die der Seeadler beschreibt, fesselte mich mehr und mehr an diese schreckliche Magie.

»Oh! Du liebst mich also«, sagte sie wieder, »du

liebst mich also, daß du noch einmal zu mir gekommen bist, meinetwegen! Aber was hast du? Du sagst nichts, du bist traurig! Willst du mich nicht mehr haben?«

Sie machte eine Pause und sagte wieder:

»Wie schön du bist, mein Engel! Du bist schön wie der Tag! Küß mich doch, liebe mich! Ein Kuß, ein Kuß, schnell!«

Sie hängte sich an meinen Mund, und wie eine Taube gurrend sog sie sich die Brust mit dem Seufzer voll, den sie daraus schöpfte.

»Oh! Aber für die Nacht, nicht wahr, für die Nacht, die ganze Nacht für uns beide? So wie dich möchte ich einen Geliebten haben, einen jungen und frischen Geliebten, der mich wirklich liebt, der nur an mich denkt! Oh! Wie würde ich ihn lieben!«

Und sie brachte jenes tiefe Stöhnen des Verlangens hervor, wo Gott vom Himmel herabsteigen zu müssen schien.

»Aber hast du nicht einen?« sagte ich ihr.

»Wer? Ich? Werden wir denn geliebt? Denkt man denn an uns? Wer will uns denn haben? Wirst denn selbst du dich morgen noch an mich erinnern? Du wirst dir vielleicht lediglich sagen: ›Richtig, gestern habe ich mit einem Mädchen geschlafen, aber brrr, lalala‹« – (und sie fing an zu tanzen, die Fäuste in der Taille, mit vulgären Bewegungen). »Ich tanze nämlich gut! Komm, schau dir mein Kostüm an.«

Sie machte ihren Schrank auf, und ich sah auf einem Brett eine schwarze Maske und blaue Bänder mit einem Domino; da hing auch eine schwarze Samthose mit Goldtressen an einem Nagel, verwelkte Reste des vergangenen Karnevals.

»Mein armes Kostüm«, sagte sie, »wie oft bin ich mit ihm auf dem Ball gewesen! Was habe ich in diesem Winter getanzt!«

Das Fenster war offen, und der Wind ließ das Licht der Kerze flackern; sie holte sie vom Kamin und stellte sie auf den Nachttisch. Beim Bett angekommen, setzte sie sich drauf und fing an, tief nachzudenken, den Kopf auf die Brust gesenkt. Ich sprach auch nicht zu ihr, ich wartete, der warme Duft der Augustnächte stieg bis zu uns empor, wir hörten von da aus die Bäume des Boulevards rauschen, der Vorhang des Fensters wehte; die ganze Nacht war Gewitter; oft nahm ich beim Schein der Blitze ihr bleiches Gesicht wahr, verkrampft in einem Ausdruck von heftiger Traurigkeit; die Wolken jagten dahin, der halb von ihnen verdeckte Mond erschien für Augenblicke in einer Ecke des reinen Himmels, von düsteren Schwaden umgeben.

Sie zog sich langsam aus mit den regelmäßigen Bewegungen einer Maschine. Als sie im Hemd war, kam sie barfuß auf den Fliesen zu mir, nahm mich an der Hand und führte mich zu ihrem Bett; sie schaute mich nicht an, sie dachte an etwas anderes;

sie hatte eine rosa-feuchte Lippe, offene Nasenlöcher, ein feuriges Auge und schien unter der Berührung ihres Denkens zu schwingen, so wie, auch wenn der Künstler nicht mehr da ist, aus dem tönenden Instrument ein geheimes Parfum eingeschlafener Noten entweicht.

Als sie sich neben mich hingelegt hatte, breitete sie mit dem Stolz einer Kurtisane alle Pracht ihres Fleisches vor mir aus. Ich sah ihren festen Busen nackt und immer noch von einem stürmischen Rauschen geschwellt, ihren Perlmuttbauch mit dem tiefen Nabel, ihren geschmeidigen und zuckenden Bauch, weich, um den Kopf darin zu vergraben wie in einem warmen Satinkissen; sie hatte prächtige Hüften, jene wahren Frauenhüften, deren über einem runden Schenkel abnehmende Linien im Profil immer an irgendeine wendige und verdorbene Form einer Schlange oder eines Dämons erinnern; der Schweiß, der ihre Haut benetzte, machte sie ihr frisch und prall; in der Nacht leuchteten ihre Augen in schrecklicher Weise, und das Ambraarmband, das sie am rechten Arm trug, klirrte, wenn sie sich am Paneel des Alkovens stieß. In jenen Stunden sagte sie zu mir, meinen Kopf an ihr Herz drückend:

»Liebesengel, Wonneengel, Wollustengel, woher kommst du? Wo ist deine Mutter? An was dachte sie, als sie dich empfangen hat? Träumte sie von der Kraft der Löwen Afrikas oder vom Parfum jener fernen Bäume, die so stark duften, daß man bei ihrem Geruch stirbt? Du sagst mir nichts; schau mich mit deinen großen Augen an, schau mich an, schau mich an! Dein Mund! Dein Mund! Komm, komm, hier ist meiner!«

Und dann klapperten ihre Zähne wie bei großer Kälte, und ihre geöffneten Lippen bebten und hauchten närrische Reden in die Luft:

»Oh! Ich wäre auf dich eifersüchtig, siehst du, wenn wir uns liebten; die geringste Frau, die dich anschaute...«

Und sie beendete ihren Satz in einem Schrei. Ein andermal hielt sie mich mit steifen Armen fest und sagte ganz leise, daß sie sterben würde.

»Ach! Wie schön das ist, ein Mann, wenn er jung ist! Wenn ich Mann wäre, würden mich alle Frauen lieben, meine Augen würden so schön leuchten! Ich wäre so gut gekleidet, so hübsch! Deine Mätresse liebt dich, nicht wahr! Ich möchte sie kennenlernen. Wie seht ihr euch? Bei dir oder bei ihr? Bei der Promenade, wenn du vorbeireitest? Du mußt gut aussehen zu Pferde! Im Theater, wenn man hinausgeht und ihr ihren Mantel gibt? Oder nachts, in ihrem Garten? Die schönen Stunden, die ihr damit verbringt, nicht wahr, zusammen zu plaudern, unter der Laube sitzend!«

Ich ließ sie reden, es kam mir vor, als ob sie mir mit diesen Worten eine ideale Mätresse machte, und ich liebte dieses Gespenst, das in meinen Geist kam und darin schneller blinkte als ein Irrlicht abends auf dem Land.

»Ist es lange her, daß ihr euch kennengelernt habt? Erzähl mir das ein bißchen. Was sagst du ihr, um ihr zu gefallen? Ist sie groß oder klein? Singt sie?«

Ich konnte nicht umhin, ihr zu sagen, daß sie sich täuschte, ich erzählte ihr sogar von meinen Befürchtungen, sie aufzusuchen, von den Gewissensbissen, oder besser, von der merkwürdigen Angst, die ich danach gehabt hatte, von der plötzlichen Wendung, die mich zu ihr getrieben hatte. Als ich ihr klar gesagt hatte, daß ich niemals eine Mätresse gehabt hatte, daß ich überall danach gesucht hatte, daß ich lange davon geträumt hatte und daß sie schließlich die erste war, die meine Liebkosungen angenommen hatte, rückte sie mit Erstaunen an mich heran und nahm mich in den Arm, als wenn ich ein Trugbild wäre, nach dem sie greifen wollte:

»Wirklich?« sagte sie mir. »Oh! Lüg mich nicht an. Du bist also unberührt, und ich habe dich defloriert, armer Engel? Deine Küsse hatten tatsächlich irgend etwas Naives, wie sie nur Kinder hätten, wenn sie lieben würden. Aber du erstaunst mich! Du bist charmant; je mehr ich dich anschaue, desto mehr liebe ich dich, deine Wange ist weich wie ein Pfirsich, deine Haut ist tatsächlich ganz weiß, deine schönen Haare sind dicht und zahlreich. Ach! Wie ich dich lieben würde, wenn du wolltest! Denn so etwas habe ich nur bei dir gesehen; man könnte meinen, daß du mich mit Güte anschaust, und dennoch brennen mich deine Augen, ich habe immer Lust, ganz nahe bei dir zu sein und dich an mich zu drücken.«

Das waren die ersten Liebesworte, die ich in meinem Leben hörte. Von wo sie auch kommen, unser Herz empfängt sie mit einem überglücklichen Beben. Erinnert euch daran! Ich schwelgte nach Herzenslust darin! Oh! Wie ich mich schnell in diesen neuen Himmel stürzte.

»Ja, ja, küsse mich, küsse mich! Deine Küsse verjüngen mich«, sagte sie, »ich rieche so gerne deinen Duft wie den meines Geißblatts im Juni, er ist frisch und zugleich süß; deine Zähne, zeig mal her, sie sind weißer als meine, ich bin nicht so schön wie du ... Ach! Wie gut das tut!«

Und sie drückte den Mund auf meinen Hals, mit gierigen Küssen darin wühlend wie ein wildes Tier im Bauch seines Opfers.

»Was habe ich denn heute abend? Du hast mich ganz entflammt, ich möchte trinken und singend tanzen. Hast du manchmal ein Vöglein sein wollen? Wir würden zusammen fliegen, das muß so süß sein, sich in der Luft zu lieben, Winde treiben einen, Wolken umgeben einen ... Nein, sei still, daß ich dich anschauen kann, daß ich dich lange anschauen kann, damit ich mich immer an dich erinnere!«

»Warum das?«

»Warum das?« wiederholte sie. »Aber um mich an dich zu erinnern, um an dich zu denken; ich werde nachts an dich denken, wenn ich nicht schlafe, vormittags, wenn ich aufwache, ich werde den ganzen Tag an dich denken, auf mein Fenster gestützt, wenn ich den Passanten nachschaue, aber vor allem abends, wenn man nicht mehr sieht und noch nicht die Kerzen angezündet hat; ich werde mich an dein Gesicht, deinen Körper, deinen schönen Körper erinnern, wo die Wollust atmet, und an deine Stimme! Ach! Hör mal, ich bitte dich, mein Liebes, laß mich von deinen Haaren etwas abschneiden, ich werde sie in dieses Armband stecken, sie werden mich niemals verlassen!«

Und sie stand sofort auf, holte ihre Schere und schnitt mir hinter dem Kopf eine Haarsträhne ab. Es war eine kleine spitze Schere, die beim Schnippeln in ihrer Schraube quietschte; ich fühle noch die Kälte des Stahls und Maries Hand auf dem Nacken.

Eines der schönsten Dinge der Liebenden sind die geschenkten und ausgetauschten Haare. Wie viele schöne Hände sind, seit es Nächte gibt, durch die Balkons geglitten und haben schwarze Flechten geschenkt! Hinter den achtförmig gedrehten Uhrketten, den Ringen, wo sie angeklebt sind, den Medaillons, wo sie als Kleeblatt angeordnet sind, und all jene, die die banale Hand des Friseurs entweiht hat; ich will sie ganz einfach und verknotet, an den zwei Enden, mit einem Faden, aus Angst, ein einziges davon zu verlieren; man hat sie selbst dem geliebten Haupt abgeschnitten in irgendeinem höchsten Moment, auf dem Gipfel einer ersten Liebe, am Abend vor der Abreise. Haare! Der prächtige Mantel der Frau in früheren Tagen, als er ihr bis zu den Fersen reichte und ihr die Arme bedeckte, während sie mit dem Mann fortging, am Ufer der großen Flüsse wandernd, und die ersten Brisen der Schöpfung zugleich den Wipfel der Palmen, die Mähne der Löwen, das Haar der Frauen wehen ließen! Ich liebe Haare. Wie oft habe ich auf Friedhöfen, die man umgrub, oder in alten Kirchen, die man abriß, welche betrachtet, die in der umgegrabenen Erde auftauchten zwischen gelben Knochen und vermoderten Holzstücken! Oft warf die Sonne einen fahlen Strahl darüber und ließ sie leuchten wie einen Goldfaden; ich dachte gern an die Tage, wo sie auf einer weißen Haut beisammen waren, mit flüssigen Parfums eingefettet, und irgendeine jetzt trockene Hand darüberstrich und sie auf dem Kissen ausbreitete, irgendein jetzt fleischloser Mund sie mittendrin küßte und ihr Ende mit glücklichen Seufzern in den Mund nahm.

Ich ließ mir meine mit einer törichten Eitelkeit abschneiden, ich schämte mich, nicht meinerseits um welche zu bitten, und zu dieser Stunde, da ich nichts habe, nicht einen Handschuh, nicht einen Gürtel, nicht einmal drei vertrocknete und in einem Buch aufgehobene Rosenblätter, nichts als die Erinnerung an die Liebe einer Dirne, traure ich ihnen nach.

Als sie fertig war, legte sie sich wieder neben mich, sie wickelte sich ganz bebend vor Wollust in die Laken, sie bibberte und kuschelte sich an mich wie ein Kind; endlich schlief sie mit ihrem Kopf an meiner Brust ein.

Jedesmal wenn ich atmete, fühlte ich das Gewicht dieses eingeschlafenen Kopfes sich auf meinem Herzen heben. In welcher intimen Vereinigung befand ich mich also mit diesem unbekannten Wesen? Bis zu diesem Tage einander unbekannt, hatte uns der Zufall vereint, wir waren da, in demselben Bett, durch eine namenlose Kraft verbunden; wir würden uns verlassen und nicht mehr wiedersehen, die Atome, die in der Luft herumwirbeln und -fliegen, haben längere Begegnungen miteinander als auf der Erde die Herzen, die sich lieben; nachts erheben sich zwar die einsamen Begierden, und die Träume gehen auf die Suche nacheinander; jener lechzt vielleicht nach der unbekannten Seele, die in einer anderen Hemisphäre, unter anderen Himmeln nach ihm lechzt.

Was waren jetzt die Träume, die durch diesen Kopf gingen? Dachte sie an ihre Familie, an ihren ersten Geliebten, an die Welt, an die Männer, an irgendein reiches, von Üppigkeit verklärtes Leben, an irgendeine begehrte Liebe? An mich, vielleicht! Das Auge auf ihre bleiche Stirn geheftet belauerte ich ihren Schlummer, und ich versuchte, in dem Schnauben, das aus ihren Nasenlöchern kam, einen Sinn zu entdecken.

Es regnete, ich lauschte auf das Geräusch des Regens und Maries Schlaf; die Lichter, die gleich erlöschen würden, knisterten in den Kristalltüllen. Die Morgenröte erschien, eine gelbe Linie kam am Himmel hervor, dehnte sich horizontal aus, nahm mehr und mehr vergoldete und weinrote Färbungen an und schickte ein violett schimmerndes, weißliches schwaches Licht ins Zimmer, das noch gegen die Nacht und den Glanz der im Spiegel reflektierten verlöschenden Kerzen ansehen mußte.

Marie, die so auf mir lag, hatte bestimmte Teile des Körpers im Licht, andere im Schatten; sie hatte sich etwas bewegt, ihr Kopf war tiefer als ihre Brüste; der rechte Arm, der Arm des Armbands, hing aus dem Bett und berührte fast den Boden; auf dem Nachttisch stand ein Veilchenstrauß in einem Wasserglas, ich streckte die Hand aus, nahm ihn, ich zerbiß den Faden mit meinen Zähnen und roch daran. Sicher waren sie verwelkt durch die Hitze des Vorabends oder die lange Zeit, seit sie gepflückt worden waren; ich fand einen köstlichen und ganz eigenen Geruch an ihnen, ich sog nacheinander ihr Parfum ein; da sie feucht waren, legte ich sie mir auf die Augen, um mich abzukühlen, denn mein Blut kochte und meine ermüdeten Glieder spürten so etwas wie ein Brennen bei der Berührung der Laken. Da ich nicht wußte, was ich machen sollte, und sie nicht wecken wollte, denn ich empfand eine merkwürdige Lust dabei, sie schlafen zu sehen, legte ich vorsichtig alle Veilchen auf Maries Busen; bald war sie ganz damit bedeckt, und diese verwelkten schönen Blumen, unter denen sie schlief, symbolisierten sie für meinen Geist. Wie diese Blumen, trotz ihrer verflogenen Frische, vielleicht sogar deswegen, schickte auch sie mir ein stärkeres und erregenderes Parfum zu; das Unglück, das darüber hat hinweggehen müssen, machte sie schön in der Bitterkeit, die ihr Mund selbst noch im Schlaf bewahrte, schön mit den beiden Falten, die sie hinter dem Hals hatte und die sie sicher am Tage unter ihren Haaren versteckte. Beim Anblick dieser in der Wollust so traurigen Frau, deren Umarmungen noch eine schauerliche Freude hatten, ahnte ich tausend schreckliche Leidenschaften, die sie wie der Blitz hatten zerfurchen müssen, nach den zurückgebliebenen Spuren zu urteilen; und dann müßte es mir Spaß machen, sie ihr Leben erzählen zu hören, mir, der ich in der menschlichen Existenz die tönende und klingende Seite, die Welt der großen Leidenschaften und der schönen Tränen suchte.

In diesem Moment wachte sie auf, alle Veilchen fielen herunter, sie lächelte, die Augen noch halb geschlossen, während sie zugleich ihre Arme um meinen Hals legte und mir einen langen Morgenkuß gab, den Kuß einer erwachenden Taube.

Als ich sie bat, mir ihre Geschichte zu erzählen, sagte sie mir:

»Dir kann ich es ja erzählen. Die anderen würden lügen und dir zunächst sagen, daß sie nicht immer gewesen sind, was sie sind, sie würden dir Geschichten über ihre Familien und über ihre Liebschaften erzählen, aber ich will dich nicht täuschen noch mich als eine Prinzessin ausgeben; hör zu, du wirst sehen, ob ich glücklich gewesen bin! Weißt du, daß ich mir oft das Leben nehmen wollte? Einmal ist man in mein Zimmer gekommen, ich war halb erstickt. Ach! Wenn ich nicht Angst vor der Hölle hätte, wäre es seit langem geschehen. Ich habe auch Angst zu sterben, vor jenem Augenblick, durch den man hindurch muß, graut mir, und doch möchte ich tot sein!

Ich bin vom Lande, unser Vater war Bauer. Bis zu meiner ersten Kommunion schickte man mich jeden Morgen die Kühe auf den Feldern hüten; den ganzen Tag blieb ich allein, ich setzte mich an den Rand eines Grabens, um zu schlafen, oder aber ich ging im Wald Nester ausnehmen; ich kletterte auf die Bäume wie ein Junge, meine Kleider waren immer zerrissen; oft wurde ich geschlagen, weil ich Äpfel gestohlen oder die Tiere zu den Nachbarn gelassen hatte. In der Erntezeit, wenn der Abend gekommen war, tanzte man auf dem Hof im Kreis, ich hörte Lieder singen, in denen Dinge vorkamen, die ich nicht verstand, die Jungen küßten die Mädchen, es wurde schallend gelacht; das machte mich traurig und ließ mich träumen. Manchmal, auf der Straße, wenn ich nach Hause zurückkehrte, fragte ich, ob ich auf einen Heuwagen klettern dürfte, der Mann nahm mich mit sich und setzte mich auf die Luzernenbündel; kannst du glauben, daß ich allmählich eine unsagbare Lust genoß, mich von den starken und robusten Händen eines kräftigen Burschen emporgehoben zu fühlen, dessen Gesicht von der Sonne verbrannt und dessen Brust ganz verschwitzt war? Gewöhnlich waren seine Arme bis zu den Achseln hochgekrempelt, ich berührte gerne seine Muskeln, die bei jeder Bewegung seiner Hand Buckel und Kuhlen bildeten, und ich ließ mich gerne von ihm küssen, um zu fühlen, wie sein Bart sich an meiner Backe schabte. Unten auf der Wiese, wo ich jeden Tag hinging, war ein Bächlein zwischen zwei Pappelalleen, an dessen Ufer alle möglichen Blumen wuchsen; ich machte Sträuße, Kränze, Ketten daraus; aus Vogelbeerkernen machte ich mir Halsbänder, das wurde zu einer Manie, ich hatte immer meine ganze Schürze davon voll, mein Vater schimpfte mich aus und sagte, daß ich nie etwas anderes als eine Kokotte würde. In mein Kämmerchen hatte ich auch welche gebracht; manchmal betäubte mich diese Menge von Gerüchen, und ich wurde benommen davon, aber ich genoß dieses Unwohlsein. Der Geruch von gemähtem Heu zum Beispiel, von warmem und gegorenem Heu ist mir immer köstlich vorgekommen, so daß ich mich sonntags in der Scheune einschloß und meinen ganzen Nachmittag damit verbrachte, die Spinnen an den Balken ihre Netze spinnen zu sehen und die Fliegen summen zu hören. Ich lebte wie eine Nichtstuerin, aber ich wurde ein schönes Mädchen, ich strotzte vor Gesundheit. Oft packte mich eine Art Tollheit, und ich lief, lief, bis ich hinfiel, oder ich sang aus vollem Halse, oder ich sprach allein und lange vor mich hin; merkwürdige Begierden packten mich, ich sah immer den Tauben auf ihrem Taubenschlag zu, die sich liebten; manche tummelten sich sogar an meinem Fenster in der Sonne oder spielten im Weinlaub. Nachts hörte ich noch das Schlagen ihrer Flügel und ihr Gurren, das mir so süß, so sanft erschien, daß ich eine Taube wie sie sein wollte und ebenso den Hals verrenken, wie sie es machten, wenn sie sich küßten. ›Was sagen sie sich denn‹, dachte ich, ›wenn sie so glücklich aussehen?‹, und ich erinnerte mich auch, mit welcher stolzen Miene ich die Pferde nach den Stuten hatte rennen sehen, und wie ihre Nüstern geöffnet waren; ich erinnerte mich an die Freude, die die Wolle der Schafe beim Näherkommen des Widders zittern ließ, und an das Summen der Bienen, wenn sie in Trauben an den Bäumen der Obstgärten hängen. Im Stall drängte ich mich oft zwischen die Tiere, um die Ausdünstung ihrer Glieder, den Lebensdunst zu spüren, den ich in vollen Zügen einsog, um verstohlen ihre Nacktheit zu betrachten, auf die der Taumel immer meine verwirrten Blicke zog. Ein andermal nahmen an der Biegung eines Wäldchens, vor allem in der Dämmerung, die Bäume selbst eigenartige Formen an: es waren bald Arme, die zum Himmel aufragten, oder der Stamm, der sich unter den Windstößen wie ein Körper bog. Nachts, wenn ich aufwachte und der Mond und Wolken da waren, sah ich am Himmel Dinge, vor denen mir graute und die ich haben wollte. Ich erinnere mich, daß ich einmal in der Weihnachtsnacht eine große nackte Frau dastehen gesehen habe mit rollenden Augen; sie war gut hundert Fuß groß, aber sie wurde immer länger und immer dünner und ging schließlich auseinander, jedes Glied blieb getrennt, der Kopf flog als erster weg, alles übrige bewegte sich noch. Oder ich träumte; schon mit zehn hatte ich Fiebernächte, Nächte voller Lüsternheit. War es nicht die Lüsternheit, die in meinen Augen leuchtete, in meinem Blut floß und, wenn sich meine Glieder aneinanderrieben, das Herz hüpfen ließ? Sie sang in meinem Ohr ewig Lobgesänge der Wollust; in meinen Gesichten glitzerten Körper wie Gold, unbekannte Formen regten sich wie vergossenes geschmolzenes Silber.

In der Kirche betrachtete ich den ausgestreckten nackten Mann am Kreuz, und ich richtete sein Haupt auf, ich füllte seine Seiten; ich kolorierte alle seine Gliedmaßen, ich hob seine Lider; ich schuf für mich einen schönen Mann vor mir mit einem feurigen Blick; ich nahm ihn vom Kreuz und ließ ihn zu mir herabsteigen auf den Altar; Weihrauch umgab ihn, er schritt im Dunst voran, und sinnliche Schauer liefen mir über die Haut.

Wenn ein Mann mit mir sprach, prüfte ich sein Auge und den Strahl, der aus ihm herauskommt, ich liebte vor allem die, deren Lider immer plinkern, die ihre Pupillen verbergen und zeigen, eine Bewegung ähnlich dem Flügelschlag eines Nachtfalters; durch ihre Kleider versuchte ich das Geheimnis ihres Geschlechts zu erahnen, und darüber befragte ich meine jungen Freundinnen, ich belauschte die Küsse meines Vaters und meiner Mutter und nachts das Geräusch ihres Lagers.

Mit zwölf Jahren machte ich meine erste Kommunion; man hatte mir aus der Stadt ein schönes weißes Kleid kommen lassen, wir hatten alle blaue Gürtel; ich hatte mir gewünscht, daß meine Haare in Locken gewickelt würden wie bei einer Dame. Vor dem Aufbruch schaute ich mich im Spiegel an, ich war schön wie eine Geliebte, ich war fast in mich verliebt, ich hätte gewollt, daß ich es hätte sein können. Es war um Fronleichnam herum, die Schwestern hatten die Kirche mit Blumen gefüllt, man duftete; ich selbst hatte seit drei Tagen mit den anderen daran gearbeitet, den kleinen Tisch, an dem man das Gelübde spricht, mit Jasmin zu schmücken, der Altar war mit Hyazinthen bedeckt, die Stufen des Chors waren mit Teppichen bedeckt, wir hatten alle weiße Handschuhe und eine Kerze in der Hand; ich war sehr glücklich, ich fühlte mich dafür geschaffen; während der ganzen Messe strich ich mit den Füßen über den Teppich, denn bei meinem Vater gab es keinen; ich hätte mich mit meinem schönen Kleid drauflegen und ganz allein in der Kirche bleiben wollen mitten unter den brennenden Kerzen; mein Herz schlug in einer neuen Hoffnung, ich wartete ängstlich auf die Hostie, ich hatte sagen hören, daß einen die erste Kommunion verändere, und ich glaubte, daß nach dem Sakrament alle meine Begierden gestillt wären. Aber nein! Als ich wieder auf meinem Platz saß, fand ich mich wieder in meinem Schmelzofen; ich hatte bemerkt, daß man mich, als ich auf den Priester zuging, angeschaut hatte und daß man mich bewundert hatte; ich plusterte mich auf, ich fand mich schön in einem vagen Stolz auf alle in mir verborgenen Wonnen, die ich selbst nicht kannte.

Als wir aus der Messe kamen, gingen wir alle in einer Reihe über den Friedhof; Verwandte und Neugierige standen zu beiden Seiten im Gras, um uns vorbeiziehen zu sehen; ich ging als erste, ich war die Größte. Während des Essens aß ich nicht, mein Herz war ganz beklommen; meine Mutter, die während des Gottesdienstes geweint hatte, hatte noch rote Augen; einige Nachbarn kamen, um mir zu gratulieren, und küßten mich überschwenglich; ihre Zärtlichkeiten widerten mich an. Abends, in der Vesper, waren noch mehr Leute da als vormittags. Uns gegenüber hatte man die Jungen aufgestellt, sie schauten uns gierig an, vor allem mich; sogar wenn ich die Augen gesenkt hatte, fühlte ich noch ihre Blicke. Man hatte sie frisiert, sie waren wie wir im Festkostüm. Als sie nach dem ersten Vers eines Chors in den Gesang einfielen, brachte ihre Stimme meine Seele in Wallung, und als sie erlosch, verging auch meine Lust mit ihr, und dann brach sie von neuem hervor, als sie wieder anfingen. Ich sprach das Gelübde; ich erinnere mich nur noch daran, daß ich von einem weißen Kleid und von Unschuld sprach.«

Marie hielt hier inne, verloren sicher in die bewegende Erinnerung, von der sie überwältigt zu werden fürchtete, dann fuhr sie verzweifelt lachend fort:

»Ach! Das weiße Kleid! Seit langem ist es abgenutzt! Und die Unschuld auch! Wo sind die anderen jetzt? Einige sind gestorben, andere sind verheiratet und haben Kinder; ich sehe keine einzige mehr, ich kenne niemanden. An jedem Neujahrstag will ich meiner Mutter schreiben, aber ich wage es nicht; und außerdem, ach was! Das ist blöd, diese ganzen Gefühle!«

Sie wappnete sich gegen ihre Rührung und fuhr fort:

»Am nächsten Tag, der auch noch ein Feiertag war, kam ein Freund mit mir spielen; meine Mutter sagte zu mir: ›Jetzt, wo du ein großes Mädchen bist, darfst du nicht mehr mit Jungen gehen‹, und sie trennte uns. Das genügte, daß ich mich in jenen verliebte, ich suchte nach ihm, ich machte ihm den Hof, ich wollte mit ihm aus meinem Dorf fliehen; er sollte mich heiraten, wenn ich groß wäre, ich nannte ihn meinen Mann, meinen Geliebten, er traute sich nicht. Eines Tages, als wir allein waren und gemeinsam aus dem Wäldchen zurückkehrten, wo wir Erdbeeren gepflückt hatten, warf ich mich auf ihn, als wir an einem Heuhaufen vorbeikamen, bedeckte ihn mit meinem ganzen Körper, küßte ihn auf den Mund und fing an zu schreien: ›Liebe mich doch, heiraten wir, heiraten wir!‹ Er machte sich von mir los und rannte weg.

Seit jener Zeit sonderte ich mich von allen ab und ging nicht mehr aus dem Hof, ich lebte einsam mit meinen Begierden wie andere mit ihrer Lust. Wenn erzählt wurde, daß irgend jemand ein Mädchen entführt hatte, das man ihm nicht geben wollte, stellte ich mir vor, seine Mätresse zu sein, mit ihm auf dem Pferd durch die Felder zu fliehen und ihn in meine Arme zu drücken; wenn von einer Hochzeit die Rede war, legte ich mich schnell ins weiße Bett; wie die Braut zitterte ich vor Angst und Wollust; ich war sogar noch auf das klagende Muhen der Kühe beim Niederkommen neidisch; wenn ich an den Grund davon dachte, war ich eifersüchtig auf ihre Schmerzen.

In jener Zeit starb mein Vater, meine Mutter nahm mich mit in die Stadt, mein Bruder ging zur Armee, wo er Hauptmann geworden ist. Ich war sechzehn, als wir aus dem Haus gingen; ich verabschiedete mich für immer von dem Wäldchen, von der Wiese, wo mein Bach war, von dem Portal der Kirche, wo ich so schöne Stunden damit verbracht hatte, in der Sonne zu spielen, und auch von meinem armen Kämmerchen; ich habe das alles nicht mehr wiedergesehen. Grisetten des Viertels, die meine Freundinnen wurden, zeigten mir ihre Geliebten; ich ging mit ihnen zu Parties, ich sah sie sich lieben, und ich weidete mich nach Herzenslust an diesem Schauspiel. Jeden Tag gab es irgendeinen neuen Vorwand, wegzugehen; meine Mutter merkte es wohl, sie machte mir zuerst Vorwürfe, dann ließ sie mich in Ruhe.

Eines Tages schließlich machte mir eine alte Frau, die ich seit einiger Zeit kannte, den Vorschlag, mein Glück zu versuchen, und sagte mir, daß sie einen sehr reichen Geliebten für mich gefunden hätte, daß ich am nächsten Abend nur hinauszugehen brauchte, wie um etwas in einen Vorort zu bringen, und daß sie mich hinführen würde.

In den folgenden vierundzwanzig Stunden glaubte ich oft, daß ich irre werden würde; je näher die Stunde kam, rückte der Moment ferner, ich hatte nur jenes Wort im Kopf: Einen Geliebten! Einen Geliebten! Ich würde einen Geliebten haben, ich würde geliebt werden, ich würde also lieben! Ich zog zuerst meine zierlichsten Schuhe an, dann, als ich sah, daß mein Fuß darin anschwoll, nahm ich meine Stiefelchen; ich frisierte auch meine Haare auf hunderterlei Art in Korkenziehern, dann in Strähnen, in Locken, in Flechten; je mehr ich mich im Spiegel anschaute, desto schöner wurde ich, aber ich war es nicht genug, meine Kleidung war gewöhnlich, ich errötete vor Schande darüber. Warum war ich nicht eine jener Frauen, die weiß mitten in ihrem Samt sind, ganz mit Spitzen bedeckt, nach Ambra und Rosen duftend, mit knisternder Seide, und ganz mit Gold betreßten Dienern! Ich verfluchte meine Mutter, mein vergangenes Leben, und ich riß aus, getrieben von allen Versuchungen des Teufels und im voraus alles genießend.

An der Biegung einer Straße wartete ein Fiaker auf uns, wir stiegen ein: eine Stunde später hielt er am Gitter eines Parks. Nachdem wir da einige Zeit umhergegangen waren, merkte ich, daß die Alte mich verlassen hatte, und ich lief allein weiter durch die Alleen. Die Bäume waren groß, ganz mit Blättern bedeckt; Rasenbänder umgaben Blumenbeete; niemals hatte ich einen so schönen Garten gesehen; ein Fluß ging mitten hindurch; kunstvoll angeordnete Steine bildeten Kaskaden; Schwäne spielten auf dem

Wasser und ließen sich mit aufgeblähten Flügeln vom Strom treiben. Ich hatte auch Spaß daran, den Vogelbauer zu sehen, wo alle möglichen Vögel zwitscherten und auf ihren Ringen schaukelten; sie stellten ihre ausgebreiteten Schwänze zur Schau und stolzierten aneinander vorbei, es war eine Pracht. Zwei weiße Marmorfiguren am Fuß der Freitreppe schauten sich in reizenden Posen an; das große Becken gegenüber war von der untergehenden Sonne vergoldet, und man bekam Lust, darin zu baden. Ich dachte an den unbekannten Geliebten, der da wohnte; in jedem Augenblick war ich darauf gefaßt, hinter einem Baumbüschel irgendeinen schönen Mann hervorkommen zu sehen, der stolz daherschritt wie ein Apoll. Nach dem Essen, als das Geräusch des Schlosses, das ich seit langem hörte, sich beruhigt hatte, erschien mein Herr. Es war ein ganz weißer und magerer alter Mann, in zu enge Gewänder gezwängt, mit einem Ehrenkreuz auf seinem Rock und Gamaschen, die ihn daran hinderten, die Knie zu bewegen; er hatte eine große Nase und kleine grüne Augen, die böse aussahen. Er sprach mich lächelnd an, er hatte keine Zähne mehr. Wenn man lächelt, muß man eine kleine rosa Lippe haben wie du mit ein bißchen Schnurrbart an den beiden Mundwinkeln, nicht wahr, lieber Engel?

Wir setzten uns zusammen auf eine Bank, er nahm meine Hände, er fand sie so hübsch, daß er jeden einzelnen Finger küßte; er sagte, wenn ich seine Mätresse sein, brav bleiben und bei ihm wohnen wollte, würde ich sehr reich sein, würde ich Domestiken haben, die mich bedienen würden, und alle Tage schöne Kleider, ich würde reiten, im Wagen ausfahren; aber dafür, sagte er, müßte ich ihn lieben. Ich versprach ihm, daß ich ihn lieben würde.

Und doch kam keine jener inneren Flammen, die mir einst beim Nahen der Männer den Schoß verbrannten; je länger ich neben ihm saß und mir innerlich sagte, daß es dieser wäre, dessen Mätresse ich sein würde, hatte ich schließlich Lust darauf. Als er mich hineinschickte, stand ich lebhaft auf. Er war entzückt, er zitterte vor Freude, das Kerlchen! Nachdem wir einen schönen Salon durchquert hatten, wo die Möbel alle vergoldet waren, führte er mich in mein Zimmer und wollte mich selbst ausziehen; er nahm zunächst meine Haube ab, aber als er mir dann die Schuhe ausziehen wollte, hatte er Mühe, sich zu bükken, und sagte mir: ›Ich bin nämlich alt, mein Kind‹; er kniete, er flehte mich mit dem Blick an, und beide Hände faltend fügte er hinzu: ›Du bist so hübsch!‹ Ich hatte Angst vor dem, was folgen würde.

Ein riesiges Bett stand an der Wand des Alkovens, er zog mich schreiend hinein; ich fühlte mich in Kissen und Matratzen ertrunken, sein Körper lastete auf mir mit einer entsetzlichen Marter, seine schlaffen Lippen bedeckten mich mit kalten Küssen, die Decke des Zimmers erdrückte mich. Wie glücklich er war!

Wie er vor Wonne verging! Als ich versuchte, meinerseits zur Lust zu gelangen, regte ich offenbar seine an; aber was bedeutete mir seine Lust! Meine brauchte ich, auf meine wartete ich, ich sog sie aus seinem hohlen Mund und seinen debilen Gliedmaßen, ich lockte aus diesem ganzen Greis welche hervor, und in einer unglaublichen Anstrengung holte ich alles herbei, was ich an zurückgehaltener Lüsternheit in mir hatte, ich gelangte nur zum Abscheu in meiner ersten Unzuchtsnacht.

Kaum war er hinausgegangen, stand ich auf, ging ans Fenster, machte es auf und ließ die Luft meine Haut erfrischen; ich hätte gewollt, daß der Ozean mich von ihm reinwaschen könnte; ich machte mein Bett, strich sorgfältig alle Stellen glatt, wo dieser Leichnam mich mit seinen Zuckungen belästigt hatte. Die ganze Nacht verging mit Weinen; verzweifelt brüllte ich wie ein Tiger, der kastriert worden ist. Ach! Wenn du da gekommen wärst! Wenn wir uns in jener Zeit kennengelernt hätten! Wenn du dasselbe Alter wie ich gehabt hättest, dann hätten wir uns geliebt, als ich sechzehn Jahre war, als mein Herz neu war! Unser ganzes Leben wäre damit vergangen, meine Arme hätten sich abgenutzt, dich an mich zu drücken, und meine Augen in die deinen zu tauchen.«

Sie fuhr fort:

»Als große Dame stand ich mittags auf, ich hatte eine Dienerschaft, die mir überallhin folgte, und eine

Kalesche, wo ich mich auf den Kissen ausstreckte; mein Rassetier sprang wunderbar über den Stamm der Bäume, und die schwarze Feder meines Amazonenhutes wippte anmutig auf und ab; aber obwohl ich von einem Tag zum anderen reich geworden war, stachelte mich dieser Luxus an, anstatt mich zu beruhigen. Bald kannte man mich, alle wollten mich haben, meine Geliebten machten tausend Torheiten, um mir zu gefallen, alle Abende las ich die Liebesbriefe des Tages, um darin den neuen Ausdruck irgendeines Herzens zu finden, das anders geartet wäre als die anderen und für mich geschaffen. Aber alle waren gleich, ich wußte im voraus das Ende ihrer Sätze und die Art, wie sie auf die Knie fallen würden; es gab zwei, die ich aus Laune abgewiesen habe und die sich das Leben genommen haben; ihr Tod hat mich keineswegs berührt, warum sterben? Warum haben sie nicht vielmehr jedes Hindernis überwunden, um mich zu besitzen? Wenn *ich* einen Mann liebte, so wäre kein Meer breit und keine Mauer hoch genug, mich daran zu hindern, zu ihm zu gelangen. Wie hätte ich mich darauf verstanden, wäre ich ein Mann gewesen, Wächter zu bestechen, nachts in die Fenster einzusteigen und unter meinem Mund die Schreie meines Opfers zu ersticken, jeden Morgen um die Hoffnung betrogen, die ich am Vorabend gehabt hatte!

Ich jagte sie wütend fort und nahm andere, die Eintönigkeit der Lust brachte mich zur Verzweiflung, und ich lief wie wahnsinnig hinter ihr her, immer nach neuen und prächtig erträumten Wollüsten dürstend, ähnlich wie Matrosen in Seenot, die Meereswasser trinken und immer mehr davon trinken müssen, so sehr verbrennt sie der Durst!

Dandys und Flegel, ich wollte sehen, ob alle gleich waren; ich habe die Leidenschaft der Männer mit weißen und fetten Händen, an die Schläfen geklebten gefärbten Haaren gekostet; ich habe blonde, feminine bleiche Jünglinge gehabt, die für mich dahinstarben; Greise haben mich auch mit ihren altersschwachen Freuden besudelt, und ich habe beim Erwachen ihre eingedrückte Brust und ihre erloschenen Augen betrachtet. Auf einer Holzbank, in einer Dorfkneipe, zwischen einem Weinkrug und einer Tabakspfeife hat mich auch der Mann aus dem Volk stürmisch geküßt; ich habe mir wie er eine deftige Freude und lockere Manieren verschafft; aber der Pöbel liebt nicht besser als der Adel, und Strohhaufen sind nicht wärmer als Sofas. Um sie glühender zu machen, habe ich mich einigen wie eine Sklavin ergeben, und sie liebten mich deshalb nicht stärker; ich habe für Schwachköpfe gemeine Niedrigkeiten begangen, und sie haßten und verachteten mich dafür, während ich ihnen meine Liebkosungen verhundertfachen und sie mit Glück überschwemmen wollte. Als ich schließlich hoffte, daß mißgestalte Leute besser lieben könnten als die anderen und daß rachitische Naturen sich durch Wollust ans Leben klammerten, habe ich mich Buckligen, Negern, Zwergen hingegeben; ich verschaffte ihnen Nächte, auf die Millionäre eifersüchtig sein konnten, aber es graute ihnen vielleicht vor mir, denn sie verließen mich rasch. Weder Arme noch Reiche, noch Häßliche haben die Liebe, die ich von ihnen verlangte, befriedigen können; alle waren schwach, schlaff, im Unbehagen gezeugt, Mißgeburten von Gelähmten, die der Wein berauscht, die die Frau tötet, voller Angst, in den Laken zu sterben, wie man im Krieg stirbt, da war nicht einer, der nicht nach der ersten Stunde ermattet war. Es gibt also auf der Erde nicht mehr jene göttliche Jugend wie einst! Keine Bacchusse, keine Apollos mehr, keine jener Helden mehr, die nackt dahinschritten, gekrönt mit Weinranken und Lorbeer! Ich war dafür geschaffen, die Mätresse eines Kaisers zu sein, ich; ich brauchte die Liebe eines Banditen auf einem harten Felsen unter einer afrikanischen Sonne; ich begehrte die Umschlingungen der Nattern und die brüllenden Küsse, die sich die Löwen geben.

In jener Zeit las ich viel; es waren vor allem zwei Bücher, die ich hundertmal wiedergelesen habe. *Paul und Virginie* und ein anderes, das *Die Verbrechen der Königinnen* hieß. Man sah da die Porträts von Messalina, Theodora, Marguerite de Bourgogne, Maria Stuart und Katharina II. ›Königin sein‹, sagte ich mir, ›und die Menge in dich verliebt machen!‹ Nun, ich bin

Königin gewesen, Königin, wie man es jetzt sein kann; wenn ich meine Loge betrat, ließ ich einen triumphierenden und provokatorischen Blick über das Publikum schweifen, tausend Köpfe folgten der Bewegung meiner Brauen, ich beherrschte alle durch die Unverschämtheit meiner Schönheit.

Ich hatte es jedoch satt, immer einem Geliebten hinterherzurennen, und da ich mehr als je um jeden Preis einen haben wollte, weil ich ja außerdem aus dem Laster eine Marter gemacht hatte, die mir teuer war, bin ich hierhergekommen, mit flammendem Herzen, als wenn ich noch eine Jungfräulichkeit zu verkaufen hätte; verwöhnt wie ich war, fand ich mich damit ab, schlecht zu leben; steinreich, im Elend einzuschlafen, denn wenn ich so tief herabstieg, würde ich vielleicht nicht mehr danach streben, ewig zu steigen; je mehr sich meine Organe abnutzen würden, würden sich meine Begierden sicher beruhigen; ich wollte dadurch mit einem Schlag Schluß machen und mir für immer Abscheu vor dem einflößen, was ich mit soviel Inbrunst begehrte. Ja, ich, die ich in Erdbeeren und Milch gebadet habe, bin hierhergekommen, mich auf dem allgemeinen Lotterbett auszustrecken, wo die Menge vorbeigeht; anstatt die Mätresse eines einzigen zu sein, habe ich mich zur Dienerin aller gemacht, und welchen rüden Herrn habe ich mir da ausgesucht! Kein Feuer mehr im Winter, keinen feinen Wein mehr zu meinen Mahlzeiten, seit einem Jahr trage ich dasselbe Kleid, was soll's, ist es nicht mein Beruf, nackt zu sein? Aber mein letzter Gedanke, meine letzte Hoffnung, kennst du sie? Ach! Ich rechnete damit, eines Tages zu finden, was ich niemals getroffen hatte, den Mann, der immer vor mir geflohen war, dem ich im Bett der Eleganten, auf dem Balkon der Theater hinterhergerannt war; eine Schimäre, die nur in meinem Herzen ist und die ich in meinen Händen halten will; eines schönen Tages, hoffte ich, wird sicher jemand kommen – bei der Zahl muß das sein – größer, edler, stärker; seine Augen werden mandelförmig sein wie die der Sultaninnen, seine Stimme wird in einer lasziven Melodie schwingen, seine Gliedmaßen werden die schreckliche und wollüstige Geschmeidigkeit der Leoparden haben, er wird nach Düften riechen, die einen ohnmächtig machen, und seine Zähne werden mit Wonne in diese Brust beißen, die für ihn schwellen wird. Bei jedem Ankömmling sagte ich mir: ›Ist er es?‹ Und bei einem anderen wieder: ›Ist er es? Daß er mich liebe! Daß er mich liebe! Daß er mich schlage! Daß er mich erschöpfe! Ganz alleine werde ich ihm ein Serail sein, ich weiß, welche Blumen anstacheln, welche Getränke erregen und wie sich sogar die Müdigkeit in köstliche Ekstase verwandelt; kokett, wenn er es möchte, um seine Eitelkeit aufzureizen oder seinen Geist zu belustigen, wird er mich plötzlich schmachtend, biegsam wie ein Rohr finden, süße

Worte und zärtliche Seufzer ausströmend; für ihn werde ich mich wie eine Schlange winden, nachts werde ich rasende Zuckungen und Krämpfe haben, die einen schütteln. In einem heißen Land werde ich, schönen Wein aus Kristall trinkend, ihm mit Kastagnetten spanische Tänze vortanzen, oder ich werde wie die Frauen der Wilden herumhüpfen und dabei eine Kriegshymne heulen; wenn er verliebt in Statuen und Gemälde ist, werde ich mich in herrlichen Posen hinstellen, vor denen er auf die Knie fallen wird; wenn er es lieber hat, daß ich sein Freund bin, werde ich mich wie ein Mann anziehen und mit ihm auf die Jagd gehen; ich werde ihm bei seinen Rachefeldzügen helfen; wenn er jemanden ermorden will, werde ich für ihn auf der Lauer liegen; wenn er ein Dieb ist, werden wir gemeinsam stehlen; ich werde seine Kleider lieben und den Mantel, der ihn einhüllt.‹ – Aber nein! Niemals! Niemals! Die Zeit mag noch sosehr verfließen und die Vormittage wiederkehren, umsonst hat man jede Stelle meines Körpers abgenutzt durch alle Wollüste, in denen die Männer schwelgen, ich bin, wie ich mit zehn Jahren war, Jungfrau geblieben, wenn eine Jungfrau die ist, die keinen Mann hat, keinen Geliebten, nicht die Lust erfahren hat und die sie ständig erträumt, die sich reizende Gespenster schafft und die sie in ihren Träumen sieht, die deren Stimme im Rauschen der Winde hört, die deren Züge in der Gestalt des Mondes sucht. Ich bin Jungfrau!

Das macht dich lachen? Aber habe ich nicht deren vage Vorgefühle, deren glühende Sehnsüchte? Ich habe alles davon, außer die Jungfernschaft selbst.

Schau dir am Kopf meines Bettes alle diese gekreuzten Linien auf dem Mahagoni an, es sind die Nägelzeichen all derer, die sich hier abgequält haben, all derer, die sich mit den Köpfen da gestoßen haben; ich habe niemals etwas mit ihnen gemein gehabt; so eng mit ihnen vereint, wie Menschenarme es erlauben können, weiß ich doch nicht, welcher Abgrund mich immer von ihnen getrennt hat. Ach! Wie oft, während sie verstört gänzlich in ihrer Lust hätten vergehen wollen, entfernte ich mich innerlich tausend Meilen von da, um die Matte eines Wilden oder die mit Schaffellen ausgelegte Höhle irgendeines Hirten der Abruzzen zu teilen!

Keiner kommt ja meinetwegen, keiner kennt mich, sie suchen in mir vielleicht eine bestimmte Frau, wie ich in ihnen einen bestimmten Mann suche; rennt nicht auf den Straßen mehr als ein Hund herum, der im Unrat schnüffelt, um Hühnerknochen und Fleischstücke zu finden? Wer wird so alle schwärmerischen Liebschaften kennen, die sich auf eine Dirne stürzen, alle schönen Elegien, die in dem Guten Tag enden, den man an sie richtet? Wie viele habe ich hierherkommen sehen mit kummervollem Herzen und tränenden Augen! Die einen nach einem Ball, um an einer schönen Frau all jene zusammenzufassen, die sie gerade verlassen hatten; die anderen nach einer Heirat, erregt von der Vorstellung der Unschuld; und dann junge Leute, um nach Herzenslust ihre Mätressen zu berühren, mit denen sie nicht zu sprechen wagen, sie schlossen die Augen und sahen sie so in ihren Herzen; Ehemänner, um sich wieder jung zu machen und die bequemen Vergnügen ihrer guten Zeiten zu genießen; vom Dämon getriebene Priester, die keine Frau haben wollten, aber eine Kurtisane, aber verkörperte Sünde; sie verfluchen mich, sie haben Angst vor mir und sie beten mich an; damit die Versuchung stärker und der Schrecken größer ist, möchten sie, daß ich einen gespaltenen Fuß habe und daß mein Kleid von Edelsteinen glitzert. Alle gehen traurig vorbei, eintönig, wie Schatten, die aufeinanderfolgen, wie eine Menge, von der man nur noch die Erinnerung an das Geräusch bewahrt, das sie machte, an das Auftreten jener tausend Füße, an das Stimmengewirr, das von ihr ausging. Weiß ich denn den Namen von einem einzigen? Sie kommen, und sie verlassen mich, niemals eine uneigennützige Liebkosung, und sie verlangen welche, sie würden Liebe verlangen, wenn sie es wagten! Man muß sie schön nennen, sie für reich halten, und sie lächeln. Und dann lachen sie gerne, manchmal muß man singen oder schweigen oder sprechen. In dieser so bekannten Frau hat niemand ein Herz vermutet; Schwachköpfe, die den Schwung meiner Brauen und den Glanz meiner Schultern lobten, überglücklich, billig an einen Leckerbissen zu kommen, und die nicht nach jener unlöschbaren Liebe griffen, die ihnen entgegenlief und vor ihnen auf die Knie fiel!

Ich sehe jedoch welche, die selbst hier Geliebte haben, wirkliche Geliebte, die sie lieben; sie räumen ihnen eine Stelle in ihrem Bett wie in ihrem Herzen ein, und wenn sie kommen, sind sie glücklich. Für sie kämmen sie sich so lange die Haare, siehst du, und gießen die Blumentöpfe, die an ihren Fenstern sind; aber für mich, niemand, niemand; nicht einmal die friedliche Zuneigung eines armen Kindes, denn man zeigt sie ihnen mit dem Finger, die Prostituierte, und sie gehen an ihr vorüber, ohne den Kopf zu heben. Wie lange ist es her, mein Gott, daß ich auf die Felder gegangen und das Land gesehen habe! Wie viele Sonntage habe ich damit verbracht, den Klang jener traurigen Glocken zu hören, die jeden zur Messe rufen, in die ich nicht gehe! Wie lange habe ich nicht mehr das Gebimmel der Kühe im Gebüsch gehört! Ach! Ich will weg von hier, ich langweile mich, ich langweile mich; ich werde zu Fuß aufs Land zurückkehren, ich werde zu meiner Amme gehen, das ist eine wackere Frau, die mich aufnehmen wird. Als ich ganz klein war, ging ich zu ihr, und sie gab mir Milch; ich werde ihr helfen, ihre Kinder aufzuziehen und den Haushalt zu machen, ich werde trockenes Holz im Wald sammeln, wir werden uns abends in der

Ofenecke wärmen, wenn es schneit; jetzt ist bald Winter; am Dreikönigsfest werden wir den Kuchen verlosen. Ach! Sie wird mich lieben, ich werde die Kleinen in den Schlaf wiegen; wie glücklich werde ich sein!«

Sie schwieg, dann warf sie wieder einen Blick auf mich, der durch ihre Tränen glitzerte, als wollte sie mir sagen: »Bist du es?«

Ich hatte ihr begierig zugehört, ich hatte alle Wörter aus ihrem Mund kommen sehen und versucht, mich mit dem Leben zu identifizieren, das sie ausdrückten. Plötzlich zu Proportionen vergrößert, die ich ihr zweifellos beimaß, schien sie mir eine neue Frau voll unbekannter Geheimnisse und trotz meinen Beziehungen zu ihr ganz verführerisch von einem erregenden Charme und neuen Reizen. Die Männer, die sie besessen hatten, hatten ja so etwas wie den Geruch von verflogenem Parfum auf ihr zurückgelassen, Spuren verschwundener Leidenschaften, die ihr eine wollüstige Majestät verliehen; die Ausschweifung schmückte sie mit einer infernalischen Schönheit. Hätte sie ohne die vergangenen Orgien jenes selbstmörderische Lächeln gehabt, das sie einer Toten ähnlich machte, die in der Liebe erwacht? Ihre Wange war davon bleicher geworden, ihre Haare geschmeidiger und duftender, ihre Glieder gelenkiger, weicher und heißer; wie ich auch, war sie von Freude in Gram gelangt, von Hoffnung in Widerwillen getrieben worden, namenlose Niedergeschlagenheiten waren auf irre Zuckungen gefolgt; ohne uns zu kennen, waren wir beide, sie in ihrer Prostitution und ich in meiner Keuschheit, demselben Weg gefolgt, der an demselben Schlund endete; während ich mir eine Mätresse suchte, hatte sie sich einen Geliebten gesucht; sie in der Welt, ich in meinem Herzen; beide waren vor uns geflohen.

»Arme Frau«, sagte ich ihr und drückte sie an mich, »wie hast du leiden müssen!«

»Du hast also etwas Ähnliches erlitten?« antwortete sie mir, »bist du so wie ich? Hast du oft dein Kopfkissen mit Tränen benetzt? Sind für dich die Sonnentage im Winter auch so traurig? Wenn abends Nebel ist und ich allein laufe, kommt es mir vor, als ob der Regen durch mein Herz strömt und es in Stücke fallen läßt.«

»Ich zweifle jedoch, daß du dich jemals so sehr in der Welt gegrämt hast wie ich; du hast deine Tage der Lust gehabt, aber ich, es ist, als wenn ich im Gefängnis geboren wäre, ich habe tausend Dinge, die nicht das Licht gesehen haben.«

»Du bist aber doch so jung! Sicher, alle Menschen sind jetzt alt, die Kinder sind angewidert wie die Greise, unsere Mütter langweilten sich, als sie uns empfangen haben; früher war man nicht so, nicht wahr?«

»Das ist wahr«, sagte ich, »die Häuser, wo wir

wohnen, sind alle gleich, weiß und trostlos wie Gräber auf den Friedhöfen; in den alten schwarzen Buden, die man abreißt, mußte das Leben heißer sein, man sang da laut, man aß vom Tisch, beim Lieben krachten die Betten ein.«

»Aber wer macht dich so traurig? Du hast doch geliebt?«

»Doch, ich habe geliebt, mein Gott! Genug, um dich um dein Leben zu beneiden!«

»Um mein Leben beneiden!« sagte sie.

»Ja, beneiden! Denn an deiner Stelle wäre ich vielleicht glücklich gewesen, denn wenn ein Mann, wie du ihn begehrst, nicht existiert, so muß doch eine Frau, wie ich sie haben will, irgendwo leben; unter so vielen Herzen, die schlagen, muß sich doch eins für mich finden.«

»Such es! Such es!«

»Oh! Doch, ich habe geliebt! So sehr, daß ich von unterdrückten Begierden übersättigt bin. Nein, du wirst niemals all jene wissen, die mich verstört haben und die ich am Grunde meines Herzens mit einer engelhaften Liebe barg. Hör zu, wenn ich einen Tag mit einer Frau gelebt hatte, sagte ich mir: ›Warum habe ich sie nicht seit zehn Jahren gekannt!‹ Alle ihre Tage, die entflohen sind, gehörten mir, ihr erstes Lächeln mußte für mich sein, ihr erstes Denken auf der Welt für mich. Leute kommen und sprechen mit ihr, sie antwortet ihnen, sie denkt an sie; die Bücher, die sie bewundert, hätte ich lesen müssen. Warum bin ich nicht mit ihr unter allen Schatten spazierengegangen, die sie geschützt haben! Es gibt viele Kleider, die sie abgenutzt hat und die ich nicht gesehen habe, sie hat in ihrem Leben die schönsten Opern gehört, und ich war nicht da; andere haben sie schon an den Blumen riechen lassen, die ich nicht gepflückt hatte, ich werde nichts machen können, sie wird mich vergessen, ich bin für sie wie ein Passant auf der Straße; und wenn ich von ihr getrennt war, sagte ich mir: ›Wo ist sie? Was macht sie den ganzen Tag fern von mir? Womit vergeht ihre Zeit?‹ Wenn eine Frau einen Mann liebt, braucht sie ihm nur ein Zeichen zu machen, und er fällt ihr zu Füßen! Aber wir, welcher Zufall, daß sie uns anschaut, und dann! ... Man muß reich sein, Pferde haben, die einen forttragen, ein mit Figuren geschmücktes Haus haben, Feste geben, mit Gold herumwerfen, Lärm machen; aber in der Menge leben, ohne durch Genie oder Geld aus ihr herauszuragen, und ebenso unbekannt bleiben wie der Feigste oder Törichtste von allen, wenn man zur Liebe des Himmels strebt, wenn man unter dem Blick einer geliebten Frau mit Freuden sterben würde, ich habe diese Marter kennengelernt.«

»Du bist schüchtern, nicht wahr? Sie machen dir angst.«

»Jetzt nicht mehr. Früher zitterte ich schon beim Geräusch ihrer Schritte, ich blieb vor dem Laden eines

Friseurs stehen und schaute mir die schönen Wachsgesichter an mit Blumen und Diamanten in den Haaren, rosa, weiß und dekolletiert; ich war in einige von ihnen verliebt; die Ausstellung eines Schusters hielt mich auch in Ekstase: in jene Satinschuhchen, die für den Ball des Abends abgeholt werden würden, versetzte ich einen nackten Fuß, einen reizenden Fuß, mit zarten Nägeln, einen lebendigen Alabasterfuß, wie der einer Prinzessin, die ins Bad steigt; die vor den Modeläden aufgehängten Korsette, die im Wind hin und her schaukelten, verschafften mir ebenfalls wunderliche Begierden; ich habe Frauen, die ich nicht liebte, Blumensträuße geschenkt, in der Hoffnung, daß dadurch die Liebe kommen würde, ich hatte es sagen hören; ich habe an irgend jemanden Briefe geschrieben, um mich mit der Feder zu rühren, und ich habe geweint; beim geringsten Lächeln eines Frauenmundes schmolz mir das Herz in Wonnen dahin, und das war dann alles! So viel Glück war nicht für mich geschaffen, was konnte mich lieben?«

»Warte! Warte noch ein Jahr, sechs Monate! Morgen vielleicht; hoffe!«

»Ich habe zuviel gehofft, um etwas zu erhalten.«

»Du sprichst wie ein Kind«, sagte sie mir.

»Nein, ich sehe nicht einmal eine Liebe, von der ich nicht nach vierundzwanzig Stunden übersättigt wäre; ich habe so sehr das Gefühl erträumt, daß ich davon müde bin wie jene, die man zu sehr verzärtelt hat.«

»Und doch ist es das einzig Schöne auf der Welt.«
»Wem sagst du das? Ich gäbe alles, um eine einzige Nacht mit einer Frau zu verbringen, die mich liebte.«
»Ach! Wenn du, anstatt dein Herz zu verbergen, alles sehen ließest, was an Hingabe und Güte darin schlägt, würden dich alle Frauen haben wollen, es gibt keine einzige, die nicht versuchen würde, deine Mätresse zu sein; aber du bist noch verrückter als ich gewesen! Kümmert man sich um vergrabene Schätze? Nur die Kokotten erraten Leute wie dich und martern sie, die anderen sehen sie nicht. Du warst jedoch der Mühe wert, daß man dich liebte! Also, um so besser! Ich werde dich lieben, ich werde deine Mätresse sein.«
»Meine Mätresse?«
»Oh! Ich bitte dich! Ich werde dir folgen, wohin du willst, ich werde von hier weggehen, ich werde dir gegenüber ein Zimmer mieten, ich werde dich den ganzen Tag anschauen. Wie ich dich lieben werde! Abends, morgens bei dir sein; die Nacht zusammen schlafen, die Arme um deinen Körper gelegt; am selben Tisch einander gegenüber essen, uns im selben Zimmer anziehen, gemeinsam ausgehen und dich bei mir fühlen! Sind wir nicht füreinander geschaffen? Paßt deine Hoffnung nicht gut zu meinem Widerwillen? Ist dein Leben und meins nicht dasselbe? Du wirst mir allen Kummer deiner Einsamkeit erzählen, ich werde dir wieder von den Martern sprechen, die

ich erduldet habe; wir werden leben müssen, als wenn wir nur eine Stunde zusammenbleiben dürften, alles ausschöpfen, was an Wollüsten und Zärtlichkeiten in uns steckt, und dann wieder von vorn anfangen und zusammen sterben. Küsse mich, küsse mich noch einmal! Leg deinen Kopf auf meine Brust, daß ich sein Gewicht genau spüre, daß deine Haare mich am Hals kitzeln, daß meine Hände über deine Schultern streichen; dein Blick ist so zärtlich!«

Die zerwühlte Decke, die auf den Boden hing, ließ unsere Füße nackt; sie richtete sich auf die Knie auf und steckte sie wieder unter die Matratze, ich sah ihren weißen Rücken sich wie ein Rohr krümmen; die Schlaflosigkeiten der Nacht hatten mich erschöpft, meine Stirn war schwer, die Augen verbrannten mir die Lider, sie küßte mich zart mit der Spitze der Lippen, was sie mir erfrischte, als wenn man sie mir mit kaltem Wasser betupft hätte. Auch sie erwachte mehr und mehr aus der Benommenheit, in die sie sich einen Augenblick hatten fallen lassen; überreizt von der Müdigkeit, entflammt vom Geschmack der vorangegangenen Liebkosungen umarmte sie mich mit einer verzweifelten Wollust und sagte mir: »Lieben wir uns, weil niemand uns geliebt hat, du gehörst mir!«

Sie keuchte mit offenem Mund und küßte mich stürmisch; dann faßte sie sich plötzlich, strich mit ihrer Hand über ihre aufgelösten Haarsträhnen und fügte hinzu:

»Hör, wie schön unser Leben wäre, wenn es so wäre, wenn wir in ein Land ziehen würden, wo die Sonne gelbe Blumen wachsen und die Orangen reifen läßt, an einem Strand, wie es sie geben soll, wo der Sand ganz weiß ist, wo die Männer Turbane tragen, wo die Frauen Gazekleider haben; wir würden unter irgendeinem großen Baum mit breiten Blättern liegen bleiben, wir würden das Geräusch der Golfe hören, wir würden gemeinsam an den Wellen entlangwandern, um Muscheln zu sammeln, ich würde Körbe aus Schilf machen, du würdest sie verkaufen; ich würde dich anziehen, ich würde deine Haare in meinen Fingern kräuseln, ich würde dir eine Kette um den Hals legen, ach! Wie ich dich lieben würde! Wie ich dich liebe! Laß mich doch an dir meine Lust stillen!«

Mich mit einer heftigen Bewegung gegen ihr Lager drückend, stürzte sie sich auf meinen ganzen Körper und streckte sich mit einer obszönen Freude darauf aus, blaß, zitternd, mit zusammengepreßten Zähnen und mich an sich pressend mit einer rasenden Kraft; ich fühlte mich wie in einen Liebesorkan hineingezogen. Seufzer brachen hervor und dann schrille Schreie; meine von ihrem Speichel feuchte Lippe prickelte und kratzte mich; unsere an denselben Stellen geschwollenen Muskeln klebten aneinander und drückten sich gegenseitig ein, die Wollust schlug in Wahn um, die Lust in Marter.

Plötzlich machte sie verdutzt und erschrocken die Augen auf und sagte:

»Wenn ich ein Kind haben würde!«

Und sie ging im Gegenteil zu einer flehenden Schmuserei über:

»Ja, ja, ein Kind! Ein Kind von dir! ... Du verläßt mich? Wir werden uns nicht mehr wiedersehen, niemals wirst du wieder kommen? Wirst du manchmal an mich denken? Ich werde immer deine Haare da haben, adieu! ... Warte, es ist kaum hell.«

Warum hatte ich solche Eile, vor ihr wegzurennen? Liebte ich sie schon?

Marie sprach nicht mehr mit mir, obwohl ich noch gut eine halbe Stunde bei ihr blieb; sie dachte vielleicht an den abwesenden Geliebten. Es gibt einen Augenblick beim Abschied, wo die geliebte Person in vorweggenommener Trauer schon nicht mehr bei einem ist.

Wir verabschiedeten uns nicht voneinander, ich nahm ihre Hand, sie antwortete, aber die Kraft, sie zu drücken, war in ihrem Herzen geblieben.

Ich habe sie nicht mehr wiedergesehen.

Ich habe seitdem an sie gedacht; kein Tag ist vergangen, ohne daß ich mich darin verlor, so viele Stunden wie möglich von ihr zu träumen; manchmal schließe ich mich ausdrücklich alleine ein, und ich versuche, wieder in dieser Erinnerung zu leben; oft bemühe ich mich, an sie zu denken, bevor ich einschlafe, um nachts von ihr zu träumen, aber dieses Glück ist nie eingetreten.

Ich habe sie überall gesucht, auf den Promenaden, im Theater, an der Ecke der Straßen; ohne zu wissen, warum, habe ich geglaubt, daß sie mir schreiben würde; wenn ich einen Wagen an meiner Tür halten hörte, stellte ich mir vor, daß sie daraus aussteigen würde. Mit welcher Beklommenheit bin ich bestimmten Frauen gefolgt! Mit welchem Herzklopfen drehte ich den Kopf, um zu sehen, ob sie es war!

Das Haus ist abgerissen worden, niemand hat mir sagen können, was aus ihr geworden war.

Das Verlangen nach einer Frau, die man gehabt hat, ist etwas Grauenhaftes und tausendmal schlimmer als das andere; schreckliche Bilder verfolgen einen wie Gewissensbisse. Ich bin nicht eifersüchtig auf die Männer, die sie vor mir gehabt haben, aber ich bin eifersüchtig auf jene, die sie seitdem gehabt haben; eine stillschweigende Übereinkunft wollte, so schien mir, daß wir uns treu sein mußten, ich habe ihr dieses Wort mehr als ein Jahr lang gehalten, und dann haben der Zufall, die Langeweile, die Ermüdung desselben Gefühls vielleicht bewirkt, daß ich es gebrochen habe. Aber sie war es, die ich überall verfolgte; im Bett der anderen träumte ich von ihren Liebkosungen.

Man mag noch so sehr wollen, über frühere Leidenschaften neue zu säen, sie erscheinen immer wieder, keine Kraft auf der Welt kann ihre Wurzeln ausreißen. Die römischen Straßen, auf denen die Wagen der Konsuln dahinrollten, sind seit langem nicht mehr im Betrieb, tausend neue Wege durchschneiden sie, Felder haben sich darüber erhoben, Korn wächst darauf, aber man bemerkt noch ihre Spur, und ihre dicken Steine machen die Pflüge bei der Feldarbeit schartig.

Der Typ, nach dem fast alle Männer suchen, ist vielleicht nur die Erinnerung an eine im Himmel oder in den ersten Tagen des Lebens erdachte Liebe; wir sind auf der Suche nach allem, was sich darauf bezieht, die zweite Frau, die einem gefällt, ähnelt fast immer der ersten, ein hoher Grad an Verdorbenheit oder ein sehr weites Herz ist nötig, damit man alles liebt. Man sehe auch, wie es ewig dieselben sind, von denen die Leute, die schreiben, sprechen und die sie hundertmal beschreiben, ohne dessen je müde zu werden. Ich habe einen Freund gekannt, der mit 15 Jahren eine junge Mutter angebetet hat, die er beim Stillen ihres Kindes gesehen hatte; lange Zeit schätzte er nur Marktweiberfiguren, die Schönheit der schlanken Frau war ihm verhaßt.

Je weiter die Zeit zurücklag, desto mehr liebte ich sie; mit der Inbrunst, die man für unmögliche Dinge hegt, erfand ich Abenteuer, um sie wiederzufinden, stellte ich mir unsere Begegnung vor, ich habe ihre

Augen in den blauen Blasen der Flüsse und die Farbe ihres Gesichts in den Blättern der Zitterpappeln wiedergesehen, wenn der Herbst sie bunt färbt. Einmal ging ich schnell über eine Wiese, die Gräser pfiffen beim Voranschreiten um meine Füße, sie war hinter mir; ich habe mich umgedreht, da war niemand. Ein andermal ist ein Wagen vor meinen Augen vorbeigekommen, ich habe den Kopf gehoben, ein großer weißer Schleier kam aus dem Türschlag und flatterte im Wind, die Räder drehten sich, er wand sich, er rief mich – er ist verschwunden, und ich bin allein zurückgefallen, vernichtet, verlassener als am Boden eines Abgrunds.

Ach! Wenn man alles aus sich herausholen könnte, was darin ist, und allein mit dem Denken ein Wesen daraus machen! Wenn man sein Gespenst in den Händen halten und es an der Stirn berühren könnte, anstatt so viele Liebkosungen und so viele Seufzer in der Luft zu verlieren! Weit davon entfernt, das Gedächtnis vergißt, und das Bild verlöscht, während das Wüten des Schmerzes in einem bleibt. Um mich an sie zu erinnern, habe ich geschrieben, was vorangeht, in der Hoffnung, daß die Wörter sie mir wieder zum Leben erwecken würden; ich bin gescheitert, ich weiß viel mehr von ihr, als ich gesagt habe.

Das ist übrigens ein Geständnis, das ich niemandem gemacht habe, man hätte sich über mich mokiert. Spottet man nicht über jene, die lieben, denn es ist eine Schande unter den Menschen; jeder verbirgt aus Scham oder aus Egoismus das Beste und Zarteste, was er in der Seele besitzt; um sich Achtung zu verschaffen, darf man nur die häßlichsten Seiten zeigen, das ist das Mittel, auf dem gewöhnlichen Niveau zu sein. Eine solche Frau lieben?, hätte man mir gesagt – und außerdem hätte es niemand verstanden; – wozu dann darüber den Mund aufmachen?

Jene hätten recht gehabt, sie war vielleicht weder schöner noch feuriger als eine andere; ich habe Angst, nur eine Vorstellung meines Geistes zu lieben und in ihr nur die Liebe zu verehren, die sie mich hat erträumen lassen.

Lange Zeit habe ich mich mit diesem Gedanken herumgeschlagen, ich hatte die Liebe zu hoch gestellt, um hoffen zu dürfen, daß sie bis zu mir herabstiege; aber bei der Hartnäckigkeit dieser Vorstellung hat man wohl zugeben müssen, daß es etwas Ähnliches war. Erst einige Monate, nachdem ich sie verlassen hatte, habe ich es gespürt; in der ersten Zeit dagegen habe ich in einer großen Ruhe gelebt.

Wie leer ist die Welt für den, der allein in ihr umhergeht! Was sollte ich tun? Wie die Zeit verbringen? Wofür mein Gehirn verwenden? Wie lang die Tage sind! Wo ist denn der Mensch, der sich über die Kürze der Tage des Lebens beklagt? Man zeige ihn mir, das muß ein glücklicher Sterblicher sein.

›Zerstreut Euch‹, sagen sie, aber womit? So könnte

man mir auch sagen: ›Versucht glücklich zu sein!‹ Aber wie? Und wozu soviel Bewegung? Alles ist gut in der Natur, die Bäume wachsen, die Flüsse fließen, die Vögel singen, die Sterne glitzern; aber der gequälte Mensch rührt sich, regt sich, fällt die Wälder, wühlt die Erde auf, stürzt sich aufs Meer, reist, rennt, tötet die Tiere, tötet sich selbst und weint und brüllt und denkt an die Hölle – als wenn Gott ihm einen Geist gegeben hätte, um noch mehr Übel zu ersinnen, als er schon erduldet!

Früher, vor Marie, hatte mein Überdruß etwas Schönes, Großes; aber jetzt ist er stumpfsinnig, es ist der Überdruß eines Mannes voll schlechten Branntweins, der Schlaf eines zu Tode Betrunkenen.

Wer viel gelebt hat, ist nicht so. Mit fünfzig Jahren ist er frischer als ich mit zwanzig, alles ist für ihn noch neu und anziehend. Werde ich wie jene schlechten Pferde sein, die müde sind, sobald sie den Stall verlassen haben, und die erst dann bequem dahintraben, wenn sie ein langes Stück Weg hinkend und leidend zurückgelegt haben? Allzu viele Anblicke tun mir weh, allzu viele auch jammern mich, oder vielmehr, all das löst sich in demselben Widerwillen auf.

Wer von leidlich guter Geburt ist, um keine Mätresse haben zu wollen, weil er sie nicht mit Diamanten überschütten noch in einem Palast wohnen lassen könnte, und vulgären Liebschaften beiwohnt, ruhigen Auges die blöde Häßlichkeit jener beiden brünstigen

Tiere betrachtet, die man einen Liebhaber und eine Mätresse nennt, ist nicht versucht, sich so tief herabzuwürdigen; er versagt sich zu lieben als eine Schwäche, und er schlägt unter seinen Knien alle aufkommenden Begierden zu Boden; dieser Kampf erschöpft ihn. Der zynische Egoismus der Männer hält mich von ihnen fern, ebenso wie der borniette Geist der Frauen mir ihren Umgang verleidet; ich habe, alles in allem, unrecht, denn zwei schöne Lippen sind mehr wert als die ganze Beredsamkeit der Welt.

Das gefallene Blatt bewegt sich und fliegt im Wind davon; ebenso möchte ich davonfliegen, weggehen, abreisen und nicht mehr wiederkommen, irgendwohin, aber mein Land verlassen; mein Haus lastet auf meinen Schultern, ich bin so oft durch dieselbe Tür ein und aus gegangen! Ich habe so oft die Augen zu derselben Stelle an der Decke meines Zimmers erhoben, daß sie davon abgenützt sein müßte.

Ach! Fühlen, wie man sich auf dem Rücken der Kamele krümmt! Vor sich ein ganz roter Himmel, ein ganz brauner Sand, der flimmernde Horizont, der sich ausdehnt, eine wellige Landschaft, der Adler, der über dem Kopf emporsteigt; in einer Ecke eine Schar von Störchen mit rosa Klauen, die vorbeiziehen und zu den Zisternen gehen; das bewegliche Schiff der Wüste schaukelt einen, die Sonne läßt einen die Augen schließen, badet einen in ihren Strahlen; man hört nur das gedämpfte Geräusch vom Schritt der Reittiere, der Treiber hat gerade sein Lied zu Ende gesungen, man geht weiter, man geht weiter. Abends rammt man die Pfähle ein, richtet das Zelt auf, tränkt die Dromedare, legt sich auf ein Löwenfell, raucht, zündet Feuer an, um die Schakale fernzuhalten, die man in der Tiefe der Wüste kläffen hört; unbekannte Sterne, die viermal größer sind als unsere, flackern am Himmel; morgens füllt man die Schläuche in der Oase, bricht wieder auf, man ist allein, der Wind pfeift, der Sand fliegt in Wirbeln auf.

Und dann, in irgendeiner Ebene, wo man den ganzen Tag dahingaloppiert, ragen Palmen zwischen den Säulen empor und bewegen sanft ihr Schattendach neben dem reglosen Schatten der zerstörten Tempel; Ziegen klettern über die umgestürzten Vordergiebel und fressen die Pflanzen, die in den Ziselierungen des Marmors gewachsen sind, sie springen davon, wenn man näher kommt. Jenseits, nachdem man Wälder durchquert hat, wo die Bäume durch riesige Lianen zusammengebunden sind, und Flüsse, deren anderes Ufer man nicht erkennt, ist man im Sudan, dem Land der Neger, dem Land des Goldes; aber weiter, ach, immer weiter, ich will das rasende Malabar sehen und seine Tänze, wo man sich tötet; die Weine führen zum Tod wie Gifte, die Gifte sind lieblich wie Weine; das Meer, ein blaues Meer voll Korallen und Perlen, hallt wider vom Lärm der heiligen Orgien, die sich in den Höhlen der Berge abspielen; es gibt keine

Welle mehr, die Atmosphäre ist purpurn, der wolkenlose Himmel spiegelt sich im lauen Ozean, die Taue rauchen, wenn man sie aus dem Wasser zieht, die Haie folgen dem Schiff und fressen die Toten.

Oh! Indien! Indien vor allem! Weiße Berge voller Pagoden und Idole; mitten in Wäldern voller Tiger und Elefanten gelbe Männer mit weißen Gewändern, zinnfarbene Frauen mit Reifen an Händen und Füßen, Gazekleider, die sie wie ein Dampf umhüllen, Augen, von denen man nur die mit Henna geschwärzten Lider sieht; sie singen zusammen eine Hymne an irgendeinen Gott, sie tanzen... Tanze, tanze, Bajadere, Tochter des Ganges, dreh schön deine Füße in meinem Kopf! Wie eine Natter windet sie sich, löst ihre Arme, ihr Kopf bewegt sich, ihre Hüften wiegen sich, ihre Nasenlöcher blähen sich, ihre Haare lösen sich, Weihrauch umgibt das stumpfsinnige und vergoldete Idol, das vier Köpfe und zwanzig Arme hat.

In einem Boot aus Zedernholz, einem langen Boot, dessen winzige Ruder wie Federn aussehen, unter einem Segel aus geflochtenem Bambus, beim Geräusch der Tamtams und Tamburins, werde ich in das gelbe Land gehen, das man China nennt; die Füße der Frauen passen in die Hand, ihr Kopf ist klein, ihre Brauen zart, an den Enden nach oben gezogen; sie leben in Lauben aus grünem Schilf und essen Früchte mit samtiger Haut aus bemaltem Porzellan. Mit spitzem Schnurrbart, der auf die Brust hängt, mit kahlem

Schädel, mit einer Quaste, die ihm bis zum Rücken reicht, geht der Mandarin, einen runden Fächer in den Fingern, in der Galerie umher, wo die Dreifüße brennen, und läuft langsam über Reismatten; eine kleine Pfeife ist durch seinen spitzen Hut gezogen und schwarze Schriftzeichen sind auf seine rotseidenen Gewänder geprägt. Ach! Wieviel Teedosen haben mich Reisen machen lassen!

Nehmt mich mit, Stürme der Neuen Welt, die ihr jahrhundertealte Eichen entwurzelt und die Seen aufwühlt, wo die Schlangen sich in den Wellen tummeln! Daß die Sturzbäche Norwegens mich mit ihrem Schaum bedecken! Daß der Schnee Sibiriens, der in Haufen fällt, meinen Weg verwehe! Ach! Reisen, reisen, niemals anhalten, und in diesem unermeßlichen Walzer alles erscheinen und vorüberziehen sehen, bis einem die Haut platzt und das Blut herausspritzt!

Wie viele Täler folgen auf Berge, Felder auf Städte, Ebenen auf Meere. Steigen wir die Küsten hinauf und hinab, daß die Spitzen der Kathedralen verschwinden, danach die Masten der Schiffe, die sich in den Häfen drängen; hören wir die Wasserfälle über die Felsen brausen, den Wind in den Wäldern, die Gletscher in der Sonne schmelzen; ach könnte ich doch sehen, wie arabische Reiter dahinstürmen, Frauen in Palankins getragen werden und dann, wie sich Kuppeln runden, Pyramiden zum Himmel aufragen, stickige Höhlen, wo die Mumien schlafen, Engpässe, wo der Räuber sein Gewehr lädt, Schilfrohr, wo sich die Klapperschlange versteckt, bunte Zebras, die durch große Gräser laufen, Känguruhs, auf ihre Hinterpfoten aufgerichtet, Affen, die an der Spitze der Zweige der Kokosnußpalmen schaukeln, Tiger, die sich auf ihre Beute stürzen, Gazellen, die ihnen entkommen...

Weiter, weiter! Überqueren wir die breiten Ozeane, wo Wale und Pottwale sich bekriegen. Hier kommt wie ein großer Meeresvogel, der mit den beiden Flügeln schlägt, auf der Oberfläche der Wellen die Piroge der Wilden, blutende Haare hängen am Bug, sie haben sich die Seiten rot angemalt; mit gespaltenen Lippen, beschmiertem Gesicht, Ringen in der Nase singen sie heulend den Gesang des Todes; ihr großer Bogen ist gespannt, ihre Pfeile mit der grünen Spitze sind vergiftet und machen unter Qualen sterben; ihre nackten Frauen mit tätowierten Brüsten und Händen schichten große Holzstöße für die Opfer ihrer Männer auf, die ihnen Fleisch von Weißen versprochen haben, das weich unter den Zähnen ist.

Wo werde ich hingehen? Die Erde ist groß, ich werde alle Wege ausschöpfen, ich werde alle Horizonte ausschreiten; könnte ich doch bei der Umschiffung des Kaps umkommen, an der Cholera in Kalkutta oder an der Pest in Konstantinopel sterben!

Wäre ich doch nur Maultiertreiber in Andalusien! Und den ganzen Tag in den Schluchten der Sierras vor mich hin trotten, den Guadalquivir fließen sehen, auf dem es Inseln von Oleander gibt, abends die Gitarren und die Stimmen unter den Balkons singen hören, den Mond sich im Marmorbecken der Alhambra spiegeln sehen, wo einst Sultaninnen badeten.

Warum bin ich nicht Gondoliere in Venedig oder Kutscher einer jener Wägelchen, die einen in der schönen Jahreszeit von Nizza nach Rom bringen! Es gibt jedoch Leute, die in Rom leben, Leute, die immer dort wohnen. Glücklich der Bettler von Neapel, der in der hellen Sonne schläft, am Ufer liegend, und der beim Rauchen seiner Zigarre auch den Rauch des Vesuvs zum Himmel aufsteigen sieht! Ich beneide ihn um sein Bett aus Kieseln und um die Träume, die er da haben kann; das immer schöne Meer bringt ihm den Duft seiner Wellen und das ferne Rauschen, das von Capri herkommt.

Manchmal stelle ich mir vor, daß ich in Sizilien ankomme, in einem kleinen Fischerdorf, wo alle Boote lateinische Segel haben. Es ist Morgen, da, zwischen Körben und ausgebreiteten Netzen sitzt ein Mädchen aus dem Volk; sie geht barfuß; an ihrem Mieder ist ein Goldband, wie die Frauen der griechischen Kolonien; ihre in zwei Flechten geteilten schwarzen Haare reichen ihr bis zu den Fersen; sie steht auf, schüttelt ihre Schürze; sie läuft, und ihre Figur ist kräftig und geschmeidig zugleich wie die der antiken Nymphe. Wenn ich von einer solchen Frau geliebt würde! Ein armes unwissendes Kind, das nicht einmal lesen könnte, aber dessen Stimme so süß wäre, wenn sie mir mit ihrem sizilianischen Akzent sagte: »Ich liebe dich! Bleib hier!«

Das Manuskript bricht hier ab, aber ich habe seinen Autor gekannt, und wer, um bis zu dieser Seite zu gelangen, durch alle Metaphern, Hyperbeln und anderen Figuren, die die vorangegangenen Seiten füllen, durchgekommen ist und hier einen Schluß finden möchte, der lese weiter; wir werden ihn ihm geben.

Die Gefühle müssen wenig Wörter zu ihrer Verfügung haben, andernfalls wäre das Buch in der ersten Person beendet worden. Zweifellos wird unser Mann nichts mehr zu sagen gehabt haben; es gibt einen Punkt, wo man nicht mehr schreibt und wo man eher denkt; an diesem Punkt brach er ab, mag der Leser sehen, wo er bleibt!

Ich bewundere den Zufall, der gewollt hat, daß das Buch da stehenblieb, in dem Moment, wo es besser geworden wäre; der Autor würde in die Welt eintreten, er hätte uns tausend Dinge mitzuteilen gehabt, aber er hat sich im Gegenteil mehr und mehr einer strengen Einsamkeit hingegeben, aus der nichts nach außen drang. Doch er hielt es für angebracht, sich nicht mehr zu beklagen, was vielleicht beweist, daß er wirklich zu leiden anfing. Weder bei seinen Gesprächen noch in seinen Briefen, noch in den Papieren, die ich nach seinem Tode durchstöbert habe und wo sich dieses fand, habe ich irgend etwas entdeckt, was den Zustand seiner Seele von der Zeit an enthüllte, wo er seine Bekenntnisse zu schreiben aufhörte.

Sein großer Kummer war, kein Maler zu sein, er behauptete, sehr schöne Gemälde in der Phantasie zu haben. Er war ebenso betrübt, kein Musiker zu sein; an den Frühlingsvormittagen, wenn er die Pappelalleen entlang spazierenging, erklangen endlose Symphonien in seinem Kopf. Übrigens verstand er weder etwas von Malerei noch von Musik, ich habe erlebt, wie er echte Schmierereien bewunderte und beim Verlassen der Oper Kopfschmerzen hatte. Mit etwas mehr Zeit, Geduld und Arbeit und vor allem mit einem etwas feineren Geschmack für das Gestalterische der Künste wäre es ihm gelungen, mittelmäßige Verse zu schreiben, geeignet für das Poesiealbum einer Dame, was immer galant ist, was man auch sagen mag.

In seiner frühen Jugend hatte er sich mit sehr schlechten Autoren vollgestopft, wie man an seinem Stil hat sehen können; als er älter wurde, bekam er einen Abscheu davor, aber die ausgezeichneten erregten bei ihm nicht mehr dieselbe Begeisterung.

Fasziniert von allem Schönen, widerte ihn die Häßlichkeit an wie ein Verbrechen; es ist ja etwas Grauenvolles, ein häßliches Wesen, von weitem erregt es Schrecken, von nahem Abscheu; wenn es spricht, leidet man; wenn es weint, ärgern einen seine Tränen;

man möchte es schlagen, wenn es lacht, und wenn es schweigt, kommt einem sein regloses Gesicht wie der Sitz aller Laster und aller niederen Instinkte vor. So verzieh er niemals einem Menschen, der ihm von Anfang an mißfallen hatte; dafür war er sehr ergeben gegenüber Menschen, die niemals vier Worte mit ihm gesprochen hatten, deren Bewegungen oder Schädelformen er jedoch mochte.

Er mied Versammlungen, Schauspiele, Bälle, Konzerte, denn kaum war er da eingetreten, schon fühlte er sich von Traurigkeit vereist und fror bis in die Haarwurzeln. Wenn die Menge ihn streifte, kam ein ganz frischer Haß in seinem Herzen auf, er begegnete ihr, dieser Menge, mit einem Wolfsherzen, dem Herzen eines bis in seinen Bau gehetzten wilden Tieres.

Er war so eitel zu glauben, daß die Menschen ihn nicht mochten; die Menschen kannten ihn gar nicht.

Öffentliche Unglücksfälle und kollektive Leiden betrübten ihn nur mäßig; ich würde sogar sagen, daß er mehr Mitleid mit den Zeisigen im Käfig hatte, die bei Sonnenschein mit den Flügeln schlagen, als mit den versklavten Völkern; so war er veranlagt. Er war voller delikater Skrupel und wahrer Schamhaftigkeit, er konnte zum Beispiel nicht bei einem Konditor bleiben und sehen, wie ein Armer ihm beim Essen zuschaute, ohne bis zu den Ohren zu erröten; beim Hinausgehen gab er ihm alles, was er an Geld hatte, in die Hand und rannte schnell weg. Aber man fand ihn zynisch, weil er sich der richtigen Worte bediente und laut sagte, was man leise denkt.

Die Liebe der ausgehaltenen Frauen (ein Ideal der jungen Leute, die nicht die Mittel haben, welche auszuhalten) war ihm verhaßt, widerte ihn an; er dachte, daß, wer zahlt, der Herr ist, der Seigneur, der König. Obwohl er arm war, achtete er den Reichtum und nicht die reichen Leute; gratis der Geliebte einer Frau zu sein, die ein anderer logiert, kleidet und ernährt, schien ihm ebenso geistvoll wie im Keller eines anderen eine Flasche Wein stehlen; er fügte hinzu, sich dessen zu rühmen sei die Eigenschaft verschlagener Diener und kleiner Leute.

Eine verheiratete Frau haben wollen und sich dafür zum Freund des Gatten machen, ihm herzlich die Hände drücken, bei seinen Kalauern lachen, sich über seine schlechten Geschäfte betrüben, seine Kommissionen machen, dieselbe Zeitung wie er lesen, mit einem Wort, an einem Tag mehr Niedrigkeiten und Plattitüden begehen als zehn Galeerensträflinge ihr ganzes Leben begangen haben, war etwas allzu Demütigendes für seinen Stolz, und doch liebte er mehrere verheiratete Frauen; manchmal war er schon auf dem rechten Weg, aber Widerwillen packte ihn plötzlich, wenn bereits die schöne Dame ihm schöne Augen zu machen anfing, wie die Fröste im Mai, die die blühenden Aprikosenbäume verderben.

Und die Grisetten, wird man mir sagen? Also nein! Er konnte sich nicht damit abfinden, in eine Mansarde zu steigen, um einen Mund zu küssen, der Käse gegessen hatte, und eine Hand zu ergreifen, die Frostbeulen hat.

Was die Verführung eines jungen Mädchens anging, so hätte er sich weniger schuldig gefühlt, wenn er sie vergewaltigt hätte; jemanden an sich binden war für ihn schlimmer als ihn ermorden. Er dachte ernsthaft, daß es weniger schlimm sei, einen Menschen zu töten als ein Kind zu machen: dem ersten nimmt man das Leben, nicht das ganze Leben, sondern die Hälfte oder ein Viertel oder den zehnten Teil dieser Existenz, die auch ohne einen endet, enden würde; aber seid ihr nicht gegenüber dem zweiten, sagte er, für alle Tränen verantwortlich, die es von der Wiege bis zum Grab vergießen wird? Ohne euch wäre es nicht geboren, und wozu wird es geboren? Zu eurem Spaß, ganz sicher nicht zu seinem eigenen; um euren Namen zu tragen, den Namen eines Schwachkopfs, wette ich? Ebenso könnte man ihn auf eine Mauer schreiben; wozu soll ein Mensch die Last von drei oder vier Buchstaben tragen?

In seinen Augen hatte, wer auf den Code civil gestützt mit Gewalt in das Bett der Jungfrau eindringt, die man ihm am Vormittag gegeben hat, und so eine von der Autorität geschützte legale Vergewaltigung ausführt, keine Entsprechung bei den

Affen, Nilpferden und Kröten, die, Männchen wie Weibchen, kopulieren, wenn gemeinsame Begierden sie einander suchen und sich vereinigen lassen, wo weder Grauen noch Abscheu auf der einen Seite, noch Brutalität und obszöner Despotismus auf der anderen Seite herrschen; und er legte darüber lange amoralische Theorien dar, die zu berichten überflüssig ist.

Deswegen also heiratete er nicht und hatte weder ein ausgehaltenes Mädchen noch eine verheiratete Frau, noch eine Grisette, noch ein junges Mädchen zur Mätresse; es blieben die Witwen, er dachte nicht daran.

Als es einen Beruf zu wählen galt, zögerte er zwischen tausenderlei Widerwillen. Zum Philanthropen war er nicht gerissen genug, und von der Medizin hielt ihn sein gutes Naturell fern; – was den Handel anging, so war er unfähig, zu kalkulieren, schon der Anblick einer Bank reizte seine Nerven. Trotz seinen Torheiten hatte er zuviel Verstand, um den edlen Beruf des Anwalts ernst zu nehmen; außerdem hätte sich sein Gerechtigkeitsgefühl den Gesetzen nicht anbequemt. Er hatte auch zuviel Geschmack, um sich in die Kritik zu stürzen; er war zu sehr Dichter, vielleicht, um in der Literatur Erfolg zu haben. Und außerdem, sind das denn »Berufe«? *Man muß sich etablieren, eine Stellung in der Welt haben, man langweilt sich, wenn man müßig bleibt, man muß sich nützlich machen, der Mensch ist zum Arbeiten gebo-*

ren: schwer zu verstehende Maximen, die man ihm geflissentlich oft wiederholte.

Da er sich damit abgefunden hatte, sich überall zu langweilen und sich mit allem zu langweilen, erklärte er, er wolle Jura studieren, und ging nach Paris. Viele Leute beneideten ihn in seinem Dorf und sagten ihm, daß er glücklich sein werde, die Cafés, die Theater, die Restaurants zu besuchen, die schönen Frauen zu sehen; er ließ sie reden und lächelte, wie wenn man Lust hat zu weinen. Wie oft jedoch hatte er gewünscht, sein Zimmer, in dem er so sehr gegähnt hatte, für immer zu verlassen und seine Ellenbogen von dem alten Mahagonischreibtisch weggenommen, wo er mit fünfzehn Jahren seine Dramen verfaßt hatte! Und er trennte sich von alldem mit Bedauern; die Orte, die man am meisten verflucht hat, zieht man vielleicht den anderen vor; sehnen sich die Gefangenen nicht nach ihrem Gefängnis? Denn in diesem Gefängnis hofften sie, und wenn sie draußen sind, hoffen sie nicht mehr; durch die Mauern ihres Verlieses sahen sie das Land, das mit Margeriten übersät, von Bächen durchfurcht, mit gelbem Korn bedeckt ist und von Bäumen gesäumte Straßen – aber der Freiheit, dem Elend zurückgegeben, sehen sie das Leben wieder, wie es ist, armselig, knorrig, ganz schlammig und ganz kalt; auch das Land, das schöne Land, wie es ist, durchsetzt mit Feldhütern, die einen hindern, sich Obst zu nehmen, wenn sie Durst haben, ausgestattet mit Waldhütern, wenn sie Wild töten wollen und Hunger haben, bedeckt mit Gendarmen, wenn sie Lust haben, spazierenzugehen, und keinen Paß haben.

Er zog in ein möbliertes Zimmer, wo die Möbel für andere gekauft, von anderen abgenutzt waren; es kam ihm vor, als wohne er in Ruinen. Er verbrachte den Tag damit zu arbeiten, auf das dumpfe Geräusch der Straße zu lauschen, den Regen auf die Dächer fallen zu sehen.

Wenn die Sonne schien, ging er im Luxembourg spazieren, er stapfte über das gefallene Laub und erinnerte sich, daß er im Collège dasselbe tat; aber er hätte nicht geahnt, daß er zehn Jahre später da stehengeblieben wäre. Oder er setzte sich auf eine Bank und dachte an tausend liebliche und traurige Dinge, er betrachtete das kalte und schwarze Wasser der Becken, dann kehrte er mit zusammengeschnürtem Herzen zurück. Zwei- oder dreimal, als er nicht wußte, was er machen sollte, ging er während der Abendandacht in eine Kirche, er versuchte zu beten; wie würden seine Freunde gelacht haben, wenn sie ihn seine Finger ins Weihwasser tauchen und sich bekreuzigen gesehen hätten!

Eines Abends, als er in einem Vorort umherirrte und grundlos erregt in nackte Degen hätte springen und sich bis zum äußersten hätte schlagen wollen, hörte er Stimmen singen und die süßen Klänge einer

Orgel in Wellen darauf antworten. Er trat ein, unter dem Torbogen bettelte eine auf der Erde kauernde alte Frau, indem sie in einem Blechbecher Sous hin und her schüttelte; die verkleidete Tür schlug bei jeder Person, die eintrat oder hinausging auf und zu, man hörte die Geräusche der Pantinen, der Stühle, die auf den Fliesen schurrten; im Hintergrund war der Chor beleuchtet, der Tabernakel strahlte im Schein der Kerzen, der Priester sang Gebete, die im Schiff hängenden Lampen schaukelten an ihren langen Seilen, die Höhe der Spitzbogen und die Seitenschiffe lagen im Schatten, der Regen peitschte gegen die Scheiben und ließ die Bleieinfassungen knacken, die Orgel spielte, und die Stimmen fielen wieder ein, wie an jenem Tag, wo er auf den Steilküsten das Meer und die Vögel miteinander hatte sprechen hören. Er wurde von dem Wunsch gepackt, Priester zu werden, um über dem Körper der Toten Gebete sprechen, um ein Büßerhemd tragen und sich geblendet in der Liebe Gottes niederwerfen zu können... Plötzlich kam ihm ein mitleidiges Grinsen aus der Tiefe des Herzens; er drückte seinen Hut ins Gesicht und ging schulterzuckend hinaus.

Mehr als je wurde er traurig, mehr als je wurden ihm die Tage lang; die Leierkästen, die er unter seinem Fenster spielen hörte, rissen ihm die Seele aus dem Leib, er fand an diesen Instrumenten eine unüberwindliche Melancholie, er sagte, daß jene Kästen voller Tränen wären. Oder vielmehr, er sagte nichts, denn er spielte nicht den Blasierten, den Gelangweilten, den Menschen, der von allem desillusioniert ist; gegen Ende fand man sogar, daß er ein heiteres Gemüt bekommen hätte. Es war meistens irgendein armer Mann des Midi, ein Piemontese, ein Genuese, der die Leier drehte. Warum hatte jener seine Corniche und seine bei der Ernte mit Mais gekrönte Hütte verlassen? Er schaute ihm lange beim Spielen zu, er betrachtete seinen dicken kräftigen Kopf, seinen schwarzen Bart und seine braunen Hände; ein rot gekleidetes Äffchen hüpfte auf seiner Schulter und schnitt Fratzen, der Mann hielt seine Mütze hin, er warf ihm sein Almosen hinein und folgte ihm, bis er ihn aus den Augen verloren hatte.

Ihm gegenüber wurde ein Haus gebaut, das dauerte drei Monate; er sah die Mauern emporwachsen, die Etagen übereinandersteigen, Scheiben wurden in die Fenster gesetzt, es wurde verputzt, es wurde angestrichen, dann wurden die Türen geschlossen; Familien zogen ein und fingen an, darin zu leben; er war wütend, Nachbarn zu haben, er hatte den Anblick der Steine lieber.

Er ging in den Museen umher, er betrachtete all jene künstlichen, reglosen und immer jungen Personen in ihrem idealen Leben, die man sich ansehen geht und die die Menge vor sich vorbeiziehen sehen, ohne ihren Kopf zu drehen, ohne die Hände von ihrem Degen zu nehmen, und deren Augen noch leuchten werden, wenn unsere Enkel schon begraben sind. Er verlor sich in Betrachtungen vor den antiken Statuen, vor allem jenen, die verstümmelt waren.

Etwas Jämmerliches passierte ihm. Eines Tages, auf der Straße, glaubte er jemanden, der an ihm vorbeiging, wiederzuerkennen; der Fremde hatte dieselbe Bewegung gemacht, sie blieben stehen und sprachen sich an. Es war er! Sein ehemaliger Freund, sein bester Freund, sein Bruder, der, neben dem er im Collège, in der Klasse, im Aufsichtsraum, im Schlafsaal gewesen war; sie machten ihre Strafarbeiten und ihre Schulaufgaben gemeinsam; auf dem Hof und beim Spaziergang gingen sie eingehakt, sie hatten einst geschworen, gemeinsam zu leben und *Freunde bis zum Tode* zu bleiben. Zuerst schüttelten sie sich die Hand und nannten sich bei ihrem Namen, dann schauten sie sich von Kopf bis Fuß an, ohne etwas zu sagen, sie hatten sich alle beide verändert und waren schon ein bißchen gealtert. Nachdem sie sich gefragt hatten, was sie machten, brachen sie plötzlich ab und wußten nicht mehr weiter; sie hatten sich seit zehn Jahren nicht gesehen und hatten sich keine vier Wörter mitzuteilen. Gelangweilt schließlich, sich gegenseitig in das Weiße der Augen geschaut zu haben, trennten sie sich wieder.

Da er für nichts Energie hatte und die Zeit ihm, im Gegensatz zur Meinung der Philosophen, als der am wenigsten einträgliche Reichtum der Welt erschien, fing er an Branntwein zu trinken und Opium zu rauchen; er verbrachte oft seine Tage ganz liegend und halb betrunken in einem Zustand zwischen Apathie und Alptraum.

Ein andermal bekam er wieder Kraft, und er richtete sich plötzlich wieder auf wie eine Feder. Dann schien ihm die Arbeit voller Reize, und die Ausstrahlung des Denkens machte ihn lächeln, jenes friedliche und tiefe Lächeln der Weisen; er machte sich schnell ans Werk, er hatte erhabene Pläne, er wollte bestimmte Epochen unter einem ganz neuen Licht erscheinen lassen, die Kunst mit der Geschichte verbinden, die großen Dichter wie die großen Maler kommentieren, die Sprachen dafür lernen, auf die Antike zurückgehen, in den Orient eindringen; er sah sich schon Inschriften lesen und Obelisken entziffern; dann fand er sich verrückt und kreuzte wieder die Arme.

Er las nicht mehr, oder es waren Bücher, die er schlecht fand und die ihm nichtsdestoweniger, gerade wegen ihrer Mittelmäßigkeit, ein gewisses Vergnügen machten. Nachts schlief er nicht, Insomnien warfen ihn auf seinem Bett hin und her, er träumte, und er wachte auf, so daß er am Morgen müder war, als wenn er wach geblieben wäre.

Verbraucht durch den Überdruß, dieser schrecklichen Angewohnheit, und sogar ein gewisses Gefallen an der Abstumpfung findend, die die Folge davon ist, war er wie die Leute, die sich sterben sehen; er machte sein Fenster nicht mehr auf, um die Luft einzuatmen, er wusch sich nicht mehr die Hände, ja, er lebte in einem Armenschmutz, dasselbe Hemd diente ihm eine Woche, er rasierte sich nicht mehr den Bart und kämmte sich nicht mehr die Haare. Obwohl leicht fröstelnd, blieb er, wenn er am Vormittag ausgegangen war und nasse Füße hatte, den ganzen Tag ohne die Schuhe zu wechseln und Feuer zu machen, oder er warf sich ganz angezogen auf sein Bett und versuchte einzuschlafen; er sah die Fliegen über die Decke kriechen, er rauchte und folgte mit dem Auge den kleinen blauen Spiralen, die aus seinen Lippen kamen.

Man wird sich leicht denken können, daß er kein Ziel hatte, und da liegt das Unglück. Was hätte ihn beseelen, ihn berühren können? Die Liebe? Er wandte sich von ihr ab; der Ehrgeiz machte ihn lachen; nach Geld war seine Habgier sehr groß, aber seine Trägheit hatte die Oberhand, und außerdem war eine Million nicht der Mühe wert, sie zu erwerben; dem im Überfluß Geborenen steht der Luxus an; wer sein Vermögen verdient hat, weiß es fast niemals aufzuessen; sein Hochmut war derart, daß er keinen Thron hätte haben wollen. Ihr werdet mich fragen: Was wollte er? Ich weiß es nicht, aber ganz sicher dachte er keineswegs daran, sich später zum Abgeordneten wählen zu lassen; er hätte sogar eine Präfektenstelle ausgeschlagen, einschließlich des bestickten Rocks, des um den Hals gelegten Ehrenkreuzes, der Lederhose und der Reitstiefel bei feierlichen Anlässen. Er las lieber André Chénier, als Minister zu sein, er wäre lieber Talma als Napoleon gewesen.

Es war ein Mensch, der zum Falschen, zum Versponnenen neigte und großen Mißbrauch mit schmückenden Beiwörtern trieb.

Von der Höhe jener Gipfel verschwindet die Erde und alles, was man sich dort entreißt. So gibt es auch Schmerzen, von deren Höhe aus man nichts mehr ist und alles verachtet; wenn sie einen nicht töten, befreit einen allein der Selbstmord davon. Er tötete sich nicht, er lebte noch.

Karneval kam, er amüsierte sich nicht. Er machte alles zur Unzeit; Beerdigungen erregten fast seine Heiterkeit, und Schauspiele verschafften ihm Traurigkeit; immer stellte er sich eine Menge von angezogenen Skeletten mit Handschuhen, Manschetten und Federhüten vor, die sich über die Logen beugen, sich lorgnettieren, sich zieren, sich leere Blicke zuwerfen; im Parkett sah er unter dem Licht des Leuchters eine Menge gegeneinandergepreßter weißer Schädel glitzern. Er hörte die Leute die Treppe hinunterlaufen, sie lachten, sie gingen mit Frauen fort.

Eine Jugenderinnerung kam ihm wieder in den Sinn, er dachte an X..., jenes Dorf, wo er eines Tages zu Fuß gewesen war und von dem er in dem, was ihr gelesen habt, selbst gesprochen hat; er wollte es vor dem Sterben wiedersehen, er fühlte sich erlöschen. Er steckte Geld in seine Tasche, nahm seinen Mantel und brach sofort auf. Die Faschingszeit war in jenem Jahr auf Anfang Februar gefallen, es war noch sehr kalt, die Straßen waren gefroren, der Wagen rollte in vollem Galopp dahin; er war im Coupé, er schlief nicht, aber er fühlte sich voller Lust zu jenem Meer hingezogen, das er noch einmal wiedersehen wollte; er sah die Zügel des Postillons, die von der Laterne des Verdecks beleuchtet waren, in der Luft schlenkern und auf der dampfenden Kruppe der Pferde hüpfen; der Himmel war rein, und die Sterne schienen wie in den schönsten Sommernächten.

Gegen zehn Uhr vormittags stieg er in Y... aus, und von da legte er den Weg nach X... zu Fuß zurück; er ging diesmal schnell, außerdem lief er, um sich zu wärmen. Die Gräben waren voll Eis, die kahlen Bäume waren an den Spitzen ihrer Zweige rot, das vom Regen aufgeweichte gefallene Laub bildete eine große schwarze und eisengraue Schicht, die den Boden des Waldes bedeckte, der Himmel war ganz weiß ohne Sonne. Er merkte, daß die Schilder, die den Weg bezeichnen, umgestürzt worden waren; an einer Stelle hatte man Holz geschlagen, seitdem er dort vorbeigekommen war. Er beeilte sich, er wollte schnell ankommen. Schließlich senkte sich die Ebene; dort nahm er querfeldein einen Pfad, den er kannte, und bald sah er in der Ferne das Meer. Er blieb stehen, er hörte es gegen das Ufer schlagen und in der Tiefe des Horizonts grollen, *in altum;* ein Salzgeruch kam zu ihm, mitgeführt von der kalten Winterbrise; sein Herz pochte.

Man hatte ein neues Haus am Eingang des Dorfes gebaut, zwei oder drei andere waren abgerissen worden.

Die Boote waren auf dem Meer, der Kai war verlassen, jeder hielt sich in seinem Haus auf; lange Eisstücke, die die Kinder *Königskerzen* nennen, hingen am Rande der Dächer und am Ende der Traufen; die Schilder des Lebensmittelhändlers und des Herbergswirtes quietschten schrill an ihrem Eisendreieck; die Flut stieg und kam mit einem Geräusch von Ketten und Schluchzern über die Kiesel näher.

Nachdem er gegessen hatte, und er war ganz erstaunt, keinen Hunger zu haben, ging er auf den Strand hinaus. Der Wind heulte in der Luft, das schlanke Schilf, das in den Dünen wächst, pfiff und bog sich stürmisch, der Schaum flog vom Ufer auf und lief über den Sand, manchmal trieb ihn ein Windstoß den Wolken entgegen.

Die Nacht kam, oder besser, jene lange Dämmerung, die ihr an den traurigsten Tagen des Jahres vorausgeht; dicke Schneeflocken fielen vom Himmel, sie schmolzen auf den Wellen, aber sie blieben lange auf dem Strand liegen, den sie mit großen Silbertränen sprenkelten.

Er sah an einer Stelle ein altes halb im Sand versunkenes Boot, das dort vielleicht seit zwanzig Jahren gestrandet war; Meerfenchel war darin gewachsen, Polypen und Muscheln hatten sich an seinen grün gewordenen Planken angesetzt; er liebte dieses Boot, er strich um es herum, er berührte es an verschiedenen Stellen, er schaute es seltsam an, wie man eine Leiche anschaut.

Hundert Schritte von dort war ein kleiner Platz in der Schlucht eines Felsens, wo er sich oft hingesetzt und ganze Stunden damit verbracht hatte, nichts zu tun – er nahm ein Buch mit und las nicht, er ließ sich ganz allein dort nieder, den Rücken auf der Erde, um das Blau des Himmels zwischen den weißen Wänden des steilen Felsens zu betrachten; dort war es, wo er seine allersüßesten Träume gehabt hatte, dort war es, wo er den Schrei der Möwen am besten gehört hatte und wo über ihm das herabhängende Seegras die Perlen seines Haares geschüttelt hatte; dort war es, wo er das Segel der Schiffe hinter dem Horizont versinken sah und wo die Sonne für ihn heißer gewesen war als überall woanders auf der übrigen Erde.

Er kehrte dorthin zurück, er fand ihn wieder; aber andere hatten davon Besitz ergriffen, denn als er mechanisch mit dem Fuß den Boden aufwühlte, machte er den Fund eines Flaschenhalses und eines

Messers. Leute hatten da sicher eine Party gefeiert, man war mit Damen hingekommen, man hatte da gegessen, man hatte gelacht, man hatte Scherze gemacht. »O mein Gott«, sagte er sich, »gibt es auf der Erde keine Orte, die wir genug geliebt haben, wo wir genug gelebt haben, damit sie uns bis zum Tode gehören und andere als wir selbst nie die Augen darauf richten!«

Er stieg also wieder den Hohlweg nach oben, wo er so oft Steine hinter seinen Füßen hatte wegrollen lassen; oft sogar hatte er ausdrücklich mit Gewalt welche hinuntergeworfen, um sie gegen die Wände der Felsen schlagen und das einsame Echo darauf antworten zu hören. Auf der Hochebene, die die Steilküste überragt, wurde die Luft frischer, er sah den Mond gegenüber aufgehen; an einer Stelle des düsteren blauen Himmels unter dem Mond links war ein kleiner Stern.

Er weinte – war es vor Kälte oder vor Traurigkeit? Sein Herz barst, er wollte mit jemandem sprechen. Er ging in eine Kneipe, wohin er manchmal Bier trinken gegangen war, er verlangte eine Zigarre, und er konnte nicht umhin, der guten Frau, die ihn bediente, zu sagen: »Ich war schon einmal hier.« Sie antwortete ihm: »So! Aber das ist nicht die richtige Jahreszeit, mein Herr, das ist nicht die richtige Jahreszeit«, und gab ihm das Kleingeld raus.

Am Abend wollte er nochmals hinausgehen, er

legte sich in ein Loch, das den Jägern dazu dient, Wildenten zu schießen, er sah einen Augenblick das Bild des Mondes über die Wellen rollen und das Meer sich bewegen wie eine große Schlange, dann ballten sich an allen Ecken des Himmels von neuem Wolken zusammen und alles war schwarz. In der Finsternis schaukelten finstere Wellen, stiegen übereinander und detonierten wie hundert Kanonen, eine Art Rhythmus machte aus diesem Geräusch eine schreckliche Melodie, das unter dem Aufschlag der Wogen bebende Ufer antwortete dem widerhallenden offenen Meer.

Er dachte einen Augenblick daran, ob er nicht Schluß machen sollte; niemand würde ihn sehen, es war auf keine Hilfe zu hoffen, in drei Minuten wäre er tot; aber dann, durch eine in solchen Augenblicken übliche Antithese, lächelte die Existenz ihm wieder zu, erschien ihm sein Leben in Paris anziehend und voller Zukunft, er sah sein gutes Arbeitszimmer vor sich und all die ruhigen Tage, die er da noch verbringen könnte. Und doch riefen ihn die Stimmen des Abgrunds, taten sich die Fluten auf wie ein Grab, bereit, sich sofort über ihm wieder zu schließen und ihn in ihre feuchten Falten einzuhüllen...

Er hatte Angst, er kehrte heim, die ganze Nacht hörte er mit Schrecken den Wind pfeifen; er machte ein riesiges Feuer und wärmte sich so nah daran, daß er sich die Beine verbrannte.

Seine Reise war zu Ende. Bei seiner Heimkehr fand er seine Scheiben weiß mit Reif bedeckt; im Kamin waren die Kohlen ausgegangen, seine Kleidungsstücke waren auf seinem Bett liegengeblieben, wie er sie zurückgelassen hatte, die Tinte war im Tintenfaß getrocknet, die Wände waren kalt und feucht.

Er sagte sich: »Warum bin ich nicht dort oben geblieben?«, und er dachte mit Bitterkeit an die Freude seiner Abreise.

Der Sommer kam, er wurde deshalb nicht fröhlicher. Manchmal nur ging er auf den Pont des Arts und sah die Bäume der Tuilerien sich bewegen und die Strahlen der untergehenden Sonne, die den Himmel purpur färben, wie einen Lichtregen unter dem Arc de l'Etoile durchscheinen.

Endlich, im letzten Dezember, starb er, aber langsam, nach und nach, durch die bloße Kraft des Denkens, ohne daß irgendein Organ krank war, wie man vor Gram stirbt – was den Leuten schwierig erscheinen wird, die viel gelitten haben, was man aber in einem Roman wohl tolerieren muß, aus Liebe zum Wundersamen.

Er empfahl, daß man ihn öffnete, aus Angst, lebendig begraben zu werden, aber er verbot ausdrücklich, daß man ihn einbalsamierte.

25. Oktober 1842

Nachwort

Am 7. November 1931 veröffentlichte ›Le Figaro‹ Auszüge aus einem bis dahin unbekannten Jugendtagebuch von Gustave Flaubert, dessen Manuskript unter dem Titel *Souvenirs, notes et pensées intimes* aus der Hinterlassenschaft seiner Nichte, Caroline Franklin Grout, am 18./19. November im Hôtel Drouot zum Verkauf angeboten wurde. Abgesehen von diesen und einigen kürzeren Auszügen im Verkaufskatalog, die merkwürdigerweise von der Wissenschaft kaum beachtet wurden, blieb dieser Text, der bei der Versteigerung in Privathand überging, der Öffentlichkeit unbekannt und galt seitdem als verschollen, bis er plötzlich 1965 von Lucie Chevalley-Sabatier, einer Nichte von Caroline Franklin Grout, zum ersten Mal vollständig veröffentlicht wurde.[1] Diese jedoch war nicht etwa in den Besitz des Originalmanuskripts gekommen, besaß aber seit langem eine von ihr selbst angefertigte Kopie davon, über deren Entstehung sie in der Einleitung zu ihrer Publikation folgendes schrieb:

»Während meiner jährlichen Aufenthalte in Antibes in der Villa Tanit bei meiner Tante Franklin Grout wurde ich oft von ihr gebeten, bestimmte handgeschriebene Seiten, bestimmte Briefe oder Dokumente, die ihren Onkel Gustave Flaubert betrafen, abzuschreiben.

Sie hatte damals bereits verfügt, der Bibliothèque Municipale von Rouen, der des Institut, dem Musée Carnavalet oder der Bibliothèque Nationale die großen Manuskripte zu überlassen, aber da sie annahm, daß sie nur wenigen Eingeweihten zur Verfügung gestellt würden, lag ihr daran, daß Einzelstücke von geringerer Bedeutung im großen Publikum verbreitet würden. Ihr gelegentliches Auftauchen bei Versteigerungen würde, so meinte sie, das Gedächtnis an den großen Schriftsteller neu beleben.

Als ich vergangenes Jahr die ausgezeichnete Habilitationsschrift über *Les débuts littéraires de Gustave Flaubert* las, die Professor Jean Bruneau an der Sorbonne vorgelegt hat,[2] ist meine Aufmerksamkeit auf einen Absatz gelenkt worden, der einem noch unveröffentlichten geheimen Carnet gewidmet war, von dem jede Spur verloren schien...

Bei der Durchsicht der einst von mir gemachten Kopien habe ich den vollständigen Text dieses Carnets wiedergefunden, und er ist es, den ich nach dem Rat von Professor Bruneau heute bekannt machen möchte.«

Dieser Text wurde von Lucie Chevalley-Sabatier etwas dilettantisch ediert und eingeleitet. So stimmen die in ihrem Vorwort angeführten Zitate daraus oft nicht mit den Textstellen selbst überein, die man wenige Seiten später nachschlagen kann. Auch enthält der Text einige offensichtliche Fehler, die sowohl auf Nachlässigkeiten beim Abschreiben des Originalmanuskripts als auch auf unkorrigierte Errata zurückgehen können. Bereits 1966 brachte der Limes Verlag in Wiesbaden eine Übersetzung von diesem sensationellen Fund heraus, die allerdings sehr frei und teilweise fehlerhaft ist.[3] So wurde zum Beispiel die lapidare erste Aufzeichnung dieses Textes: *Les idées sont plus positives que les choses* in interpretierender Weise übersetzt: *In den Gedanken ist mehr Wirklichkeit als in den Dingen*.

Erst Jean-Paul Sartre widmete diesem Carnet in seiner monumentalen Studie über die Jugend Flauberts, *L'idiot de la famille,* eindringliche und ausführliche Interpretationen. Der besondere Wert dieses Textes besteht darin, daß er sich über einen Zeitraum erstreckt, nämlich von 1838 bis 1841, in dem Gustave Flaubert das Genre der historischen und philosophischen Novellen seiner frühen Jugendwerke weitgehend aufgab und zwei längere autobiographische Ich-Erzählungen in der Art der romantischen *Confessions* schrieb: *Mémoires d'un fou* und *Novembre.* So haben wir hier die unschätzbare Möglichkeit, in dieser wichtigen Phase seiner schriftstellerischen Entwicklung die Umsetzung spontaner, nicht stilistisch ausgefeilter Aufzeichnungen, die nicht für die Öffentlichkeit bestimmt waren, in literarische Texte verfolgen zu können.

Im Mittelpunkt der *Mémoires d'un fou* von 1838 steht die geheime schwärmerische Verliebtheit eines Fünfzehnjährigen in eine junge Mutter, deren Bekanntschaft er bei einem sommerlichen Badeaufenthalt am Meer macht. Diese Episode gibt ein berühmtes Erlebnis der Jugend Gustave Flauberts wieder: 1836 verbrachte der fast Fünfzehnjährige seine Sommerferien zusammen mit seinen Eltern in dem Seebad Trouville und verliebte sich dort in die sechsundzwanzigjährige Elisa Schlesinger, geborene Foucault, die er 1841 während seines Jurastudiums in Paris wiedersah und bis 1844 häufig besuchte und mit der er später von 1857 bis 1872 unregelmäßig korrespondierte. Sie wurde das Modell für die weibliche Hauptperson seines 1869 erschienenen Romans *L'éducation sentimentale:* Marie Arnoux. Die erste literarische Verarbeitung dieser jugendlichen Verliebtheit ohne Hoffnung auf Erfüllung in eine junge Mutter läßt sich in der 1837 geschriebenen Erzählung *Quidquid volueris*[4] entdecken, wo sich der Halbaffe Djalioh, mit dem sich Gustave Flaubert offensichtlich identifiziert, in die Frau des Urhebers seiner experimentellen Zeugung verliebt und diese am Schluß zusammen mit ihrem Kind umbringt. Eine deutliche Parallele zwischen *Quidquid volueris* und den *Mémoires d'un fou* ist vor allem in der in beiden Texten vorkommenden gemeinsamen Bootsfahrt zu erkennen. Eine Anspielung auf diese Verliebtheit findet sich auch in *Novembre*: »Ich habe einen Freund gekannt, der mit 15 Jahren eine junge Mutter angebetet hat, die er beim Stillen ihres Kindes gesehen hatte; lange Zeit schätzte er nur Marktweiberfiguren, die Schönheit der schlanken Frau war ihm verhaßt.« Und in seinem zweiten Liebesbrief an Louise Colet bekennt er am 6. oder 7. August 1846: »Ich habe eine geliebt vom 14. bis zum 20. Lebensjahr, ohne es ihr zu sagen, ohne sie zu berühren, und ich habe danach fast drei Jahre mein Geschlecht nicht gespürt. Ich habe einen Moment geglaubt, daß ich so sterben würde, ich dankte dem Himmel dafür.« Am 8. Oktober 1846 kommt er noch einmal darauf zurück: »Ich habe andere mehr oder weniger komische Abenteuer gehabt. Aber von all jenen Dummheiten, die selbst damals mir nicht sehr weit ins Herz eindrangen, habe ich nur eine wirkliche Leidenschaft gehabt. Ich habe es Dir schon gesagt. Ich war kaum 15 Jahre, das hat für mich bis 18 gedauert. Und als ich diese Frau nach einigen Jahren wiedergesehen habe, hatte ich Mühe, sie wiederzuerkennen. – Ich sehe sie noch manchmal, aber selten, und ich betrachte sie mit dem Erstaunen, das die Emigranten gehabt haben müssen, als sie in ihr verfallenes Schloß zurückgekehrt sind: ›Ist es möglich, daß ich da gelebt habe!‹ Und man sagt sich, daß diese Ruinen nicht immer Ruinen gewesen sind und daß man sich an diesem verfallenen Herd gewärmt hat, wo es jetzt einregnet oder einschneit.«

Wie bei den *Mémoires d'un fou* bildet auch bei *Novembre* von 1840—42 die literarische Umsetzung einer Liebesgeschichte den Höhepunkt der Erzählung. War es jedoch im ersten Werk eine platonische Liebe zu einer jungen Mutter, so handelte es sich bei dem zweiten Werk um die erste Erfahrung der Wollust. Gustave Flaubert hatte am 23. August 1840 sein Abitur bestanden. Zur Belohnung schickte ihn sein Vater gleich darauf auf eine Erholungs- und Bildungsreise in die Pyrenäen und nach Korsika. Auf dieser Reise hat er in Marseille sein erstes Liebesabenteuer mit einer gewissen Eulalie Foucaud de Langlade. Die Herrenwitzvulgarität, mit der Flaubert von diesem und anderen Abenteuern sprach, steht wie bei allen Zeitgenossen in krassem Gegensatz zur literarischen Überhöhung. Die entsprechenden Wörter wurden in älteren Ausgaben seiner Korrespondenz ebenso wie im *Journal* der Brüder Goncourt, denen er es 1860 erzählt hat, verschämt unterschlagen. Unter dem 20. Februar 1860 notieren die Brüder Goncourt:

»In seiner Ofenecke erzählt uns Flaubert seine erste Liebe. Er fuhr nach Korsika. Er hatte lediglich mit einem Zimmermädchen seiner Mutter seine Unberührtheit verloren. Er gerät in ein kleines Hotel von Marseille, wo Frauen, die aus Lima zurückkehrten, zurückgekehrt waren mit einem Mobiliar des 16. Jahrhunderts aus Ebenholz mit Perlmuttinkrustationen, das das Erstaunen der Gäste erregte. Drei Frauen in einem vom Rücken bis zur Ferse fließenden Seidenmorgenrock; und ein in Nanking und Pantoffeln gekleidetes Negerlein. Für diesen jungen Normannen, der nur von der Normandie in die Champagne und von der Champagne in die Normandie gereist war,

war das von einem sehr verführerischen Exotismus. Dann ein Patio voll exotischer Blumen, wo in der Mitte ein Springbrunnen plätscherte. Eines Tages, als er von einem Bad im Mittelmeer zurückkehrte, das Leben dieses Jungbrunnens davontragend, von der Frau in das Zimmer gezogen, einer Frau von fünfunddreißig Jahren, prächtig. Er wirft ihr einen jener Handküsse zu, in die man seine ganze Seele hineinwirft. Die Frau kommt am Abend in sein Zimmer und fängt an, ihn zu lutschen. Das waren eine wonnevolle Vögelei, dann Tränen, dann Briefe, dann nichts mehr. Mehrmals kommt er nach Marseille zurück. Man konnte ihm niemals sagen, was aus diesen Frauen geworden war. Das letztemal, als er da durchkam, um für seinen Roman *Carthage* nach Tunis zu fahren — denn jedesmal ging er wieder an dem Haus vorbei —, fand er dieses Haus nicht mehr wieder. Er sieht nach, er sucht, er merkt, daß es ein Spielzeugbasar geworden ist. Im ersten Stock ein Friseur: er geht hinauf, läßt sich rasieren und erkennt die Tapete.«

In seiner Korrespondenz und in seinem Reisebericht *Voyage aux Pyrénées et en Corse* erwähnt Flaubert dieses Abenteuer mit keinem Wort. Nur in seinen *Souvenirs, notes et pensées intimes* findet sich unter dem 2. Januar 1841 die kurze Anspielung: »...es war auch ein Samstag, an einem gewissen Tag... in einem Zimmer wie meinem, niedrig und mit roten Fliesen ausgelegt, zur gleichen Stunde...«

Tatsächlich hat er Eulalie nie wiedergesehen, aber 1841 mit ihr korrespondiert. Sie schrieb ihm glühende Liebesbriefe, in denen man die Marie aus *Novembre* wiedererkennen kann. Er selbst hat sich aber eher so verhalten wie Ernest in *Passion et vertu* und Rodolphe in *Madame Bovary:* er ist vor der überschwenglichen Liebe einer Frau davongelaufen. Eulalie schrieb ihm: »Warum ist es uns gegeben worden, uns zu lieben, der eine durch den anderen die Glückseligkeit des Himmels kennenzulernen, da wir uns so bald verlassen mußten und vor allem da Du mich so schnell vergessen mußtest... seit Du dieses Haus verlassen hast, ist es für Deine Geliebte eine unermeßliche Wüste geworden; dieses Zimmer... diese Wände... wie oft habe ich sie geküßt, sie befragt und da die Spuren eines so bald verlorenen Glücks gesucht, das nur dazu gedient haben wird, den Rest meiner Existenz zu vergiften... Der Himmel, so hoffe ich, hebt mir noch einige schöne Tage auf; in meinem Alter, Gustave, weiß man besser zu lieben, besser zu fühlen als in Deinem; die Leidenschaften sind dann sehr viel brennender, sehr viel lebhafter! Wenn das, was ich Dir heute sage, Dir merkwürdig erscheinen mag, Du aber wenigstens Deine ersten Jahre nicht in den durchwachten Nächten, der Orgie und der Libertinage verbrauchst, wirst Du in zehn Jahren finden, daß ich recht hatte, und wenn Du eine heftige Leidenschaft empfindest, wirst Du in diesem Alter wirklich zu lieben wissen, und Du wirst fühlen, daß die Frau, die man liebt, in sich allein alle Freuden, alle Wollüste zusammenfaßt, die der Mann erstreben kann. Gustave, lieben heißt sich ihr ergeben, ihr seine Gedanken, seine Wünsche widmen, keinen anderen Willen als den ihren haben, keine andere Freude, kein anderes Vergnügen als die ihren, heißt in ihrer Nähe sein ganzes Herz vor Glück und Liebe erzittern fühlen, sich an ihrem Anblick berauschen, sie herbeisehnen, wenn sie abwesend ist, sie Tag und Nacht sehen, an allen Orten, und allem trotzen, alles verlassen, um sich ihr zu ergeben, um bei ihr zu leben, dieselbe Luft zu atmen und auf ihrem Herzen, in ihren Armen zu sterben. Freund, niemals wirst Du zu lieben wissen wie die Frau, die Dir schreibt. Dazu bedarf es einer feurigen Seele, einer Konstitution, die ich Dir nicht wünsche, denn wenn sie einige schöne Momente im Leben verschafft, so kostet sie doch viele Tränen, viele Klagen... Adieu, vergiß mich nicht, schreib mir oft.« Wie berechtigt diese Vorwürfe waren, sieht man daran, daß Flaubert sie bald aufgefordert hatte, ihn zu vergessen: »Du fordertest mich auf, Dich nicht mehr zu lieben«, schrieb sie an ihn, »Dich zu vergessen; ich oder ein anderer, sagtest du mir, gleichviel!« Noch im Jahre 1841 scheint Eulalie wieder nach Südamerika zurückgegangen zu sein.

Als Flaubert bei seiner zweiten Mittelmeerreise 1845 wieder an dem Haus vorbeigeht und zum erstenmal in seiner Korrespondenz von diesem Liebesabenteuer spricht, hat er es durch *Novembre* längst literarisiert oder, wie Sartre sagt, »imaginarisiert«, »irrealisiert«. Am 15. April 1845 schreibt er an seinen Freund Alfred Le Poittevin aus Marseille: »In Marseille habe ich jenes vorzügliche Tittenweib nicht wiedergefunden, das mich da so süße Viertelstunden hat genießen lassen. Sie führen das Hôtel Richelieu nicht mehr. Ich bin vorbeigegangen, ich habe die Stufen und die Tür gesehen. Die Fensterläden waren geschlossen; das Hotel ist verlassen. Ich habe es kaum wiedererkennen können. Ist das nicht ein Symbol? Wie lange ist es schon her, daß mein Herz seine geschlossenen Fensterläden, seine verödeten Stufen hat, einst eine turbulente Hotellerie, jetzt aber leer und dumpf wie ein großes Grab ohne Leichnam! Mit etwas Mühe, gutem Willen wäre es mir vielleicht gelungen herauszufinden, wo sie wohnt. Aber man hat mir so unvollständige Auskünfte gegeben, daß ich es gelassen habe. Es fehlt mir, was mir für alles fehlt, was nicht Kunst ist: Hartnäckigkeit. — Und im übrigen habe ich einen extremen Widerwillen, auf meine Vergangenheit zurückzukommen, während meine unbarmherzige Neugier verlangt, alles zu ergründen und bis zum letzten Schlamm aufzustöbern. – Versetze Dich in Gedanken an meine Stelle, und Du wirst sehen, was mir seit gestern zugestoßen ist... Das letzte Mal... bin ich ins Hotel heimgekehrt (es war die letzte Nacht) und habe 4 Nummern geschoben.« Fast scheint er sich zu wundern, wie sehr die Realität seinen Irrealisierungsneigungen entgegenkommt.

1846 hatte Flaubert die Möglichkeit, sich nach Eulalies Verbleib in Französisch Guyana zu erkundigen – pikanterweise über seine Geliebte, Louise Colet. Als er ihre Adresse erfahren hatte, schrieb er ihr – wieder über Louise Colet. Bei diesem Anlaß holte er ihre Briefe von 1841 hervor: »In der Nacht vom 20. zum 21. März wiedergeöffnet und durchgegangen – wo ich die Briefe aus Marseille wiedergelesen habe mit einem eigenartigen Eindruck von Bedauern – arme Frau, sollte sie mich wirklich geliebt haben!«

Gegenüber Louise Colet bagatellisierte er diese Beziehung: »Ich habe der Regung, dieser Frau zu schreiben, gehorcht. Habe ich gut daran getan, ihr zu folgen, ich weiß es nicht... Diese Idee ist mir gekommen. Ich habe ihr nachgegeben, das ist alles... Ich habe das eben ganz schnell hingeschrieben. Beim Wiederlesen habe ich gerade gemerkt, daß er [der Brief] einen ziemlich ungezwungenen Ton hatte und daß das ganze von einem ziemlich starken *chic* war. Dieses Geschöpf hatte für sich keine sehr große Intelligenz, aber das war es ja nicht, was ich von ihm verlangte. Ich werde immer daran denken, daß sie mir eines Tages automate ›ottomate‹ schrieb, was sehr meine Heiterkeit (parlamentarischer Ausdruck) erregte. Abgesehen von den rein mythologischen Momenten hatte ich ihr nichts zu sagen. Innerhalb von 8 Tagen, die wir zusammen gelebt hätten, hätte ich mich zu Tode gelangweilt.« »Du sagst mir, daß ich diese Frau ernsthaft geliebt habe, das ist nicht wahr. — Nur als ich ihr schrieb, mit der Fähigkeit, die ich habe, mich durch die Feder zu rühren, nahm ich mein Sujet ernst, aber *nur während ich schrieb.*« »Ich habe sie *niemals geliebt.* Mir scheint, wenn Du den Brief gelesen hast, war das klar. Denn obwohl er sehr galant war, war er von einer seltenen Unverschämtheit. Das ist zumindest der Eindruck, den er auf mich gemacht hat.«[5]

Seinen Freunden gegenüber benutzt er diese Geschichte jedoch weiterhin als einen Anlaß zum Sinnieren über die Vergänglichkeit der Zeit. Aus Damaskus schreibt er am 4. September 1850 an Louis Bouilhet: »Es ist 11 Uhr abends, ich höre den Springbrunnen, der in das Becken des Hofes plätschert (das erinnert mich an das Geräusch der Fontäne in Marseille des Hôtel Richelieu, als ich jene gute Mme Foucaud *geborene* De Langlade fickte). Es ist zehn Jahre her, wie ist das alt! Was für Stiefel habe ich seitdem abgelaufen!« Und 1858 erzählt er ihm, was er später den Brüdern Goncourt erzählte: »Ich habe in Marseille das berühmte Haus wiedergesehen, wo vor 18 Jahren! ich Mme Foucaud geborene Eulalie de Langlade gefickt habe. Alles hat sich da verändert! ... Das Erdgeschoß, das der Salon war, ist jetzt ein Basar & es gibt im ersten Stock einen Friseur. Ich bin zweimal da gewesen mir den Bart scheren lassen. Ich erspare Dir die Kommentare und chateaubriandesken Reflexionen über das Entfliehen der Tage, das Herabfallen der Blätter und der Haare — gleichviel, seit langem habe ich nicht mehr so tief gedacht oder gefühlt, was weiß ich.«

Natürlich ist die Marie aus *Novembre* mehr als eine literarische Umsetzung von Eulalie. Ihre äußere Erscheinung ähnelt der von Maria aus den *Mémoires d'un fou,* die ja auch das Modell für alle anderen weiblichen Hauptfiguren der Romane Flauberts abgibt. Außerdem war Eulalie, obwohl sie sich Gustave offenbar angeboten hatte, keine Prostituierte. Aber das Motiv der jungfräulichen Hure vom Lande, die nach absoluter Liebe verlangt, ist in der romantischen Literatur so verbreitet, daß man nach keiner anderen Quelle zu suchen braucht. Auch in anderer Hinsicht stehen die beiden autobiographischen Erzählungen noch ganz in der Tradition der romantischen Vorbilder: der mit romantischen Augen gelesenen *Essais* von Montaigne, der *Confessions* von Rousseau, der *Leiden des jungen Werthers* von Goethe, der *Child Harold's Pilgrimage* von Lord Byron, der *Confession d'un enfant du siècle* von Musset, vor allem aber — das gilt für *Novembre* — des *René* von Chateaubriand.

Bei aller motivischen Ähnlichkeit der beiden autobiographischen Werke — Leiden der poetischen Seele in Schule und Welt, Sehnsucht nach Künstler- oder Herrscherruhm, orientalischer Exotik und absoluter Liebe, Einklang von Natur und Seele, mystische Anwandlungen und Selbstmordversuchungen — läßt sich bei *Novembre,* dessen Niederschrift sich zum erstenmal über drei Jahre erstreckt, deutlicher eine literarische Komposition erkennen: auf die Reminiszenzen des ersten Teils folgt die stilistisch anders geartete Evokation der Liebeserfahrung, an die sich die eingeschobene Novelle der Lebensbeichte der Marie anschließt, aus deren Verschwinden sich dann die weitere Entwicklung des Helden bis zu seinem Tod ergibt. Der bekannte Kunstgriff, die in der ersten Person begonnene Erzählung von einem fiktiven Freund und Nachlaßerben des Helden zu Ende führen zu lassen, ermöglichte außerdem eine Relativierung, wenn nicht Kritik des romantischen Überschwangs, die dem Subjektivismus der Ich-

Erzählung eine größere Objektivität verleiht — auch wenn dieser Kunstgriff, wie Sartre meint nachweisen zu können, anfangs nicht geplant war. Diese Objektivität wird noch dadurch verstärkt, daß der Leser jetzt seltener — ob als verhaßter Bürger oder gleichgesinnter Freund — vom Autor angeredet wird. Der zunehmende Einfluß der Naturwissenschaften hat außerdem dazu geführt, daß allgemeine Betrachtungen nicht mehr in Form von Gemeinplätzen, sondern als universale Gesetze des Menschenherzens verkündet werden.

Flaubert ist sich dieses künstlerischen Fortschritts so bewußt gewesen, daß er *Novembre* nicht nur wie alle früheren Texte unmittelbar nach seiner Entstehung den Vertrauten seiner Jugend zeigte, sondern auch später Freunden zu lesen gab wie Maxime Du Camp und Louis Bouilhet, seinen literarischen Ratgebern, Louise Colet, seiner Geliebten, und den Brüdern Goncourt. Daß er es dennoch nie veröffentlicht hat, liegt unter anderem daran, daß er es dann für seine späteren Romane nicht mehr hätte benutzen können. So erschienen auch diese Werke erst postum: *Mémoires d'un fou* 1900/01 und *Novembre* 1910. Die ersten deutschen Übersetzungen erschienen bereits 1907 und 1910. Die Übersetzung von *Novembre* wurde zuerst mit den Augen des späten Expressionismus gelesen: »Damals kam freilich dem Roman die Zeitströmung zugute: der deutsche Expressionismus hatte seinen Höhepunkt erreicht, und seine Vertreter untersuchten ältere Kunstwerke daraufhin, ob sich in ihnen bereits Spuren der ›Ausdruckskunst‹ fänden, die sie proklamierten. Ein Werk wie ›Novembre‹ nun, das von der ersten bis zur letzten Zeile Expression ist, ganz Schrei, ganz Pathos, dabei schrankenlos individualistisch seiner und seines Autors Grundhaltung nach, erfüllt von den leidenschaftlichen Kämpfen, Bekenntnissen, Klagen und Anklagen eines jungen Menschen, konnte nicht verfehlen, von den damals Jungen jubelnd begrüßt zu werden.« So Ernst Sander in seinem Nachwort zu der 1950 erschienenen rororo-Taschenbuchausgabe. Und Wolfgang Koeppen erinnert sich an den Eindruck, den die Lektüre der Übersetzung von *Novembre* 1924 auf ihn machte: »Ich folgte dem Dichter gern in seiner Absage an Jugend und Welt; doch wie er sie beschrieb, das begeisterte mich so, daß ich ewig mit seiner Melancholie, der Todeserwartung und Sehnsucht und den Träumen von Liebeslust sein wollte... Preußische Wege verwandelten sich in französische Landschaften. Aber Greifswald oder Ortelsburg waren nicht Paris. Wir lebten keusch. Wir redeten nicht über die Liebe, und der Tod war 1924 noch der Mord des Krieges, die Gedankenflucht auf Massengräber.«

Die hier vorgelegte Übersetzung hält sich wieder, wie schon bei dem Band *Jugendwerke. Erste Erzählungen* — angeregt durch Sartres Interpretationen —, so eng wie möglich an das Original und versucht, weder die romantische Schwülstigkeit noch die stilistischen Unsicherheiten zu vertuschen. So wurden die häufig wiederkehrenden *plein de* und *couvert de (voll von* und *bedeckt mit),* die Flaubert in seinen späteren Werken streng eliminiert und nur da stehenläßt, wo sie hingehören, nach Möglichkeit ebenso beibehalten wie die Reihung von Genitiven (*de... de... de*) oder von Relativ- und daß-Sätzen (*qui... qui, que... que*), die später ein Alptraum Flauberts beim Korrigieren seiner Manuskripte waren. Vor allem aber ging es, bei einem solchen Wortfetischisten, als den sich Flaubert selbst beschreibt, um eine möglichst genaue Wiedergabe seiner Reizwörter. So ist zum Beispiel nicht einzusehen, wieso die meisten Übersetzungen das Wort *adultère* mit *Sünde* übersetzen, obwohl es sich um nichts anderes als *Ehebruch* handelt: »Es gab damals für mich ein Wort, das mir schön erschien unter allen menschlichen Wörtern: Ehebruch. Eine köstliche Süße schwebt vage über ihm. Eine besondere Magie umgibt es mit Wohlgerüchen; alle Geschichten, die man erzählt, alle Bücher, die man liest, alle Gesten, die man macht, sagen es und kommentieren es ewig für das Herz des jungen Mannes; er schlürft es gierig in sich hinein, er findet in ihm höchste Poesie, ein Gemisch aus Fluch und Wollust.«

Diesem poetischen Wortfetischismus, dieser Wortmagie hat Sartre in seiner Flaubert-Studie *Der Idiot der Familie*[6] seine scharfsinnigste Interpretation am Beispiel eines Satzes aus *Novembre* gewidmet:

»›Oh! Indien! Indien vor allem! Weiße Berge voller Pagoden und Idole... könnte ich doch bei der Umschiffung des Kaps umkommen, an der Cholera in Kalkutta oder an der Pest in Konstantinopel sterben! Wäre ich doch nur Maultiertreiber in Andalusien! Und den ganzen Tag in den Schluchten der Sierras vor mich hin trotten, den Guadalquivir fließen sehen... (I, 272)‹ Ich zitiere nur einige Zeilen, ich könnte Hunderte davon zitieren. Man sieht das Verfahren: der Satz ist nur optativ, aber die Vokabeln sind so reich, daß sie den Wunsch erfüllen (irreal), während sie ihn nur zu äußern meinen: durch Gestaltung einer realen Materie wird ein Verlangen geäußert und durch eben diese Materie irreal befriedigt. Indien! Das Kap! Kalkutta! Konstantinopel! Andalusien! Guadalquivir! Die visuelle Schönheit dieser Wörter dient der Schönheit der Städte und Orte, die sie bezeichnen, als *analogon*: besser noch, sie fassen sie zusammen und totalisieren sie irreal in ihrer bloßen *Physiognomie*...

Und was wäre Indien für Gustave, wenn es nicht gerade Indien hieße? Lesen wir den oben zitierten Text noch einmal: man sieht, daß er in ihm falsche Begierden auftreten läßt, um das Wort hervorzurufen, das, sichtbar irrealisiert, andere Begierden irreal befriedigen wird, ohne daß sie sich geäußert haben. ›... an der Cholera in Kalkutta oder an der Pest in Konstantinopel sterben‹: das ist der Typ des falschen Verlangens, dessen Modell ganz offensichtlich die volkstümliche Redewendung: ›Neapel sehen und sterben‹ ist. Dieser letzte Wunsch behält jedoch eine gewisse Wahrscheinlichkeit: der Akzent liegt hier auf dem ›Neapel sehen‹; das ›sterben‹, das danach kommt, hat zwei Bedeutungen, die ineinander übergehen: 1. ›Und wenn man dafür sterben müßte.‹ 2. ›Da Neapel das Wunder der Welt ist, muß man das Leben verlieren, nachdem man es gesehen hat, anstatt seine Augen zu beschmutzen, indem man ihren Blick über vulgäre Sehenswürdigkeiten schweifen läßt.‹ Aber so etwas sagt der junge Flaubert nicht; der Gegenstand seines Wunsches ist ganz präzis: an der Cholera in Kalkutta, an der Pest in Konstantinopel krepieren; die Austauschbarkeit der Orte macht deutlich, daß die Option den Tod meint — man kann auch beim Umschiffen des Kaps ertrinken — und die Schönheit der Orte nicht unvergleichlich ist: ja man scheint Listen von Orten des Ablebens aufstellen zu können. Nun ist gewiß, daß Gustave in *Novembre* in besonderer Weise seinen Todeswunsch betont: ›Ich will zugrunde gehen, aber in Ruhm, zu Kalkutta, zu Konstantinopel‹ usw., das wäre also die korrekte Formulierung seines Wunsches. Leider wählt der junge Mann grauenhafte Wörter, die nichts Freiwilliges haben; sich in Kalkutta töten, das ist das Ideal: er geht lange in der Stadt umher, der neue Werther, sieht die Straßen und Tempel wieder, die er geliebt hat, geht nach Hause und schießt sich nach einer Nacht der Meditationen beim Morgengrauen ganz gelassen eine Kugel durch den Kopf. Bis zum letzten Augenblick ist der Ort immer anwesend gewesen. Unter den Qualen der Cholera oder der Pest dagegen entfernt er sich; das Fieber steigt und macht ihn bewußtlos: wozu Kalkutta, wenn nur, um wahnsinnig vor Schmerzen dort zu krepieren oder im Koma auf ein Totenlager zu sinken. Übrigens wählt er auf derselben Seite auch das Leben: als Maultiertreiber trottet er am Guadalquivir entlang. Das Wesentliche ist also nicht, dahinzuscheiden, sondern *ein anderer zu sein*, ein Inder im Todeskampf, ein andalusischer Maultiertreiber, alles, außer der Tourist Gustave Flaubert: man muß in irgendeiner Weise der Landschaft zugehören, in der indischen Stadt geboren sein, den Ort als Material seiner Arbeit nehmen, von Krankheiten geplagt werden, die aus diesen ungesunden Landstrichen ausströmen. Von diesem Gesichtspunkt aus ist sein Todeswunsch, *in dem Moment, da er ihn äußert,* ein falsches Verlangen: ja es besteht sogar ein Widerspruch zwischen dem Entschluß zum Selbstmord (Wenn man sich denn töten muß, warum nicht ohne viel Umstände in Rouen?) und der Aufzählung der Orte des Ablebens. Die erklärte Option verbirgt nämlich eine andere, wahrere: ›Ich will nicht sterben, bevor ich Kalkutta gesehen habe‹, die selbst wieder durch das tiefe Verlangen bestimmt ist, ein Befriedigungswort entstehen zu lassen. ›Kalkutta‹ hervorbringen, es aufschreiben, sich es aufschreiben sehen, es wieder lesen, wenn die Tinte getrocknet ist, das heißt für den Jungen, sich im Zentrum von Kalkutta als anderer und imaginärer hervorbringen. Das wahre Verlangen ist nicht einmal das, den entfernten Ort zu bewohnen, sondern die acht Buchstaben des Leitworts niederzuschreiben und sich in ihnen einzuschließen.

Das also bedeutet ›seine Träume aufschreiben‹: das heißt aus dem Optativ ein Mittel irrealer Lust machen, sich imaginär ins Graphem projizieren, es dadurch imaginarisieren und ihm gleichzeitig seine üppige Materialität belassen. Bis zum Äußersten getrieben wäre das in gewisser Weise nur in der Rede einen Wunsch haben und sich nur durch den nicht-signifizierenden Teil der Ausdrücke der Rede befriedigen. Dabei gilt es allerdings zu präzisieren: in dem oben zitierten Text geht es darum, zugleich die signifizierende Funktion und die vorstellende Funktion des geschriebenen Wortes zu benutzen: Gustave kümmert sich ausdrücklich nur um die erste Funktion; er informiert uns über seine Wünsche. Aber wenn er sich nur daran hielte, würden sich die wenigen Zeilen auf einen einzigen Satz reduzieren: ›Ich möchte ein anderer, woanders sein.‹ Das Signifizieren muß — ohne daß sich deshalb die Absicht verliert — als Vorwand für die Auswahl seltener und kostbarer Stoffe dienen, die mit dem gewünschten Gegenstand symbolisch zusammenfallen. Das heißt, wie ich gesagt habe, die Vokabeln ihrer Physiognomie wegen auswählen. Aber was ist diese Physiognomie?

Alle Graphologen sind für die Physiognomie eines handschriftlich aufgezeichneten Wortes empfänglich. Ich habe welche gesehen, die angeekelt Briefe wegwarfen, deren Schrift Niederträchtigkeit oder ›Perversionen‹ verriet: sie reagierten auf Grapheme wie auf Gesichter, manchmal wie auf ein plötzlich gezeigtes Geschlechtsorgan. Ich erwähne diese Tatsache nur, um die Besonderheit, die Individualität des *gelesenen* Wortes verständlicher zu machen; aber in unserem Fall handelt es sich nicht um eine persönliche Schrift: wenn Gustave seine Buchstaben aufzeichnet, so erkennt er sich in ihnen nicht wieder, weil er dabei an gedruckte Buchstaben denkt. Das heißt, daß er das Wort ›Kalkutta‹ in seiner allgemeinen und objektiven Form erfaßt und dabei die idiosynkratische Form, die ihm seine Hand gibt, überspringt. Die gedruckte Sprache ist platonisch, insofern es nur ein einziges Wort ›Kalkutta‹ gibt, das in Hunderttausenden von Exemplaren abgezogen wird, aber in jedem von ihnen anwesend und manifest ist: auf dieser Ebene erscheint jede Vokabel, die kraft ihrer differentiellen Bestimmtheit alle anderen in sich enthält, in ihrer eigentlichen, totalisierenden und totalisierten Individualität, die die Individualität eines einzelnen Allgemeinen ist. Sie als Zeichen aufnehmen ist eine der Wahrnehmung benachbarte und komplementäre Tätigkeit. Sie in ihrer materiellen Besonderheit erfassen heißt, sie sich vorstellen. Ihre ›Physiognomie‹ offenbart sich nur unter bestimmten Umständen, die nicht-signifizierende, aber eng an die Signifizierung gebundene Strukturen auf verschiedenen Ebenen aufdecken.

Die graphische Gestalt des Wortes. Sie wird erst durch die allgemeine Beziehung des Ausdrucks zu dem als Organismus aufgefaßten Satz offenbar. Und der Satz ist in seiner Organisation erst dann erkennbar, wenn wir ihn in die Einheit des Kontextes zurückversetzen, der — als *Konjunktur* fungierend — ihm seine reale Aufgabe jenseits der Bedeutung gibt. Wenn ich sage: ›Mein Vetter aus Bombay ist gerade zum Konsul in Kalkutta ernannt worden‹ oder ›Könnte ich an der Cholera in Kalkutta sterben‹, so sind die beiden Sätze gleichermaßen signifikant. Aber der Kontext entscheidet über ihren *Sinn*, das heißt über ihr besonderes Wesen, über ihre undurchdringliche Präsenz einer strukturierten Individualität. Der erste Satz kann rein informativ sein: man will vielleicht bekanntgeben, daß der Vetter endlich einen Job gefunden hat. In diesem Fall offenbart Kalkutta seinen besonderen Ruf nicht. Wird der zweite Satz in die lange Aufzählung der Wünsche Gustaves zurückversetzt, so ist er zugleich mit einer Bedeutung und mit einem symbolischen Sinn versehen: seine Gestalt fungiert als *analogon*...

Um den Künstler an der Arbeit zu zeigen, kommen wir auf die Zeilen aus *Novembre* zurück: *Pest* in *Konstantinopel. Cholera* in *Kalkutta.* Im ersten Fall haben die beiden Wörter eine innere Struktur gemeinsam: die Anwesenheit der beiden Konsonanten *st*, die man nicht übersehen kann (vor allem bei einer Subvokalisierung); im zweiten Fall haben beide Wörter drei Silben, beginnen auf dieselbe Weise (*ko* und *ka*) und enden mit einer Assonanz. Wahrscheinlich geschah die Wahl dieser Vokabeln nicht bewußt: dennoch bleibt sie intentional; und so dunkel die Intention für die Augen Flauberts selbst auch gewesen sein mag, für unsere Augen ist sie deshalb nicht weniger offenkundig: es geht darum, durch innere — an sich selbst nicht signifikante — Verwandtschaften, durch Assonanzen, durch eine Symphonie in A-Dur (o-e-a-a-u-a) die verbale Materie zu überhöhen und sie unserer Aufmerksamkeit aufzudrängen. Ginge dem Wort ›Kalkutta‹ nicht das ›Cholera‹ voraus, so wäre es weniger undurchsichtig, weniger geheimnisvoll (darunter verstehe ich die irreale und paradoxe Anwesenheit des Signifikats im Signifikanten, insofern dieser *auch* nicht-signifikant ist). Der Grund von alldem ist ja, daß die visuelle Schwere und die Konsistenz jedes beliebigen gedruckten Wortes ermächtigt werden, die undurchdringliche Konsistenz jedes beliebigen Gegenstands der Erfahrung zu *repräsentieren*. Die sekundären graphischen Strukturen sind also nur Modulationen: richtig gelenkt, wird sie der Leser ausbeuten können.«

[1] Gustave Flaubert: *Souvenirs, notes et pensées intimes.* Avant-Propos de Lucie Chevalley-Sabatier. Buchet/Chastel: Paris 1965, 110 S.
[2] Jean Bruneau: *Les débuts littéraires de Gustave Flaubert. 1831–1845.* Armand Colin: Paris 1962, 637 S.
[3] Gustave Flaubert: *Erinnerungen, Aufzeichnungen und geheime Gedanken.* Eingeleitet von Lucie Chevalley-Sabatier. Limes Verlag: Wiesbaden 1966, 78 S.
[4] Gustave Flaubert: *Jugendwerke.* Diogenes Verlag: Zürich 1980, S. 94 ff.; Neuausgabe 2005 unter dem Titel *Leidenschaft und Tugend.*
[5] Briefe an Louise Colet vom 4., 8. und 25. Oktober 1846.
[6] Jean-Paul Sartre: *Der Idiot der Familie 2.* Rowohlt Verlag: Reinbek 1977, S. 291 ff.

*Gustave Flaubert
im Diogenes Verlag*

»Die Geschichte der menschlichen Intelligenz und ihrer Schwäche, die große Ironie eines Denkers, der unaufhörlich und in allem die ewige und allgemeine Dummheit feststellt. Glaubenssätze, die Jahrhunderte bestanden haben, werden in zehn Zeilen auseinandergesetzt, entwickelt und durch die Gegenüberstellung mit andern Glaubenssätzen vernichtet, die ebenso knapp und lebhaft dargelegt und zerstört werden. Es ist der Babelturm der Kenntnisse, wo alle die verschiedenen, entgegengesetzten und doch unbedingten Lehrsätze und alle in ihrer Sprache die Ohnmacht der Anstrengungen, die Eitelkeit der Behauptungen und immer das ewige Elend alles Seins nachweisen.«
Guy de Maupassant

»Flaubert hat die grundlegende Denkarbeit für fast alle nachfolgenden erzählenden Prosaisten von Rang vorweggenommen.« *Ezra Pound*

»Wenn Sie mein Schriftstellerideal wissen wollen – es ist verwegen und sehr unbescheiden: Ich möchte schreiben können wie Flaubert. Jawohl!«
Maxim Gorki

Leidenschaft und Tugend
Erste Erzählungen. Herausgegeben, aus dem Französischen übersetzt und mit einem Nachwort von Traugott König (vormals: *Jugendwerke*)

Memoiren eines Irren
November, Erinnerungen, Aufzeichnungen und innerste Gedanken. Herausgegeben, übersetzt und mit einem Nachwort von Traugott König (vormals: *November*)

Briefe
Herausgegeben und übersetzt von Helmut Scheffel

Die Versuchung des heiligen Antonius
Deutsch von Felix Paul Greve. Mit einem Brief von Ernest Renan, einem Essay von Paul Valéry sowie einem Glossar im Anhang

Madame Bovary
Sitten der Provinz. Roman. Deutsch von René Schickele und Irene Riesen. Mit den Rezensionen von Sainte-Beuve, Jules Barbey d'Aurevilly und Charles Baudelaire sowie einem Nachwort von Heinrich Mann

Salammbô
Roman. Deutsch von Friedrich von Oppeln-Bronikowski. Mit Rezensionen von Gautier, Berlioz und George Sand, den Verteidigungsbriefen Flauberts an Sainte-Beuve und Froehner sowie zwei Karten und einem Glossar im Anhang

Drei Geschichten
Ein schlichtes Herz. Die Legende von Sankt Julian dem Gastfreien. Herodias. Deutsch von E.W. Fischer. Mit Äußerungen von Théodore de Banville, Maxim Gorki, Marcel Schwob und Anatole France im Anhang

Bouvard und Pécuchet
Roman. Deutsch von Erich Marx. Mit Essays von Raymond Queneau, Lionel Trilling und Jorge Luis Borges sowie einem Glossar im Anhang

Reisetagebuch aus Ägypten
Deutsch von E.W. Fischer. Mit einem Nachwort von Wolfgang Koeppen

Die Erziehung des Herzens
Geschichte eines jungen Mannes. Deutsch von E.A. Rheinhardt. Mit den Rezensionen von Jules Barbey d'Aurevilly, George Sand und Émile Zola sowie einem Glossar im Anhang

Gustav Flaubert – Leben und Werk
Mit Chronik und einem Bildteil. Herausgegeben von Gerd Haffmans, Franz Cavigelli und Daniel Kampa (vormals: *Über Flaubert*)

Michel de Montaigne im Diogenes Verlag

»Nur zwölf Generationen trennen uns von diesem gesunden Einzelexemplar zwischen den Zeiten. Nur? Wenn es um Liebe und Eifersucht, um Schmerzen und Angst, Selbsterkenntnis und selbst gelegte Fallen im Alltag geht, ist Michel de Montaigne Zeitgenosse.« *Mathias Greffrath*

»Daß ein solcher Mensch geschrieben hat, dadurch ist wahrlich die Lust, auf dieser Erde zu leben, vermehrt worden.« *Friedrich Nietzsche*

Essais
nebst des Verfassers Leben nach der Ausgabe
von Pierre Coste, aus dem Französischen
übersetzt von Johann Daniel Tietz.
Mit Personen- und Sachregister sowie einem Nachwort
zu dieser Ausgabe von Winfried Stephan.
3 Bände im Schuber oder in Kassette

Über Montaigne
Aufsätze und Zeugnisse von Blaise Pascal bis Elias Canetti.
Herausgegeben von Daniel Keel.
Deutsch von Irene Holicki und Linde Birk.
Mit Chronik und Bibliographie

Michel de Montaigne
Eine Biographie von Wilhelm Weigand

Matthias Greffrath
Montaigne heute
Leben in Zwischenzeiten

Johann Wolfgang Goethe
im Diogenes Verlag

»Goethe ist unerschöpflich. Er kann nicht klassifiziert werden, weder als Dichter noch als Naturforscher, noch als Künstler, noch als Schriftsteller, weder als Verwaltungsbeamter noch als Hofmann, noch als Politiker. Er war alles und noch mehr.« *Karl Jaspers*

»Goethe zum Beispiel hat in allen Formen und Gattungen der Poesie Kunstwerke produziert.«
Georg Wilhelm Friedrich Hegel

Faust
Der Tragödie erster und zweiter Teil
Herausgegeben von
Ernst Merian-Genast
Mit einem Nachwort von
Thomas Mann

Die Leiden des jungen Werther
Roman. Mit einem Kommentar
des Autors aus dem Jahre 1814

Die Wahlverwandtschaften
Roman. Mit einem Nachwort von
Reinhard Baumgart

Die schönsten Gedichte
Ausgewählt von Franz Sutter

*Denken mit
Johann Wolfgang Goethe*
Herausgegeben und mit
einem Vorwort von
Ernst Freiherr von Feuchtersleben
Mit einer Schlußbemerkung
von Hans Tabarelli
(vormals: *Gedanken und Aussprüche*)

Außerdem erschienen:

Johann Wolfgang Goethe
Sein Leben erzählt von
Otto A. Böhmer

Stendhal
im Diogenes Verlag

»Die Entwicklung der Gesellschaft hat Balzac recht gegeben, die neue Psychologie Stendhal. Balzacs Weltrevision hat die moderne Zeit vorausgeahnt, Stendhals Intuition den modernen Menschen.
Unzählig die Spuren und Wege, die Stendhal mit seinem abseitigen Experimentieren der Literatur eröffnete: Dostojewskijs Raskolnikow wäre undenkbar ohne seinen Julien, Tolstois Schlacht bei Borodino ohne das klassische Vorbild jener ersten wirklichkeitsechten Darstellung von Waterloo, und an wenig Menschen hat sich Nietzsches ungestüme Denkfreude so völlig erfrischt wie an seinen Worten und Werken.«
Stefan Zweig

Über die Liebe
Essay. Aus dem Französischen
von Franz Hessel. Mit Fragmenten,
einem Anhang aus dem Nachlaß
des Autors und einer Anmerkung
von Franz Blei

Rot und Schwarz
Eine Chronik des 19. Jahrhunderts
Deutsch von Rudolf Lewy
Mit einer Anmerkung von Franz Blei
und einem Nachwort von Heinrich Mann

Die Kartause von Parma
Roman. Deutsch von Erwin Rieger
Mit einem Nachwort von Franz Blei

Amiele
Romanfragment. Deutsch von Arthur Schurig
Mit Fragmenten und Aufzeichnungen
aus dem Nachlaß des Autors sowie
einem Nachwort von Stefan Zweig

Meistererzählungen
Mit einem Nachwort von
Maurice Bardèche

Theodor Fontane
im Diogenes Verlag

»Theodor Fontane gelang, was den großen ausländischen Meistern mit Paris, London und Petersburg gelungen war. Er schuf Berlin zum zweiten Male. Er schenkte uns die Stadt an der Spree, wie uns Balzac die Stadt an der Seine und Dickens die Stadt an der Themse schenkten. Diese Städte mögen sich wandeln, verfallen oder gar zerstört werden – ihr Herz und eigentliches Wesen lebt im Œuvre der großen Romanciers unzerstörbar fort.« *Erich Kästner*

»Er galt als Naturalist; in Wirklichkeit war er der überlebende Typ des feinen Menschenbeobachters aus dem ancien régime. Wie auf einem Relief sind bei ihm die einzelnen Figuren mit feinstem Gefühl für ihre angeborenen Größenverhältnisse abgemessen und ausgewogen, der Grundton ist auf Humor, Ironie, lächelnde Überlegenheit gestimmt.« *Egon Friedell*

L'Adultera
Roman. Mit einem Nachwort von Werner Weber

Schach von Wuthenow
Erzählung aus der Zeit des Regiments Gensdarmes. Mit einem Nachwort von Marcel Reich-Ranicki

Stine
Roman. Mit einem Nachwort von Thomas Mann

Frau Jenny Treibel
Roman. Mit einem Nachwort von Kurt Tucholsky

Effi Briest
Roman. Mit einem Nachwort von Max Rychner

Der Stechlin
Roman. Mit einem Nachwort von Peter Härtling